死者たちへの捧げもの

安藤礼二

青土社

死者たちへの捧げもの　目次

死者たちへの捧げもの

失われた美酒

いつの日であったか、私は、大いなる海原に向けて、
（しかし、もはやどこの空のもとであったかも定かではないのだが）
注ぎかけたのだ、虚無への捧げものとして
かけがえのない美酒のすべてを、ごく数滴でしかなかったのではあるが……。

ポール・ヴァレリー、「失われた美酒」冒頭より

はじめに

二〇二二年一二月、建築家の磯崎新がこの世を去った。年が明けて二〇二三年三月、小説家の大江健三郎がこの世を去った。二人は、岩波書店から刊行された雑誌、『へるめす』の編集同人を、ともにつとめていた。同時代を最も過激に、最も過剰に生き抜いた表現者たちであった。世界大戦を経験し、すべてが廃墟となったゼロの地点から、自らの新たな表現を立ち上げた。その表現は、この極東の列島のみならず世界のあらゆる場所から注目を浴びた。二人の表現は、文字通り建築の世界を変え、小説の世界を変えた。私は偶然の機会から、二人のこの偉大な表現者たちの晩年に知り合い、二人の晩年の仕事に寄り添いながら、自分自身の表現、解釈学としての批評を深めていくことができた。私にとってつねに緊張をともないながら、しかし、表現者として最良の日々であったと思う。

大江健三郎も磯崎新も、私が刊行した書物を、なによりも熱心に読んでくれた。そして余計な媒介者を間に挟まず、直接、私にコンタクトを取ってくれた。私の書物のなかから、自分たちの晩年の主題と響き合うものを、意識的に抽出しようとしてくれた。その読みは徹底しており、雑誌に掲載された短い書評や、編纂に関わった他者の書物の解説にまで及ぶものであった。二人の偉大な表現者は、書物の著者である私にとって、最も畏怖すべき読者であった。大江健三郎の晩年の小説、『水死』に関われたこと、磯崎新の晩年のプロジェクト、現在も進行中であるイランの「間《ま》」展に関われたことについて、私は今後とも誇りに思い続けるであろう。二人との出会い、それぞれの作品およびプロジェクトと私の関係については、本書に収録した二人についての各論に、ほぼ余すところなく記している。逆に言えば、ここに記された以外での個人的な付き合いは存在しない。当然のことではあるが、大江にとっても磯崎にとっても、私との関係は、他に無数に存在する関係のうちのごく一部を占めるものに過ぎないであろう。

私の批評の主題は、折口信夫であり、井筒俊彦であった。繰り返されることによって、そこに新たなものを生み出してゆく祝祭であった。文学の場に、建築の場に、あらためて祝祭を生起させる。それが大江健三郎の願いであり、磯崎新の願いであった。私は、そう思っている。磯崎の生前に書き上げられてはいたが発表はその没後になってしまった「磯崎新の最後の夢」(本書では「イランへ――洞窟のなかの光」と改題)を世に問うた直後に、大江の訃報を耳にし、その追悼文を一気呵成に仕上げたとき、私はこの二人の偉大な表現者について一冊の書物を残しておきたいと思った。二人について書いた論の大部分は二人の生前に発表しており、それぞれ目にしていたはずであるが、どのような感想をもったのかまでは分からない。期待外れだったかもしれない。しかし、私にとってはいずれもきわめて貴重な経験となった。

そこで、二〇一一年に刊行された『現代思想』五月臨時増刊号「古事記　一三〇〇年目の真実」

以降、熱心に単行本の企画を勧めてくれていた青土社の編集者である菱沼達也さんと連絡を取り、本書が成ることになった。大江健三郎について論じたものを巻頭の第一章に、磯崎新について論じたものを巻末の第五章に据え、大江と磯崎がともに強く意識していた三島由紀夫に関するものを第二章にまとめた。

第三章に収録した安部公房論と中上健次論は、ともに生前の磯崎が読み込み、深い関心を示してくれたものである。安部と磯崎は共同作業をするとともに（勅使河原宏が監督をつとめた『他人の顔』の美術を磯崎が担当した）、「故郷」の喪失にして「故郷」からの離脱は、安部の主題であるとともに磯崎の主題でもあった。同様に、中上健次の『宇津保物語』について、やはり「空虚」（うつほ）という主題、さらに物語の起源に置かれた「異郷」の遍歴という主題が、磯崎と深く共振している。しかも、『宇津保物語』を起動する「異郷」は、この極東の列島からはるかに離れた「波斯国」（ペルシア）に位置づけられていた。イランで開催されるであろう「間」展の一つの主題は、中上健次が抽出してくれた『宇津保物語』の「空虚」になる。磯崎は、私に向けて、そう語ってくれた。

私は古井由吉という作家に両義的な想いを抱き続けているが、大江健三郎は、そのような私が古井の小説集、『鐘の渡り』についてまとめた書評（本書に「反復の永劫――『鐘の渡り』について」として収録）に対して、当の古井との対談、「言葉の宙に迷い、カオスを渡る」（『新潮』二〇一四年六月号）のなかでわざわざ私の名前を出し、言及してくれた。「すぐれた評論」である、しかしこの書評で抽出された主題の読み取りのみで終わる作品集ではない、と。第四章には、大江の言及に応えられているかは心許ないが、古井由吉と、私にとってもう一人の忘れがたい死者となってしまった装幀家の菊地信義について書いた小論をまとめた。古井と中上の作品群は、菊地の装幀にとっても特権的な対象としてあった。私は菊地と、書物の編集者として一〇年以上、書物の著者として同じく一〇年以上の付き合いがあった。

書物とは、それ自体が一つの宇宙である。菊地は、そのような信念をもって仕事を進めていたはずだ。その姿を私は間近で見続けていた。小論の末尾にも、あらためて記したことではあるが、菊地信義は私にとって、書物の「師」であった。そういった意味で、今回、先述した菱沼さんからの働きかけで、菊地信義の仕事を新たな次元で引き継いでいくことを明言されている水戸部功さんに、本書の装幀をお願いできたことは大きな喜びであった。

磯崎新、そして大江健三郎は、ちょうど私の「父」の世代にあたる。「子」は「父」から何を受け継ぎ、どのようにして「父」を乗り越えていけば良いのか。私はこれからも考え続けるであろう。そしてまた、そのような主題をもとにしてまとめられた本書が、あまりにも男性的であるという批判は甘んじて受けたいと思う。「父」殺しは、私を含めて男性の書き手の一部を呪縛する主題である。しかし、本書の第二章に収録した「一九六八年の文学」は、なんとかそうした袋小路を抜け出て、表現の多様性にたどり着きたいとの願いを込めてまとめられたものだ。批評は他者に向けられるだけでなく、なによりも自己に向けられなければならない。そのことによって自己の解体にして再構築を成し遂げなければならない。果たして、そのような批評ができたのか否か。それもまた今後の課題である。

文学とは死者たちへの捧げもの、「虚無」への供物としてのみ可能となるものではなかったか。

しかし、そうした死者たちへの捧げものこそが、同時に生者たちへの励ましともなる。そのような想いを込めて、本書のタイトルとした。菱沼さんをはじめ、本書がなるにあたって初出時に担当を引き受けていただいた方々、有形無形の援助を差し伸べてくれた皆さまに厚く御礼を申し上げたい。校正については円水社のお世話になった。

本書を、磯崎新と大江健三郎に捧げる。

第一章

大江健三郎の闘争

純粋天皇の胎水

1

　近代日本を規定していた一世一元の制が内部から、その頂点から、つまりは現実の天皇自身の手によって解体されてしまった二〇一八年、半世紀以上にわたって公的には読むことができなかった天皇を虚構（フィクション）の主題とした大江健三郎の問題作、「セヴンティーン」第二部と付記された「政治少年死す」（一九六一年発表）の封印が突如として解かれた。全一五巻からなる『大江健三郎全小説』の第一回配本（第三巻）の巻頭に、「セヴンティーン」とともに収録されることによって……。大江が実現を夢見ていた幻の著作、「セヴンティーン」および「政治少年死す」からなる『セヴンティーン』が、ここに十全なその姿をあらわしたのである。

　「セヴンティーン」および「政治少年死す」は、演説中の社会党委員長を壇上で刺殺し、獄中（東京少年鑑別所）で「七生報国、天皇陛下万歳」という遺書を壁に残して自殺した実在する一人の少年をモデルとして構築された小説である、といわれてきた。しかし、大江はその少年に憑依し、秘められた内面の想いを過剰に増幅していく。あたかも、かつて同じような少年であった自分自身が抱いていたであろう想いを語り直すかのようにして——事実としては、大江がもともとフィクションとして構想していた物語に現実の事件が偶然にシンクロしてかたちになったものであるという（前述した『大江健三郎全小説』第三巻に付された尾崎真理子による解題「封印は解かれ、ここから新たに始まる」による）。

小説の作者に現実のモデルが取り憑き、その現実のモデルを今度は小説の作者自身が内側から食い破ってしまったのである。虚構と現実、モデルと作者が一つに入り混じるなか、「政治少年死す」の末尾は、こう閉じられることになった——。

純粋天皇の胎水しぶく暗黒星雲を下降する永久運動体が憂い顔のセヴンティーンを捕獲した八時十八分に隣りの独房では幼女強制猥せつで練鑑にきた若者がかすかにオルガスムの呻きを聞いて涙ぐんだという
ああ、なんていい……
愛しい愛しいセヴンティーン
絞死体をひきずりおろした中年の警官は精液の匂いをかいだという……

大江は、きわめて印象的なこの一節、これだけで「政治少年死す」の最終章（「9」）をなす一節を、現代詩の時代であった当時、小説家としての自分が唯一書き上げることができた「詩」として後に何度も——作品自体は封印されているにもかかわらず——言及することになるであろう。つまり、最後のこの一節が体現する「政治少年死す」という物語、あるいはそれを第二部として含んだ幻の著作『セヴンティーン』は、この当時の大江の表現活動を代表するものになるはずだった。少なくとも作者自身はそう考えていた。事実、後に「セヴンティーン」だけは、大江自身の手によって、自選短篇（岩波文庫、二〇一四年）のなかに収録されることになる。

「政治少年死す」のクライマックスで、大江は少年の口を借りて、間違いなく、自分自身が取り憑かれていた想いを語っている。その焦点となるのは「純粋天皇」という概念である。「詩」として昇華されてしまう直前（すなわち「8」において）、少年となった大江は、その概念を散文として解きほぐしてくれている。「純粋天皇」とは、個人の死を超える存在にして機能である。あるいは、個人の死を恐怖から至福へと変えてくれる装置である——「**死だ**、私心なき者の恐怖なき死、至福の死、そして**天皇**こそは死を超え、死から恐怖の牙をもぎとり、恐怖を至福にかえて死をかざる存在なのだった」。

　死を前にして、あるいは死を介しての歓喜の実践。それは、「純粋天皇」のなかに跳び込み、「純粋天皇」と一つに融け合うことによって果たされる。そのとき、死の痛み、死の恐怖は、性の絶頂、性の悦楽と見分けがつかなくなる——「**身を棄てて大義をおこなう**は、**忠とは私心があってはならない**という言葉とおなじ意味なのだ、おれ個人の恐怖にみちた魂を棄てて純粋天皇の偉大な熔鉱炉のなかに跳びこむことだ、そのあとに不安なき選れたる者の恍惚がおとずれる、恒常のオルガスムがおとずれる、恍惚はいつまでもさめず、オルガスムはそれが常態であるかのようにつづく、それは一瞬であり永遠だ、**死**はそのなかに吸いこまれる、それはゼロ変化にすぎなくなる」。

個人の死を、個人を超えた悦楽、集合的（集団的）な恍惚へと変えてしまう存在にして機能、それが「純粋天皇」という装置なのだ。その装置はまた、個人の肉体的な死を集合的（集団的）な魂の再生へと変えてしまう存在の母胎、存在の「ふるさと」でもあった。「純粋天皇」という母胎にして「ふるさと」。「純粋天皇」は時間と空間の限定を解き放たれた「四次元」の存在、無限定で無限の存在であった。少年である大江は、死を通して、そうした母胎にして「ふるさと」である無限の時空、「純粋天皇」へと帰還することを夢見ている――「おれは純粋天皇の、天皇陛下の胎内の広大な宇宙のような暗黒の海を、胎水の海を無意識でゼロで、いまだ生れざる者として漂っているのだから、ああ、おれの眼が黄金と薔薇色と古代紫の光でみたされる、千万ルクスの光だ、天皇よ、天皇よ」。

「純粋天皇」の胎水、「ふるさと」としての母の胎水のなかを漂う無数のいまだ生まれざる霊魂の塊、原初の生命体のようなものへと変化し、退化してしまう「私」（「おれは宇宙のように暗く巨大な内部で汐のように湧く胎水に漂よう、おれはビールスのような形をすることになるだろう」）。大江は、個人としての「私」を集合的な生命にして集合的な霊魂（霊的存在）へと変化させ、退化させてしまう母胎としての「純粋天皇」を激しく嫌悪しながらも、同時にまた限りなく魅了されている。それは「ふるさと」に対する両義的な応答と等しい。そこに大江健三郎という作家の複雑さと、それゆえの創造性、そして魅力がある。

大江が「純粋天皇」という詩的な比喩を用いて表現した概念、機能にして存在、すなわち装置としての天皇は、文字通り、近代日本を成り立たせた「理念」そのものでもあった。そのような装置にして「理念」を、一人の生身の人間が担っていかなければならないところに、近代日本がもたざるを得なかった可能性と不可能性の双方がともにある。前近代的な宗教共同体、神仏習合的つまりはヌエ的な宗教共同体から近代的な国民国家へと変わらなければならなかったとき、両者の不連続を連続させる唯一の存在こそが天皇であった。ただ天皇だけが、国家の過去と現在、そして未来を連続させる唯一の「理念」にして装置として存在していた。前近代的な宗教共同体の祭祀王が近代的な国民国家の主権者となってしまう。異形の近代国民国家、しかしヨーロッパ以外ではごく当たり前な、前近代と近代が歪なかたちに融合した国家が形づくられたのだ。その在り方は現在においても基本的に変わりはない。天皇の身体は国家の身体となり、天皇の魂（精神）は国民の魂（精神）となる。「純粋天皇」を制度的に定義するとすれば、「国体」ということになるであろう。「国体」もまた近代的な発明であるが、歴史を無視したものではない。「尊皇攘夷」を可能とした理念としての天皇と同様、古典の創造的な解釈によって近世に生み落とされた異形の概念であった。

「国体」としての天皇は、国民の精神と国家の身体を体現すると同時に、個人の精神と個人の身体をもたなければならなかった。存在にして機能、装置にして制度である自分自身を引き継ぐ個人を、自らの手で生み落とさなければならなかったからだ。大江健三郎（一九三五年生）は、「国体」（「純粋天皇」）としての理念を確立した昭和の天皇が生んだ息子（一九三三年生）、装置にして制度としての天皇を引き継ぐことを期待されて生まれてきた平成の天皇の世代に、ほぼ完全に重なり合う。しかも、平成の天皇は、小説家とよく似た「兄」にして分身のように、あるいはよく似てはいるが正反対の鏡像のように、小説家の人生を少しだけ早く先取りしていく。平成の天皇は一九五九年に結婚、一九六〇年には後に令和の天皇となる息子が生まれている。小説家は一九六〇年に結婚、一九六三年――「セヴンティーン」のみが収録された小説集『性的人間』が刊行された年――には、頭を二つもった異形の「怪物」としての息子が生まれている。

昭和の天皇と小説家の父親、平成の天皇と小説家自身、令和の天皇と小説家の息子の人生は完全に並行し、それゆえ深く共振するものであった。昭和の天皇はアジア・太平洋戦争終結までの前半生を「国体」として生き、後半生を「象徴」として生きた。平成の天皇は「象徴」という役割を自ら終えたが、「象徴」という理念にして機能はそっくりそのまま息子に、令和の天皇に引き継がせた。「国体」と「象徴」と、単純に言葉だけは違うが、それが果たす機能、理念にして制度としての在り方は、ほぼ等しい。生身の人間が制度を、国家としての身体と国民としての精神を担うのだ。リベラルで開明的と称される平成の天皇であるが、「象徴」としてある天皇自体についての疑いはつゆほどももっていない。「象徴」としての天皇の規定を大きく変更したわけでもない。つまり、近代国家日本はアジア・太平洋戦争以前と以降と、あるいは明治から令和にいたるまで、そこに断絶は存在しないのである。

ただし、一世一元の制はその根本から崩されてしまった。今度こそ本当に近代国家日本、天皇制国家日本の終わりのはじまりなのかもしれない。そしてまさにそのとき、「象徴」の起源である「国体」、すなわち「純粋天皇」を問うた作品の封印が解かれたのだ。「象徴」としての天皇とは一体何なのか。その問いに答えるためには、「国体」としての天皇、「純粋天皇」とは一体何だったのかという問いにまず答えを与えなければならない。小説家であった大江健三郎にとって、そうした問いは公的であるとともに私的なものでもあった。なぜなら近代日本に生まれ近代日本語を用いて表現をする者にとって、あらゆる制度を支える根源的な制度こそが天皇であったからだ。「純粋天皇」への問いは、大江よりは年長であるが、疑いもなく大江と同時代を生きていた最も鋭敏なもう一人の小説家に重大な応答をもたらす。

そして大江自身にとっては、「純粋天皇」を問うことは、一九四四年に亡くなった父、天皇がまさにその純粋性の極をきわめた時代に亡くなった父を問うことに重なっていく。「私」の体験を問うことが「世界」の意味を問うことに直結してしまう。優れた小説家のもつ避けがたい運命であった。

＊

大江健三郎は天皇、そしてそこに重ね合わせられる自身の父親の問題を『水死』（二〇〇九年）に至るまで書き続けていく。つまり、大江にとって天皇とは、現実と虚構を通底させる象徴的な「父」の役割を果たすもの、小説世界を起動させる一つの重要な源泉である現実の父にして虚構の父を意味していた。大江は、生涯をかけて「父」という謎、さまざまな制度を維持する機能であるとともに、その機能を担わなければならない生身の「王」（救い主）でもあった「父」という謎を解き明かそうとしていたのだ。そういった意味で、「純粋天皇」のテーゼは、大江健三郎という一人の作家、その作品世界全体を貫くものであった。

それだけではない。「政治少年死す」で提起された「純粋天皇」、一人の少年が性の絶頂でもある自死を介して一体化する理念としての天皇とは、「セヴンティーン」とまったく同時期に「憂国」を発表した、大江よりちょうど一〇歳年長の作家、三島由紀夫が、まさに現実である自身の生と虚構である作品の死（すなわち作品の完成）を一致させることを目指して書きはじめられた最後の長編小説、「豊饒の海」四部作で実現しようとしたものでもあった。より正確に述べれば、「豊饒の海」四部作の執筆と並行するようにして発表された中編小説「英霊の聲」と評論集『文化防衛論』は、大江の問題提起への三島なりの返答、大江の「純粋天皇」への三島なりの回答でもあったはずだ。

つまり、「純粋天皇」という主題を介して、一九六〇年代という一〇年の間、三島由紀夫と大江健三郎という戦後日本文学あるいは近代日本文学を代表する二人の作家が正面から対峙し合い、それぞれ現在までも読み継がれていく作品群を残すことになったのである。中上健次と村上春樹という作家としての個性もその文体も一読しただけではまったくの正反対と思われがちな二人の小説家の起源も、おそらくはその地点、三島由紀夫の文学と大江健三郎の文学が「純粋天皇」を介して交錯した地点に見出されるはずだ。三島と大江の私小説的な側面（しかしその内実は確固たる「私」などもはや存在しないという反私小説の実現であったが）を引き継いだのが中上であり、三島と大江の物語的かつ神話的な側面（差異を生み出す反復のなかで夢と現実という二つの相容れない世界の相互浸透を描き出す）を引き継いだのが村上春樹である。三島と大江のなかにそうした二つの側面が矛盾し合いながらも同居していたように、中上のなかにも村上がおり、村上のなかにも中上がいた。「純粋天皇」をめぐる闘争は、現代日本文学の一つの起源であった。

さらに三島由紀夫の現実の自刃は、今度は大江健三郎の虚構の小説のなかへと逆流していくこととなった。大江は、あらためて自身が提出した「純粋天皇」という主題と向き合わざるを得なくなる。だからこそ大江は、三島の死の直後（一九七一年）、一九四五年に生起したとされる父の虚構の蜂起と一九七〇年に生起した三島の現実の蜂起を一つに重ね合わせたかのような中編小説、「みずから我が涙をぬぐいたまう日」を書き上げ、発表しなければならなかったのだ。注目すべきは、この中編小説のなかで、重ね合わされた二つの蜂起は、いずれも天皇を廃絶するものではなく、天皇を変革するもの、天皇のもつ意味を純粋化するもの、つまりは「純粋天皇」を創出するものとして捉えられていたことである。もちろん、天皇の理念としての純粋化は、現実の天皇の廃棄（揚棄）と直結するものではあるのだが……。三島も大江も、「純粋天皇」の実現を目指した現実の革命の起源を二・二六事件に、その帰結をアジア・太平洋戦争における玉砕に位置づけていた。「英霊の聲」の主題であり、「みずから我が涙をぬぐいたまう日」の主題でもある。

大江にとって天皇、「純粋天皇」とは、自らを生み、育んでくれた文学の「ふるさと」、世界戦争の最中に閉鎖されることで形づくられた内宇宙そのもののことでもあった。現実の天皇にして現実の父を、虚構の小説のなかで、純粋な理念としての天皇にして純粋な理念としての父へと変貌させていくこと。それは同時に、現実の「ふるさと」を、虚構の小説のなかで、純粋な理念としての「ふるさと」に変貌させていくことにつながっていく。理念によって、虚構によって、現実を覆し、現実を超えた世界をいまここにもたらす。天皇と父、そして「ふるさと」は、大江にとってつねに二重性をもち、両義性をもつものであった。血に塗れ、汚穢に満ちた生命の母胎としての「ふるさと」。そうした「ふるさと」と一つに融け合うことに限りなく魅惑されながらも、そこから離脱し、「ふるさと」を相対化し、理念として、つまりは無数の小説（フィクション）を産出する表現の場にして表現の原理として客観的に表現し尽くすこと。それが、一九六五年から自刃の年である一九七〇年まで書き継がれた三島由紀夫の「豊饒の海」四部作に対抗するようなかたちで書き進められ、一冊の書物としてまとめられた大江健三郎の代表作、『万延元年のフットボール』（一九六七年）の主題であった。

しかしながら、この『万延元年のフットボール』の段階では、分身としての「弟」があらわれ、その弟が「ふるさと」を支配する「天皇」（「スーパー・マーケットの天皇」）に対して組織する、あらかじめ敗北を宿命づけられた革命の全貌は描き出されていくが、物語のなかでいまだ「父」は重要な役割を果たさず（「父」の役割を果たすのは、「スーパー・マーケットの天皇」を生んだ朝鮮人集落の青年たちとの闘いのなかで命を落としたもう一人の「兄」こと「S兄」である）、生き残った兄である自らを「父」の位置に立たせてくれる「息子」、頭を二つもった「怪物」として生まれ、その一つを切除する代償として生涯頭蓋に障害をもたなければならなくなった「息子」もまた、物語の展開からは排除されてしまう。「父」も「息子」もいまだ存在しない純粋な「ふるさと」を表現として定着することがなによりも求められたのだ。

『万延元年のフットボール』を書き上げた大江が次に挑まなければならなかったのは、そこに描き出された純粋な「ふるさと」のなかに、あらためて「父」と「息子」を導入し、現実の自らの生活と虚構の物語的かつ神話的な宇宙を一つに重ね合わせていくことだった（それが十全に果たされたとき、大江の小説世界は、言葉の真の意味で完成を迎えることになる）。そうした悪戦苦闘の軌跡は、一九六九年に一冊の書物としてまとめられた中・短編集、『われらの狂気を生き延びる道を教えよ』を構成する諸作品を書き進めることで果たされようとしていた。しかし、単行本を刊行した一年後に起きた「楯の会」の蜂起と三島由紀夫の割腹自殺は、大江に深刻な影響を及ぼすことになった。自身が理念として提出した「純粋天皇」というテーゼを、三島由紀夫は自らの死と引き換えに、戦後のいまこのとき、いまこの場に実現してしまおうとしたのである。虚構は現実となり、現実は虚構となる。

このとき、大江のなかで、天皇すなわち父への呪縛は、三島への呪縛と一つに融け合うことになったはずである。一九七二年、「みずから我が涙をぬぐいたまう日」とともに、もう一つ別の機会に書かれた中編小説「月の男《ムーン・マン》」を収録し、『みずから我が涙をぬぐいたまう日』をタイトルとする一冊の書物がまとめられた。その巻頭に、大江は「二つの中篇をむすぶ作家のノート」を掲げる。その特異な「ノート」は、こうはじまっていた――。

一九七一年大晦日の夕暮れ、乗換駅のプラットフォームで電車を待っていると、見知らぬ男が近づいてきて、

――きみの純粋天皇のテーゼは、その後どうなったかい？　と問いかけ、僕には答えるいとまもあたえず逆方向への電車に乗りこんだ。そしてかれは、閉じられたドアに額をおしつけて、

ベッカンコーをしてみせつつ、薄暗がりに消え去ったのである。そして奇態な話ではあるが、僕はいまほかならぬ分身の幻と別れたところだと、もの悲しく感じた。

そして、「政治少年死す」の最後に付された「詩」の一節があらためて引かれ、冒頭の一行が大きく強調される。「純粋天皇の胎水しぶく暗黒星雲を下降する」。その後、この「ノート」は、こう終えられることになる——。

したがって、また別の夕暮れプラットフォームでふたたびすれちがう分身の幻が、あらたに僕へとベッカンコーをするまえ投げかける言葉は、おそらく次のようであるだろう。

——きみの純粋天皇のテーゼは、お気の毒にも、きみの終生のテーゼとなったようじゃないのか？

分身の幻、おそらくそれは大江自身の自画像であるとともに転生した三島由紀夫その人でもあったはずだ。その分身の幻は、こう宣告する。お前が提出してしまった「純粋天皇」のテーゼは、結局は、お前が突き詰めていかなければならない終生のテーゼとなってしまったのだ、と。この表明に偽りはなかったはずである。「政治少年死す」、つまりそれを第二部とする幻の著作である『セヴンティーン』からはじまり『みずから我が涙をぬぐいたまう日』に至る間、つまりは「純粋天皇」の提示からはじまり「純粋天皇」を終生のテーゼとあらためて認識するに至る間に、大江の作品世界を成り立たせるすべての要素は出揃うのである。

「政治少年死す」を後半に据えた幻の著書『セヴンティーン』は、もし実現していたとするならば、大江健三郎の二〇代半ばの代表作になっていたはずである。最も危険な代表作ではあるが……。それが実現しなかった代わりとして、大江は、一七歳の「おれ」の分身であるような、自らの内部に「怪物」を孕んだ主人公たちを造形し、『叫び声』(一九六三年)および『性的人間』(一九六三年)として結晶化させる。そしてその『性的人間』が刊行されたまさにその年、大江は、頭を二つもった「怪物」としての息子を授かることになる。そうした「私」の経験を書き下ろしのかたちでまとめた『個人的な体験』(一九六四年)を刊行し、さらには、そうした「私」を生み、育んだ「ふるさと」を物語生成の場としてあらためて定位し直した『万延元年のフットボール』を書き継ぎ、完結させ、一冊の書物として刊行する。

「私」の体験と「ふるさと」という場、私小説と神話＝物語。『個人的な体験』と『万延元年のフットボール』。表現として相反する二つの極をそのまま一つに接合し、総合することによって新たな表現の可能性、新たな表現の次元がひらかれる。「ふるさと」のなかにあらためて「私」を位置づけ直す。そのためには、「私」と同じように内部に「怪物」を孕み、「怪物」として生きざるを得なかった父親と息子の間で、「私」という存在とは一体何者だったのかという問いを考え続けていかなければならない。人は父親に対して息子であり、息子に対して父親なのであるから。「私」もまた父親に対しては息子であり、息子に対しては父親である。『われらの狂気を生き延びる道を教えよ』と『みずから我が涙をぬぐいたまう日』は、大江がそうした関係性をあらためて認識し、これから自身が書き進めていく作品世界を成り立たせる基本構造として再構築していこうとした、そのはじまりに位置する。それでは、その帰結には、どのような作品が立ち現れてくるのか。

「私」の個人的な体験を神話的かつ物語的に再構築したものが『洪水はわが魂に及び』（一九七三年）であり、「ふるさと」の集団的な歴史を神話的かつ物語的に再構築したものが『同時代ゲーム』（一九七九年）であったはずだ。もちろん、この二つの巨大な作品もまた大江の文学者としての営為を代表するものである。しかし、「純粋天皇」のテーゼを引き継ぎ、「私」の体験と「ふるさと」という場に真の総合を与えた著作として、私としては、『新しい人よ眼ざめよ』（一九八三年）をあげたい。『われらの狂気を生き延びる道を教えよ』の最後に収められた表題作（単行本化に際して「父よ、あなたはどこへ行くのか？」、その「b表」と改題された）で、大江は、「怪物」として生きる幼い息子を、『熊のプーさん』に出てくる厭世家の驢馬の名前をかりて」、「イーヨー」と名づけた。成人を迎えつつある「イーヨー」と家族の共生を描いた連作長編『新しい人よ眼ざめよ』の、やはり最後に収められた表題作で、大江は、虚構の息子であった「イーヨー」にあらためて現実の息子としての名前、「光」を与え直す。父親である「私」と息子は和解したのである（あるいは父親と息子は対等の位置に、互いに互いの分身となる位置に立った）。それでは「私」の父親の方はどうなったのか。物語としての最終的な和解は『水死』まで待たなければならない。しかし、父親と重ね合わされていた三島由紀夫に対しては、この連作長編のなかで一つの決定的な言明がなされる。七篇からなる連作長編のちょうど中間に位置する「蚤の幽霊」において。

「蚤の幽霊」の冒頭に置かれた一つの挿話。アメリカの大学でMこと三島由紀夫と「僕」こと大江健三郎についての修士論文を準備している女子学生が、「僕」のもとを訪れる。「僕」は彼女に、自分がちょうどそのときまとめていた、外国の研究者には手に入りにくい一つの論文、ある叢書の解説として書かれた文章のコピーを送っていた――正確な書誌情報を記せば、岩波書店から刊行された叢書「文化の現在」12、『仕掛けとしての政治』(一九八一年)の巻末解説〈媒介者〉として書かれた「政治死の生首と「生命の樹」」である。

そこで大江は、割腹の後に介錯され、写真に撮られた三島の「生首」を取り上げる。大江は断言する。三島は、自らの「生首」が衆人環視にさらされることまで計算に入れて自決したに違いない、と。そしてさらに論を進めていく。現実の三島の「生首」は、「政治少年死す」が封印される直接の原因ともなった天皇一家の虚構の「生首」――皇太子夫妻の「首」と天皇夫妻の「首なし胴体」――を、残酷なお伽噺のような作品のなかでさらしものにした深沢七郎の「風流夢譚」とあざやかな対比をなす、と。

三島は、深沢七郎の虚構の「生首」、天皇一家の虚構の「生首」と自らの現実の「生首」を並べようとした。そのことによって、「純粋天皇」について六〇年代になされた議論の総括を行い、「純粋天皇」の議論をさらに深めさせようとした。しかし、そうした三島の深謀はもろくも潰え去ってしまった。大江はそう続ける。「生首」が写し出された写真を広く一般に公開した際のあまりの衝撃を考慮したマスコミがすぐさま封印してしまったために……。大江は、三島の「生首」の封印と自身の「政治少年死す」の封印を一つに重ね合わせているかのようだ。三島の「生首」の封印が解かれ、自身の「政治少年死す」の封印が解かれたとき、「純粋天皇」はこの現実の世界に顕現する。

大江自身の言葉を借りよう。大江は、叢書の解説、「政治死の生首と「生命の樹」」のなかに、こう記している（この部分をはじめ、小説「蚤の幽霊」のなかで他にもこの論考から多量の自己引用がなされているが、その際「三島」はすべてMに置き換えられている、以下は叢書版からの引用である）——。

それ［「生首」が隠されたままでの「檄」のみの提示——以下、［　］内は引用者による注］は三島の自殺を支持するものにとっては、天皇制的な宇宙構造に発する、現実的な強い喚起力を持つ肉体性の現前が、逸らされてしまったことであっただろう。つまりは天皇制的な宇宙構造を現代社会にかさねて、そこに次つぎの連鎖的な爆発が起ってゆくほどには、「三島事件」が衝迫力を持たぬものとなった。その力をもぎとられて「三島事件」は不発に終ったと、それを無念に思った者らはいただろう。逆に「三島事件」を否定する者らは、あの「檄」の、観念的な一面性を露呈しながら、しかもあいまいな主張を撃つことこそできたものの、しかしあらためてそこに露呈していた、天皇制的な宇宙構造を、『風流夢譚』事件の弔い合戦のようにして、全面的にあばきたて、乗り超えることはできなかった。そのようにして新しい日本の未来像を把握する、その手がかりをよく活用することができなかった、ということであったはずである。

もし三島の「生首」がさらされていたとしたなら、三島を肯定するものたちにとっても、否定するものたちにとっても、それを起爆剤として、「純粋天皇」を突き詰めていく解釈の革命にして現実の革命が進行していっただろう。それは現実の天皇制を覆し、そこに天皇を超える天皇、超・天皇あるいは非・天皇を顕現させずにはいられなかったはずだ。この一節を読まされた女子学生は、作中で、当然のことながら、「僕」が三島の行為を否定しているのか肯定しているのか捉えがたい、という疑問を漏らす。どちらかといえば、三島の行為に深く共感しているようにも読める、とも——「だとするとプロフェッサーは、Mの「生首」の力によって、日本人がもう一度、天皇制的な宇宙構造のもとに再統合されるのを望んだことになるのではないですか？　結果としてプロフェッサーは、Mと同じ望みを持っていることになるのじゃないですか？」。この至極まっとうな質問に、作中の「僕」は「それはちがうのだが」と曖昧にしか答えられない。

そう、明らかに作中の女子学生の質問の通り（そしてそれは作者の分身のつぶやきでもある）、大江健三郎の「純粋天皇」と三島由紀夫の「純粋天皇」は深いレベルで共振しているのである。それは、大江が『みずから我が涙をぬぐいたまう日』の「ノート」に、次のように記していることからも充分にうなずける——「私兵の軍服をまとった割腹首なし死体が、純粋天皇の胎水しぶく暗黒星雲を下降する……という光景をはっきり眼にしたように思う瞬間もまたあったのだ」。「純粋天皇」は現実の天皇制を突き詰め、それを乗り越え、解体してしまう。大江は、その「純粋天皇」が生成されてくる血まみれの母胎を「ふるさと」に探り、三島は、その母胎から屹立してくる「かたち」としての「純粋天皇」に殉じた。その同一性と差異性を、あらためて「セヴンティーン」に探り、さらには、おそらくは三島と大江両者の想像力の源泉となった民俗学者にして国文学者である折口信夫の天皇論から、「純粋天皇」のもつ可能性と不可能性を逆照射しなければならない。そこに近代日本の可能性と不可能性もまた浮かび上がってくるはずである。

2

「政治少年死す」を後半に含んだかたちでの幻の著作、『セヴンティーン』。その前半に位置づけられる表題作「セヴンティーン」は、一七歳の誕生日を迎えた「おれ」が浴室で自慰にとりかかろうとする光景からはじまっている。一七歳となった「おれ」は、名づけることのできない内部からの欲望に導かれるまま、これまで狂ったように何度も自慰を繰り返してきた――。

おれはいつでも勃起しているみたいだ、勃起は好きだ、体じゅうに力が湧いてくるような気持だから好きなのだ、それに勃起した性器を見るのも好きだ。おれはもういちど坐りこんで体のあちらこちらの隅に石鹼をぬりたくってから自瀆した。

大江は、閉じられた部屋のなかに精液を撒き散らす獣のような少年、自らのなかに「怪物」を潜ませた少年になりきるようにして、物語を紡ぎはじめる。「怪物」としての私。それは、「セヴンティーン」と「政治少年死す」に先立つようにして雑誌に連載された『遅れてきた青年』(一九六二年)、さらには後続して書かれた『叫び声』や『性的人間』にも共有されている。社会的な規範を破壊してしまうような、獣としての人間に孕まれた内的な力の発露。衆人環視のなかでの性的な逸脱、さらには近代の社会においては最も許されざる罪である殺人にいたるまで……。性的な騒乱が政治的な騒乱へと直結してゆく。

　まだ二〇代であった大江は、性的な乱交ばかりではなく、最も汚辱に塗れた性的犯罪、少女強姦や痴漢などおそらくは現在であれば正面からは描きにくい――もはや誰も描くことが不可能な――主題に、果敢に挑んでいった。性的な逸脱、性的な騒乱の果てに、近代社会では絶対に許されていない人間自体の解体、他者の殺人、もしくは自己の破壊（自死）が訪れる。生と死をその極限で通底させてしまう内的な暴力の発露。大江は、あるいはこの時期大江が描き続けていた少年たちは、自己の内部にうごめく不定形で激越な力になんとか「かたち」を与え、統御しようとする。「政治少年死す」を導き出した「セヴンティーン」で、大江が一七歳の「おれ」に与えたのは天皇という「かたち」であった。それは偶然ではなかったはずだ。

　閉じられた浴室で自瀆を繰り返し、開かれた高校の授業、体育の八〇〇メートル走では、見守る女生徒たちの前で小便をもらしながら息も絶え絶えにゴールするという「恥辱」にまみれた「惨めで醜いセヴンティーン」である「おれ」。その「おれ」に、学校の人気者であり剽軽なクラスメートでもある「新東宝」が突如として声をかけてくる。「《右》のサクラをやらないか、よう？・」と。「おれ」の姉は自衛隊の看護婦であり、「新東宝」の父は陸上自衛隊の一佐であった。「新東宝」に導かれるまま、「おれ」は「皇道派の逆木原国彦」の演説会に足を運ぶ。しかし、それはひどいものだった。誰一人真面目に聴いている者はいなかった。はじめは「おれ」もまた一人の傍観者に過ぎなかった。

　しかし、やがて逆木原の孤独な怒号のなかに「おれ」は自分自身の内心に秘められていた声を聴きはじめる――「そのうちおれは夢のなかにいるように、おれ自身が現実世界の他人どもに投げかける悪意と憎悪の言葉を、おれ自身の耳に聴き始めた。それを実際に怒号しているのは逆木原国彦だ、しかしその演説の悪意と憎悪の形容はすべておれ自身の内心の声だった、おれの魂が叫んでいるのだ、そう感じて身震いした。それから全身に力をこめて、おれはその叫喚に聴きいり始めた」。「おれ」の現実世界に対する悪意と憎悪と、逆木原国彦の現実世界に対する悪意と憎悪が同調し、共振し、交響する。その焦点に天皇が、理念としての天皇があらわれる。

逆木原国彦を介して天皇を知った「おれ」は、「《右》の鎧」を身につけることによって獣から人間になる。不定形の欲望に一つの方向が与えられる。「おれ」は「《右》の鎧」、すなわち天皇という純粋な理念と対峙することではじめて人間としての自己同一性、「私」としての自己同一性を獲得することに成功する。「セヴンティーン」という物語は不定形でアナーキーな欲望の励起からはじまり、その欲望に確固とした「かたち」が与えられることによって閉じられる。獣のような孤独でアナーキーな自瀆者から、他者（娼婦）を前にした人間的な自己（成人の男性）へ。「セヴンティーン」の最終章（「4」）では、冒頭の閉じられた浴室と対をなすように、しかしながら同じ閉じられた部屋でも今度は他者を前にして、「おれ」の「勃起」が描き出される――。

「……」おれは裸になった、生まれてはじめて他人の眼のまえで、しかも若い娘の眼のまえで裸になった。そしておれはやっと筋肉の芽ばえはじめた薄い裸の体が装甲車のように厚い鎧をつけているように感じた、《右》の鎧だ、おれはもの凄く勃起した。おれこそが新妻の純潔な膣壁をつき破る灼熱した鉄串のような男根を（逆木原国彦のいったとおり男根を）もつ男だった。おれは一生勃起しつづけだろう、十七歳の誕生日に惨めな涙にまみれてその奇蹟をねがったとおり、おれは一生、オルガスムだろう、おれの体、おれの心、それら全体が勃起しつづけだろう。

内的な暴力に一つの方向性が与えられる。それら個々別々の暴力を集約し、集合的な超・暴力へと変成し、錬成していく装置こそが天皇という純粋な理念、「純粋天皇」という理念であった。「純粋天皇」の前ではじめて「私」は「私」を超えることができる。人間的な「私」を滅ぼすことによって超人間的な「私」としてよみがえることができる。そこでは、個人としての死がただちに「純粋天皇」のもとに集った集団としての再生へとつながるであろう。有限で刹那を生きなければならない個人が死に、無限で永遠を生きる天皇（「純粋天皇」）のもと、天皇の御子、「私心なき天皇陛下の御子」としてよみがえる。少年である大江は、続けていく。それが「セヴンティーン」で提出された一つの結論でもある――。

［……］おれは私心を殺戮した瞬間に、おれ個人を地下牢に閉じこめた瞬間に、新しく不安なき天皇の子として生まれ、解放されるのを感じたのだ。おれにはもう、どちらかを選ばねばならぬ者の不安はない、天皇陛下が選ぶからだ。石や樹は不安がなく、不安におちいることができない、おれは私心を棄てることによって天皇陛下の石や樹になったのだ、おれに不安はなく、おれは不安におちいることができない。おれは身軽に生きてゆけるのを感じた。おれはあの複雑で不可解

だった現実世界がすっかり単純に割り切れるのを感じた。

「純粋天皇」によって人間的な「死」は乗り越えられる――「おれは永遠に滅びない！　死の恐怖は克服されたのだ！　ああ、天皇よ、陛下よ、あなたはわたしの神であり太陽であり、永遠です、わたしはあなたによって真に生きはじめました」。このように悟った「おれ」は、自らの人間的な生命を天皇に捧げ、死の苦痛が同時に性の絶頂でもあるような「恍惚」のなかで天皇と一つに融け合うことを目指し、そのための行動を開始する。「セヴンティーン」はそこで終わる。

大江健三郎からの思いもかけなかった言葉、反時代的なこのような宣言を聞かされ、おそらくは最も衝撃をうけたのが、「セヴンティーン」とまったく同時期に「憂国」を発表していた三島由紀夫であっただろう。「セヴンティーン」と「憂国」が発表される直前には、三島が深い関わりをもっていた深沢七郎が、大江とは正反対の方向から、現実の天皇制を、残酷な諧謔のなかで解体してしまう「風流夢譚」を発表していた。

天皇の概念を突き詰めることによって現実の天皇を乗り越えていくのか、あるいは、そもそも天皇の概念そのものを「夢」として無化してしまうのか。大江健三郎の方向なのか、深沢七郎の方向なのか。三島が選んだのは大江の方向である。そしてその帰結として、三島は自分が生きている現実と自分が書き進めている虚構が、その最後――すなわち自らの死を介して――一つに融け合う、互いに矛盾するままに合一するという、他の文学者の誰もがなし得なかった解決を選ぶ。深沢が「夢」のなかで天皇の一家の「首」をさらしたことに対抗して、自らの「首」を現実にさらすことによって。三島は、大江が虚構（フィクション）の焦点として抽出してきた「純粋天皇」という理念を、自らの現実の身体を用いて、いまここに実現しようとしたのである。

そう、六〇年代の三島由紀夫と大江健三郎は、互いが互いの分身のようによく似ており、互いが互いの鏡像のようにまったくの正反対の姿をしていた。両者とも現実の事件に敏感に反応し、その事件の犯人をモデルとして、しかし作者自身の情念がそのモデルを内側から食い破ってしまうようなかたちで、破格の小説を次々と発表していった。両者とも「私」の根底に潜むアナーキーな欲望、近代社会からは忌避され断罪されてしまう欲望から目をそらさなかった。その欲望を現実化してしまった他者の「仮面」（「鎧」）をまとうことによってはじめて「自己」を語ることができた。大江が「セヴンティーン」の主人公として造型した少年のように、両者とも「仮面」（「鎧」）を身につけなければ、表現者としての自己同一性を保つことができなかった。極東の列島に生まれ育った人間にとって、そのような「仮面」のうちの最強のもの、そのような「鎧」の最強のものこそが天皇であった。天皇こそが、あらゆるものを許容してくれる「かたち」であった。だからこそ、三島も大江も天皇にこだわったのだ。

それでは、天皇であることの本質、理念として存在する「純粋天皇」へとどのようにして接近していったらよいのであろうか。天皇は、前近代的な宗教共同体の祭祀王であり近代的な国民国家の主権者であるという二重性にして両義性をもっている。そうした二重性にして両義性をもった天皇が存在しなければ、この極東の列島の前近代と近代は断絶していた。換言すれば、前近代から近代へ、「日本」という自己同一性を保つためには天皇が必要だった——あらためてここで確認するまでもないことであるが、近代以前の「日本」は、当然のことながら、ヨーロッパ的な国民国家ではなかった。幕府と朝廷、政治の中心と宗教の中心という二極をもち、厳格な階層性が維持され、各地域はそれぞれ限定的にではあったが自治が認められていた（いわゆる幕藩体制）。

そうしたなか、激しい外圧のもと、二つの中心ではなく一つの中心、多数の自治ではなく一なるものの統治を機構として備えた近代的な国家への脱皮がはかられた。国家以前の体制を国家としての体制に移行するため、そのシンボルとして担ぎ上げられたのが列島最古の史書に記録されて以降、この極東の列島の宗教的な祭祀王として君臨していた天皇であった。「尊皇」の革命である限り、明治維新は政治的な革命であると同時に宗教的な革命でもあった。宗教的な革命として、明治維新を推し進めていった原動力となったのは、現実の強固な身分制度を解体してしまう死後の霊的な平等を謳った古典解釈学、列島最古の史書（中世までは『日本書紀』、近世になってそこに『古事記』が加わる）の解釈学――つまりは中世的かつ近世的なバイアスのかかった、良い意味で捉えれば、中世的かつ近世的な創造的「誤訳」に満ちた解釈学――である「国学」から見出された霊魂一元論であった。

人間のみならず森羅万象あらゆるものの生命の源泉である霊魂は現実の肉体が消滅してしまったあとも決して滅びず、山野を彷徨《ほうこう》している。霊魂になってしまえば、現実の社会に存在した差別もまた解消されてしまう。肉体から離脱し、山野を彷徨している霊魂を呼び集め再生させる、神へと昇華させる技術をもっていたのが天皇であった。列島最古の史書、『日本書紀』においても『古事記』においても、霊魂を操作し、他者に取り憑かせることで再生させる技術を「神憑り」と呼んでいた。つまり天皇がつかさどる宗教、「神道」の基盤には「憑依」（「神憑り」）が据えられていたのである。そして宗教革命でもあった明治維新は、その当初の目的として、神道を国教とし、天皇をその教主にして国王とした宗教国家の樹立を目指していたのである（もしもそうした構想が本当に実現していたとするならば、日本はイスラエルやイランなどに先駆けた強力な宗教国家となっていたであろう）。

しかし、ヨーロッパ型の近代国民国家では、その創設の最大の前提として、政治と宗教を分離した上で「信教の自由」が認められていなければならなかった。日本もまたヨーロッパ型の近代国民国家となるために、天皇を国家の主権者とする政治的な革命の方は十全に遂行された上で、宗教的な革命の方は断念されなければならなかった。そうしたなかで、国教として準備が進められていた神道は一体どうなったのか。まず神社からは「神憑り」をはじめとする生々しい宗教色が一掃されることになった。世襲の神官は廃され、しかも国家の財政的な保護からは徐々に切り離されていった。神社は非宗教的な施設となり、神道は特定の宗教ではなく「国民」であれば誰もが従わなければならない「道徳」となった。いわゆる「国家神道」が成立したのである。

例外となったのは伊勢神宮と東京招魂社、のちの靖国神社であった。特に軍の管轄となった靖国神社では、他のすべての神社で宗教的な儀礼が禁止されているなかで唯一、「招魂」の儀式、山野を彷徨《さまよ》う死者たちの霊魂を招き、神へと昇華させてやるという宗教的な儀礼が許されていた。国家をめぐる闘いで生命を落とした戦士たちの荒ぶる霊魂が呼び集められ、神へと昇華されていった。「英霊」たちの誕生である。「国家神道」という体制のなか、宗教的であることを禁じられた神道のなかで、その教主（祭祀王）である天皇と靖国だけが宗教的な儀礼を執り行うことを許されていた。

天皇は私的空間において、靖国は公的空間において。近代国民国家日本において天皇と靖国は表裏一体の関係にあった。前近代的な宗教儀式が、近代的な装いのなかで執り行われ続けていた。

天皇は霊魂を取り扱う技術者であることによって、人間であるとともに人間を超えた存在でなければならない。人にして神であらなければならない。「国体」の概念はより神的であり、「象徴」の概念はより人的ではあるが、どちらも近代国民国家の主権者として据えられてしまった天皇のもつ政治的な側面をあらわしたものに過ぎない。天皇の本質、真の意味での「純粋天皇」に到達するためには、近代ではあらわに発現することを禁じられてしまった天皇のもつ宗教的な側面を掘り下げていかなければならない。「象徴」を超えて「国体」へ、さらには「国体」を超えて「神憑り」の主体へ、その「神憑り」の主体が操作する死者たちの荒ぶる霊魂（「御霊」）へ。

近代的な知識、すなわち世界へとひらかれた知識をもとに、そのような原型としての神道、原型としての天皇を追究した学問こそ、柳田國男の民俗学であり折口信夫の古代学（民俗学と国文学の総合）であった。柳田も折口も、自身の学問を新時代における「国学」（「新国学」）と位置づけていた。そしてまた、「憂国」を書いてしまった三島由紀夫、「セヴンティーン」と「政治少年死す」を書いてしまった大江健三郎が、いまだ「国体」概念の文学的な翻訳にとどまっていた「純粋天皇」をさらに深く突き詰めていくために参照したのも、柳田國男の民俗学であり折口信夫の古代学であった。だからこそ、三島由紀夫の「英霊の聲」（一九六六年）は「英霊」と「神憑り」（「帰神《かむがかり》」）を主題として書かれ、『文化防衛論』（一九六九年―表題となった評論の発表は前年の一九六八年）は「伊勢」と「天皇」を中心にまとめられなければならなかったのだ。

大江健三郎は三島由紀夫と主題も方法も共有していながら、三島とはまた違った方向へと「純粋天皇」を深めていった。深めていかなければならなかった。三島が天皇という成立した「かたち」を重視したのだとすれば、大江は、『万延元年のフットボール』（一九六七年）を書き進めていくことで、天皇という「かたち」を成立させる母胎（まさに「純粋天皇の胎水」）としての「ふるさと」に「御霊」の祝祭を探った。「英霊の聲」と『文化防衛論』に挟み込まれるかたちで『万延元年のフットボール』がなったのだ。「純粋天皇」をめぐる三島由紀夫と大江健三郎の闘争。その詳細を知ることは表現の現在を知ることに直結する。三島も大江も、平成の天皇に自らの生涯と営為を重ね合わせているところが多々あった。三島は、自らが平成の皇后を妻に迎えた可能性について吹聴し、大江は「セヴンティーン」のなかで、わざわざ主人公の「おれ」に平成の皇后との別れについて言及させている（「おれ」は、民間人から皇室へ移ることに皇后の「死」を感じ取っている）。

大塚英志の『感情天皇論』（ちくま新書、二〇一九年）に従い、平成のはじまりを平成の天皇と平成の皇后の結婚（一九五九年）に置くとすれば、三島と大江の二人による文学的な闘争は、平成――日本の近代の終わり――とは一体何であったのか明らかにしてくれるであろう。

＊

虚構の小説である「憂国」に描き出された切腹は、現実の小説家である三島由紀夫が人生の最後に執り行った切腹を予言し、予告していたといわれている。三島自身が「憂国」の主人公を演じた映画を撮り上げていたからでもある。小説が映画となり、映画が現実となった、というわけである。しかし、「憂国」を注意して読み直してみれば、主人公である武山信二中尉夫妻が実行した割腹自殺と自刃には、ほとんど明確な意味（あるいは大義）がないことがわかる。

現実の小説家である三島由紀夫が、「七生報国」の鉢巻をし、「天皇陛下万歳」を叫び、あたかも大江健三郎の「政治少年死す」の「おれ」を模倣するかのようにして自らの理念としての天皇（文化に「かたち」を与える天皇）に殉じたのに対して、「憂国」の虚構の主人公である武山信二は、二・二六事件で立ち上がった友人たち、青年将校たちの「皇軍」だけに殉じているからである（遺書には ただ「皇軍の万歳を祈る」とのみ記されていた）。

端的に言ってしまえば、武山信二の死は無駄死にして犬死である。つまりはその死に対して明確な意味を与えることができない、いわば純粋な「死」である。そしてそれで良かったのである。「憂国」の主題は「天皇」ではなく「切腹」にあったのだから、すなわち、性愛の極致である純粋な「死」を描くことにあったのだから。三島は作中にこう記している――「中尉はだから、自分の肉の欲望と憂国の至情のあひだに、何らの矛盾や撞着を見ないばかりか、むしろそれを一つのものと考へることさへできた」。その言葉を現実にそのまま移すかのように小説は進んでいく。武山中尉は新婚の妻と激しい性の交わりをしたのち腹を切り、妻は喉を突く。

切腹にまで至る「憂国の至情」と「肉の欲望」は一つのものである。重要なのは「憂国の至情」の方ではなく、切腹にまで至る「肉の欲望」の方である。三島は「憂国」を発表する直前、その原型ともいえる、やはり切腹を主題としたもう一つ別の作品を書き上げている。男性同性愛の会であるアドニス会の機関誌〈ADONIS〉の別冊「APOLLO」第五号（一九六〇年一〇月）に「榊山保」の名義で掲載された「愛の処刑」である。これまでもこの奇怪な作品の著者が三島ではないかと噂されてはきたが、関係者たちの沈黙もあり、その関係性が正面から取り上げられることはまずなかった。三島の友人であり、反・推理小説を標榜した『虚無への供物』の作者でもあった中井英夫のもとに残されていた自筆原稿（大学ノート）によって真の作者が三島であることが確定された。雑誌掲載時の主人公の名前は大友「隆吉」であったが、自筆原稿では大友「信二」（つまりは「憂国」の主人公と同名）となっており、この作品がはじめて三島の作品として収録された決定版の『三島由紀夫全集』補巻（新潮社、二〇〇五年）では、そちらの方（「信二」）が採用されている。

「愛の処刑」の主人公、大友信二は中学校の体操教師、三〇なかばの「引きしまつた体」をもった独身者である。そのもとを中学の教え子である美しい少年、今林俊男が訪れる。俊男は信二に対して、信二がなかば無意識、なかば意識的に死に追いやってしまった同級生、やはり美しい少年であった田所の死の償いを求める。田所は信二に対して反抗的だった。しかしながら信二は、その田所を深く愛していたがゆえに死に追いやってしまったのだ、と。信二は、田所も俊男も愛していた。俊男もまた信二を愛していた。だからこそ、俊男は、「美しい巫女のやうな命令する力」が込められた声で、信二に切腹を求める。信二は、愛していた少年を死に追いやってしまった罰を、やはり愛する少年の前で受けるために、その命令に喜んで従う。信二の死の苦痛を見ながら俊男もまた、信二の死後すぐその後を追う決心をしている。

三島が切腹に求めていたのは、三島が考えていた同性愛者の性愛の極致、性の喜びが死の苦痛と一つに融け合うような未曾有の境地であった――「信二はじつと名刀の刃先に見とれてゐた。その刃が間もなく自分の肉体の中へ吸ひ込まれてゆく。この恍惚感には、美少年に命令されて、美少年の目前で死ぬといふ幸福感が色濃くまじつてゐた。美少年が冷酷に自分に死を与へてくれた。俺は美しい少年から死を賜はつたのだ。こんなに戦慄的な幸福な死に方があるだらうか」。

ここであえて繰り返すまでもないことであるが、私は現実の小説家、三島由紀夫が同性愛者であったか否かという問題にほとんど興味も関心ももっていない。人は多様な性のかたちを自由に変遷し得る。ただ三島が『仮面の告白』以来、表現者として同性愛にこだわり続けてきたこともまた事実であろう。三島は、「憂国」（その原型としての「愛の処刑」）で、自身の考える同性愛者の性愛の極致を描き尽くそうとした。それは、大江が、「セヴンティーン」で、やはり自らを重ね続けていた自瀆者（オナニスト）の性愛の極致を描き尽くそうとしたことと完全にパラレルである。

三島と大江に共有される一つの源泉として、フランスの思想家にして小説家ジョルジュ・バタイユをあげることも可能であるかも知れない（この時期、両者ともさかんに引用し、参照していた）。バタイユも、生涯を通して性愛のもつ可能性と不可能性にこだわりつづけた表現者であった。バタイユにとってエロスとは、分断されたもの（男性と女性、精神と身体、そして生と死）を「恍惚」（エクスタシス、つまりは人間的な自我を破壊してその「外」へと出てしまう体験）のなかで一つにむすび合わせるものだった。さらにバタイユは、そうした性愛の理論を革命の理論にまで磨き上げていこうとしていた。なぜなら、自らと同様に「恍惚」、自己と他者を一つに融け合わせ個と全体を一つに融け合わせる「恍惚」を、近代的なメディアを積極的に再編成することで新たな帝国、世界に破滅をもたらしかねない帝国の理念として掲げる集団があらわれたからである。ナチスである。自らが求める「恍惚」とファシズムが求める「恍惚」は表裏一体の関係にある。そうであるならば、その同一性と差異性を明確にし、ファシズム的な「恍惚」を内側から解体しながら再構築し、「恍惚」のもつ可能性を自らのうちに奪還しなければならない。

そのためにバタイユが参照していくのは、人類学および民族学の調査報告書であった。人類学者や民族学者たちは、ヨーロッパ的な近代を相対化するために、ヨーロッパの「外」へと出て行く。未開や野蛮と称されていた社会に、彼ら、彼女らが見出したのは、資本主義を生み出したヨーロッヨーロッパの近代とは異なった、もう一つ別の社会の可能性であった。そこでは、やはり性愛と政治、性愛と宗教が密接に結びついた祝祭が執り行われ、その熱狂の最中、人々は集団的な「恍惚」のもとで一つに融け合う。しかし、そうした祝祭は近代を準備し、資本主義を生み出した「生産と蓄積」の理論のもとには行われてはいない。社会主義革命も全体主義革命も資本主義のなかで、その限界を乗り超えていくために企図されたものだった。そういった意味で、社会主義も全体主義も、反・資本主義を目指す革命のもとで生み出されたものではなく、超・資本主義を目指す革命のもとで生み出されたものである。それら二つの体制は資本主義の帰結、その異形の未来であったに過ぎない。

未開にして野蛮な社会の祝祭は、「生産と蓄積」の理論ではなく、「消費と蕩尽」の理論にもとづいて執り行われていた。祝祭をはじめるのは、現実的な存在同士の間で行われる貨幣の「交換」ではなく、超現実的な存在から下される霊魂（霊的な力）の「贈与」であった。

ナチス、すなわち「国家社会主義ドイツ労働者党」の政権奪取（一九三三年）と二・二六事件

（一九三六年）は同時期に、ドイツと日本で相次いで生起した。二・二六事件を理論的に支えた北一輝の著書、『日本改造法案大綱』は、明治政府が国家の主権者と位置づけた天皇の機能――個人であるとともに制度であること――を逆に利用し、天皇からの革命を提起したものであった。「国体」の概念（天皇の身体は国家の身体であり、同時に天皇の意志は国民の意志である）を徹底することで天皇制社会主義とでも称すべき社会体制を確立することが目指されていた。しかし、そこで目指された「国体」は、明治維新を可能にした政治的な革命にして宗教的な革命のうち、宗教的な革命を排除した政治的な革命のみから導き出された理念に過ぎなかった。二・二六の蜂起に対して、制度としての天皇ではなく、個人としての天皇が反対することによって革命はもろくも潰え去った。

真の革命は、政治的な革命であるとともに宗教的な革命でなければならない。「セヴンティーン」を書き上げた大江健三郎は、その第二部「政治少年死す」に着手し、「純粋天皇」という理念に至った。しかし、「純粋天皇」は、「国体」としての天皇をより抽象的に表現し直したものに過ぎない。「純粋天皇」の可能性と不可能性を確定するためには、そのさらなる起源を探っていかなければならない。そのために大江が参照したのは、バタイユが参照した人類学や民族学からの大きな刺激を受けながら、探求の対象を列島の「外」ではなく「内」へと向けた柳田國男の民俗学にして折口信夫の古代学であった。「憂国」を書き上げた三島由紀夫は、大江の「政治少年死す」にあたるものに着手することはできなかった。その代わりとして、三島が小さな作品――しかしエポックメイキングな作品――として提出することができた「英霊の聲」は、大江の『万延元年のフットボール』に先駆けて、民俗学と古代学の交点で、近代的な「純粋天皇」の起源、前近代的な「神憑り」の天皇へとより肉迫していくものとなった。

「英霊の聲」は、「私」が訪れた「木村先生」の「神憑り」の場（「帰神《かむがかり》」の会）にはじまり、同じ「神憑り」の場に終わる。ただひたすら「神憑り」（「帰神」）の諸相が具体的に描き出されていくという特異な作品である。三島は、その冒頭で、「帰神」を、次のように分類していく。「帰神」には幽と顕の二つがある。幽の帰神は、神が憑《よ》りついた本人も気がつかないような、芸術家に訪れるインスピレーションのようなものである。これに対して顕の帰神こそが、いわゆる「神憑り」を指し、それは一つの組織された場で、誰の目にも明らかに見て取れるように起こるものである。幽の帰神にも顕の帰神にも自感法と他感法の別があり、自ら一人で「神憑り」するのが自感法、他者に「神憑り」させるのが他感法である。作中で「私」の前に繰り広げられたのは顕の帰神、その他感法である。

三島は、「帰神」の詳細を、こう説明している――「そもそも他感法には、審神者《さには》がをり、霊媒たる神主がをり、さらに正式には琴師がゐて、六絃の琴を奏でて神霊の来格を乞ひ、審神者がお伺ひを立てるのであるが、木村先生の厳父天快翁は琴師を廃され、審神者たる翁みづから、石笛を吹き鳴らされる法を興された」。つまり、「神憑り」にはもともと複数の人物が必要であった。一人はまさに神が憑依する霊媒たる「神主」、そしてもう一人が音楽とともに神を神主に憑依させる「琴師」、そして最後の一人が神主に憑依した神と対話し、神の言葉を解き明かしていく「審神者」である。やがて「琴師」は廃され、「琴師」が果たしていた役割も「審神者」が兼ねるようになった。すなわち、神憑りする「神主」と、神主に神憑りさせ、その神の声を聴き取り、解き明かしていく

「審神者」という対の構造となったというのである。この「帰神の会」で「審神者」をつとめるのが「木村先生」、「神主」をつとめるのが「二十三歳の盲目の青年」である「川崎重男君」であった。「審神者」である先生が石笛を吹くなか、「神主」たる盲目の美青年が突如として歌い出す。その声は一人の声ではなく、多勢が遠くで唱和するような複数の声であった。やがて、遠く月夜の海上に集っていた荒ぶる霊たちが、盲目の「神主」に向かって次々と襲いかかり、取り憑いてくる。「審神者」たる先生の質問に、「神主」に取り憑いた霊たちが答える。「われらは裏切られた者たちの霊だ」、「われらは三十年前に義軍を起し、叛乱の汚名を蒙つて殺された者である。おんみらはわれらを忘れてはゐまい」、と。二・二六で蜂起し、処刑された者たちの霊であった。さらにそこに、新たな一群の霊が加わる。二・二六の「兄神」たちに次いで裏切られた「弟神」たち、神風特別攻撃隊として自らの生命をなげうった霊たちであった。彼らは口々に、人間であることを宣言し、人間となった天皇に対して呪詛の言葉を投げかける――「昭和の歴史においてただ二度だけ、陛下は神であらせられるべきだつた。何と云はうか、人間としての義務《つとめ》において、神であらせられるべきだつた。この二度だけは、陛下は人間であらせられるその深度のきはみにおいて、正に、神であらせられるべきだつた。それを二度とも陛下は逸したまうた。もつとも神であらせられるべき時に、人間にましましたのだ」。

「一度は兄神たちの蹶起の時」、「一度はわれらの死のあと、国の敗れたあとの時」、天皇は国体としての役割をきわめるべきであった。すなわち、水晶のごとく澄み渡った「国体」、「純粋天皇」としての姿をあらわすべきであった、と。しかしながら、三島は、この「英霊の聲」で、近代的な

「国体」の概念を完成しようとしているわけではない。近代的な「国体」の概念においては、どうしてもその役割を担う天皇自身も近代的な個人であるほかない。水晶のような「国体」、「純粋天皇」という理念を真に完成するためには、近代以前の天皇、「神憑り」の主体としての天皇にまでさかのぼらなければならない。「神憑り」の瞬間、天皇は、言葉の真の意味で、神にして人となる。神を迎え入れた人となる。人間である深度のきわみにおいて神となることができる。そのためには、「英霊の聲」というこの小説全体があらわにした「帰神」の法を、この現代によみがえらせなければならないのだ。

三島は、「英霊の聲」の巻末に、自身が参照した書物を列挙してくれている。そのことによって、三島が「帰神」(神憑り)の詳細を知ったのが、友清歓真の『霊学筌蹄』からであったことが分かる。友清は、「神憑り」を近代的に再構築した出口王仁三郎が組織した宗教結社、大本に所属し、そこで知った「鎮魂帰神法」に驚嘆し、その起源に還り、それをより純粋化し、世間に広く公開したのである。審神者と神主からなる大本的な「鎮魂帰神法」の直接の起源は近世の末期、修験道などに代表される神仏習合的な環境にあった。すなわち、中世以降、神学的に体系づけられてきた公の神道、神官たちの神道から見れば民衆のなかで形づくられてきた私的な神道、種々雑多な「俗神道」と総称される教え、狐憑きや犬神憑きのなかに……。王仁三郎は、そうした「鎮魂帰神法」を、当時欧米で流行していた心霊学などの知識をもとに、霊学にして霊術として再構築していったのである。

それでは、王仁三郎の「鎮魂帰神法」は、折衷的で雑多な寄せ集めに過ぎなかったのか。決してそうではなかった。王仁三郎は、近代国家日本がはじめて創設した神官の養成機関、皇典講究所に入り、そこで列島最古の史書、『日本書紀』や『古事記』、その注釈書類を深く学んでいた。そして自らが後に整理する「神憑り」の基本構造が、すでにそれら聖なる書物のなかに過不足なく記録されていたことを知っていたはずである。特に『日本書紀』巻第九、「神功皇后」のなかに。この巻に先立つ巻第八ですでに、皇后には神が「託《かか》」って「神の言《みこと》」を天皇（仲哀）に語るとある（以下、大意を述べる）。しかし、天皇は皇后に「託」って自らに語られた「神の言」を疑い、信用しなかった。そのことによって天皇は、神の激しい祟りをうけ、早くに世を去らなければならなかった。次代の天皇（応神）を胎内に身ごもったまま、皇后は天皇の役割を果たす――神功は『日本書紀』で一巻を与えられているので天皇と同等の扱いを受けていたとも、あるいは天皇として即位していたとも考えられる。

皇后は自ら「神主《かむぬし》」となり、忠臣である武内宿禰に「琴《みこと》」を奏させ、もう一人の忠臣を「審神者《さには》」として、自身の身体に夫であった天皇を殺した「祟り神」を憑依させる。皇后に憑依した神の筆頭は伊勢に鎮座するアマテラスの「荒魂」であり、その他に何柱もの神々が憑依していたことが分かる。皇后に憑依した神々が語る「神語《かむごと》」に導かれて、次代の天皇を胎内に孕んだまま武装した皇后は、各地に――朝鮮半島に至るまで――親征の旅に出る。「神主」「琴師」そして「審神者」。「帰神」を成り立たせる基本構造はすべてこの巻の冒頭に記されていた。それだけではない。『日本書紀』は一貫して天皇の祖先、皇室の祖神である太陽の女神アマテラスを、祟る神にして憑依する神として描き出しているのだ。

巻第一神代上に記された天石窟神話においてアマテラスは、猨女君（芸能の民）の遠い祖先であるアマノウズメノミコトの狂乱の「神憑り《かむがかり》」によって石窟から外へと出され、世界には秩序が戻った。さらにアマテラスの伊勢鎮座譚は『古事記』には存在せず、『日本書紀』にしか存在していない。それが描き出されるのは、ほとんど名前と簡単な家系しか記録されていない第二代天皇綏靖から第九代天皇開化にいたる「欠史八代」に続く巻第五崇神紀および巻第六垂仁紀において、である。崇神は神武と同じく読まれる（表記は異なっているが）「御肇国天皇」（ハックニシラススメラミコト）と称されているので、天皇のリアルな歴史はこの崇神からはじまるともいわれている。疫病の流行に見舞われた崇神は、自らの「大殿《おほとの》」の内に皇祖神アマテラス、大和の国を支配するオオクニタマの二柱の神を祀った（憑依させた）。しかしその神々のもつ力（「神の勢《みいきほひ》」）のあまりの大きさに畏れを感じ、アマテラスを自らの娘であるトヨスキイリ姫に「託《つ》け」（つまりは憑依し直させ）、殿から離れさせた。次代の垂仁の時代に、トヨスキイリ姫は、自らに憑依したアマテラスをいったん離し、あらためて垂仁の娘であったヤマト姫に「託《つ》け」（憑依し直させ）、ヤマト姫はアマテラスの鎮座する理想の場所を求めて諸国を流離《さすら》うことになる。やがて常世から波が寄せるという伊勢に至り、そこに鎮座するのである。

アマテラスは「神主」としての女性に憑依し、「神の言《みこと》」を語る。しかしながら近代国家日本、その政府は、古代最大の「憑依する女王」神功を天皇の系譜、皇統譜からはずすことを決断する。ようやくそのことが実現するのは大正が終わり昭和が始まる年（一九二六年）のことであった——近代における神功の扱いについては、原武史『皇后考』（講談社学術文庫、二〇一七年）が詳しい。神功の皇統譜からの排除は神社から「神憑り」が排除されていくことと軌を一にしていた。そのような政策に抗うようにして、維新を迎える少し前から、列島のさまざまな場所で、同時多発的に、強烈な「憑依」によって記紀神話とは異なった「神の言《みこと》」を語る人々があらわれるようになった。そのはじまりには天理の中山みきが位置し、その最後には大本の出口なおが位置している。「国家神道」の枠には収まることのない「憑依」によって教祖が生まれ、「憑依」した神が語る言葉を聖典としていた宗教結社を、政府は神道の分派、「教派神道」として公認していかざるを得なかった。中山みきの天理はあまりにも秩序破壊的な、つまりは記紀神話から大きく逸脱する聖典をもっていたため、結局のところ最後に認められた「教派神道」となった。さらに過激な聖典をもっていた大本は、結局のところ最後まで「教派神道」と認められることはなかった。

王仁三郎は、壮絶な「神憑り」の最中、お筆先として過激な「神の言」を撒き散らし続ける出口なおと出逢い、すぐさまなおに帰依し、なおを「神主」、自らを「審神者」とする「鎮魂帰神法」を、理論においても実践においても、確立していったのである。最大の力をもった「神主」こそが最大の力をもった天皇なのである。アマテラスが憑依した天皇は、その度ごとに、文字通りアマテラスそのものとなる。大本的な「鎮魂帰神法」にもとづいて小説「英霊の聲」を書き上げた三島由紀夫は、続いて評論「文化防衛論」において、伊勢神宮とアマテラスを論じることになる。三島はそこで、こう宣言する。日本文化の大きな特質の一つは、本来的に「オリジナルとコピーの弁別を持たぬ」ところにある。その端的な例は、伊勢神宮で二〇年に一度行われている式年造営と、そこに祀られているアマテラスと天皇の関係に見出すことが可能だ。伊勢神宮は内宮と外宮の二つの神域からなる。それぞれの宮を構成するすべての建物、そのなかに収められたすべての宝物は二〇年に一度完全に破壊され、まったく同じものが、すぐ隣の空白の地に造り直される。

三島は、ここにこそ近代以前にして近代を乗り超えていく日本文化の特質があるのだと断言する――「持統帝以来五十九回に亘る二十年毎の式年造営は、いつも新たに建てられた伊勢神宮がオリジナルなのであつて、オリジナルはその時点においてコピーにオリジナルの生命を託して滅びてゆき、コピー自体がオリジナルになるのである」、だからこそ、「このやうな文化概念の特質は、各代の天皇が、正に天皇その方であつて、天照大神とオリジナルとコピーの関係にはないところの天皇制の特質と見合つてゐる」、とも。

しかしながら、人間は本当にオリジナルとコピーの間に差異がまったく存在しない世界を生きることができるのであろうか。「英霊の聲」の最後は、無数の荒れ狂う霊に憑依され、嬲られ、その生命を失ってしまった盲目の青年、盲目の「神主」の顔の描写で閉じられている――「[川崎君が]死んでゐたことだけが、私どもをおどろかせたのではない。その死顔が、川崎君の顔ではない、何者とも知れぬと云はうか、何者かのあいまいな顔に変容してゐるのを見て、慄然としたのである」。何者でもないとともに何者でもある「私」。三島由紀夫が最後に立った地点である。最後に立った地点ではあるが、『仮面の告白』という象徴的なタイトルをもった書物から本格的な作家活動を開始した者にとっては、はじまりの地点であったのかもしれない。反復によって「私」は跡形もなく消え去る。さらなる反復によって「私」はまったくの他者としてよみがえる。だからこそ「仮面」が、だからこそ「かたち」が必要だったのだ。

「文化防衛論」で三島があげた日本文化の特質をなす特徴は二つあった。そのうちの二番目に述べられたのが、日本文化はオリジナルとコピーの差異をもたない、ということであった。反復の度ごとにオリジナルとコピーの差異が失われる。だからこそ、そこには「かたち」が必要なのである。三島は、日本文化のもつ特質の最初、一番目に、そう記していた。文化は「もの」ではなく一つの「形（フォルム）」であり、国民精神がその「形」を通して、その「形」を透かして見られる、一種の「透明な結晶体」のようなものなのである（この一節に、「英霊の聲」で憑霊たちが口々に述べていた水晶のような「国体」すなわち三島にとっての「純粋天皇」が交響している）。

憑依という反復によって時間も空間もゼロへと滅び、あらためてまたゼロからよみがえってくる。もしそこに「かたち」が、「仮面」がなければ、誰もが、何もが自己同一性を保つことができなくなるであろう。三島由紀夫は、反復の度ごとに同一性が保たれる「かたち」を選んだ。『万延元年のフットボール』を書き上げた大江健三郎は、おそらくは違う。反復の度ごとに同一性が破られ、差異性が生み落とされる「かたち」以前の「かたち」、「かたち」の母胎、「純粋天皇の胎水」たる「ふるさと」を選ぶ。

3

作家として活動をはじめた最初期の一九五八年、二三歳を迎えた年に「飼育」そして『芽むしり仔撃ち』という作品を相次いで発表した大江健三郎にとって、自らが生まれ育ってきた「ふるさと」を描くということは、作家としてきわめて重要な課題であった。しかし、この二つの初期の傑作に描き出された「ふるさと」は、一種の閉鎖された小宇宙でもあった。その閉鎖された小宇宙が、まったくの他者の突然の来訪によっていったんは活性化するが、やがてもろくも崩れ去っていく。いずれにおいても「戦争」とその敗北が、「ふるさと」崩壊の契機となる。一九三五年に生まれた大江にとって、敗戦の年はちょうど一〇歳であった。その前年に大江の父は心臓麻痺で急死している（享年五〇）。

大江にとって「ふるさと」には少年になるまでの一〇年間の記憶と、父の死の「謎」が秘められていた。創作の重要な宝庫ではあるが、しかし、まずはその「ふるさと」から外に出て、「ふるさと」と客観的に対峙しなければ、一人の表現者として自立することはできなかった。初期の大江にとって「ふるさと」とは、閉鎖と自立、そして離脱という視点から考察されなければならないものであった。そうして迎えた一九六〇年代の前半、大江には結婚、「セヴンティーン」と「政治少年死す」の発表と封印、さらには「怪物」としての息子の誕生と『個人的な体験』の執筆という私的においても公的においても大きな事件が続くことになった。「怪物」としての息子の誕生、そしてその息子との共生を選択したことは、やはり「怪物」となる可能性をうちに秘めた「父」となることの自覚ともなったはずである。大江は、「ふるさと」へとあらためて帰還することを決意する。

「ふるさと」を解体し、再構築する。そのためには、民俗学者であり国文学者でもあった折口信夫がマレビトとして定位した、一年に一度外から「ふるさと」を訪れ、「ふるさと」を活性化し、また「ふるさと」の外へと去って行く神にして人間、供犠する者にして供犠される者が必要であった。折口はマレビトを鬼にして翁、破壊神にして祝福神、芸能者（ホカヒビトである乞食）にして権力者（ミコトモチである天皇）と考えていた。そのような、相反する性質を兼ね具えた自らの分身を主人公として造型しなければならなかった。大江が選んだのは、一つの「対」として存在する兄弟、兄である傍観者、蜜三郎と弟である行動者、鷹四であった。マレビトとしての兄弟によって「ふるさと」を脱構築する。大江健三郎が文学の「ふるさと」に到達するためには、折口信夫の営為を小説として創造的に反復することが必要不可欠であった。そのことを証明し、大江の作品世界を批評的に解体し再構築していくことこそが、折口信夫の『死者の書』を論じた書物（『光の曼陀羅　日本文学論』講談社、二〇〇八年）で大江健三郎自身から、自らの名前を刻んだ賞を授けられたこの私、安藤礼二の使命でもある。

大江健三郎が帰還すること、脱構築することを決断した「ふるさと」は、「怪物」としての父そして「怪物」としての「私」、すなわち「作者」を生んだ場所であり、「純粋天皇」というテーゼに覆い尽くされた世界でもあった。大江が幼年期から少年期を「ふるさと」で送った時代は、満洲事変の勃発（一九三一年）から終戦（一九四五年）にいたるまで、アジア・太平洋戦争のなかにそのすべてが包み込まれていた。「ふるさと」は「私」の母胎であるとともに「純粋天皇」の母胎でもあった。そうした二重の母胎として存在する「ふるさと」の構造を確定し、「ふるさと」が秘めていた可能性と不可能性の双方を見極める。その結果として完成したのが『万延元年のフットボール』であった。小説としては『個人的な体験』以降はじめて書き上げられたものであり、『個人的な体験』の刊行からすでに三年という月日が経っていた。

『万延元年のフットボール』を書き進めていく際、大江の導きの糸になったのは、大江が「ふるさと」で少年時代を送っていたまさにそのとき、後に大江が読み込むことになるジョルジュ・バタイユなどフランスのシュルレアリストたちが取り組んでいた人類学や民族学、あるいはそれら新たな学の刺激を受けて体系が整えられた柳田國男の民俗学であり、折口信夫の古代学であった。バタイユらは、人類学と民族学が対象とした未開や野蛮と称される社会に、ファシズム――あるいは社会主義革命と全体主義革命を相次いで生み出す起源となった超・資本主義社会――に抗するもう一つ別の社会の可能性を見出していた。「政治少年死す」の直前、「セヴンティーン」とまさに同じ月に大江が発表した短編「幸福な若いギリアク人」は、北海道に生活している青年が自らのなかに流れる日本の外の血、ギリアク（ニヴフ）のシャマンの血を自覚するという寓意的な物語であった。大江の人類学的関心、民族学的関心は早くから一貫していた（そのことが後に文化人類学者である山口昌男と邂逅させ、別離させる原因ともなった）。

前近代的な社会では、超・資本主義社会のように、時間は未来の一点に向けて流れてはいない。「生産と蓄積」を原理とした近代的な社会では、時間はその目的に向けて直線的に流れていく。「消費と蕩尽」を原理とする前近代的な社会では、時間は円環を描く。生産し蓄積された富は、祝祭のなかで消費され、蕩尽されてしまう。祝祭によって時間はゼロ（起源）に戻り、そのゼロから新たな時間がはじまる。それと同時に旧い空間はいったん滅び去り、そこに新たな空間としてよみがえる。祝祭は時間と空間を反復することで、時間と空間を再生させる。祝祭は歴史をいったん無化し、そのことによってあらためて歴史を再開させる。そうした祝祭の場では森羅万象あらゆるもの、動物・植物・鉱物が、それぞれのうちに孕んでいた霊的な力を解放し、一つに混じり合う。それとともに死者がよみがえり生者とともに歌い、踊り、宴をともにし、一つに交わり合う。

大江は、歴史に祝祭を導入し、祝祭のなかで歴史を反復させ、現実の歴史とは異なったもう一つ別の虚構の歴史を、文学的な想像力によって、作品のなかに「ふるさと」(物語発生の母胎)として結晶化しようとする。鋭敏な批評家であった江藤淳は、大江のそのような試みが反・歴史的なものであること、物語によって歴史を、近代的な叡智を無化してしまうものであると激しく批判する。江藤が真っ先に批判するのは「蜜三郎」や「鷹四」といった登場人物たちの寓意的な命名法である(江藤にとって歴史とは寓意ではなく、事実そのものでなければならなかった)。大江は江藤と決別し、また三島とも異なった主題と方法を用いて、近代以前に還ることによって近代を相対化し、近代とは異なったもう一つ別の可能性、物語にして神話として歴史を語り直す可能性を小説として定位しようとする。その果てに、大江健三郎の作品世界は一つの完成を迎える、より正確に言えば、完成に向けての第一歩を踏み出すことになる(もはやその地点から後戻りすることはできないという意味において……)。

大江は、明治一〇〇年を間近にひかえた現在に、万延年間(一八六〇から六一年)を重ね合わせる。ちょうど「セヴンティーン」と「政治少年死す」が発表された一〇〇年前のことである。さらには「ふるさと」に帰還した蜜三郎と弟の鷹四に、曾祖父とその弟を重ね合わせる。曾祖父の弟は万延元年、近代化を選択していくことに対して動揺していた「ふるさと」に革命(百姓一揆)を起こし、百姓たちの蜂起を率いた。鷹四は、曾祖父の弟の営為を反復するかのように、「ふるさと」が近代化の波に呑まれてしまうこと（「スーパー・マーケットの天皇」による経済的な支配）に対して、青年たちの間に革命、「想像力の暴動」を組織しようとする。鷹四は、その一つの手段として、「ふるさと」に伝わる祝祭、「ふるさと」の人々が共同で保持していた夢（谷間の人間の「共同の情念」にして「共同の夢」）そのものであった「念仏踊り」を復興させることを試みる。

「念仏踊り」とは、恨みを抱いたままこの世を去らなければならなかった人々の荒ぶる魂、死者たちの荒ぶる魂である「御霊」を鎮撫するための祝祭であった。万延元年の一揆の首謀者である曾祖父の弟もまた「御霊」として祀られている。いまだ父と息子が正面からは登場しない『万延元年のフットボール』でその身代わりをつとめることになったS兄も、また。「御霊」はその行為を、滑稽な扮装とともに反復する。物語の最後に鷹四の子を身ごもることになる妻の菜採子から、「念仏踊りは万延元年の一揆を起点としてできあがった風習なの？」と尋ねられた蜜三郎は、こう答える――。

「いや、そういうことはない。それ以前から念仏踊りはおこなわれていたし、『御霊』は谷間に人間が住みはじめた時以来、存在しつづけてきただろう。一揆後、数年あるいは、数十年は曾祖父さんの弟の『御霊』もS兄さんの『御霊』同様に、行列のびりっかすのあたりでシゴかれる初歩的な『御霊』にすぎなかったにちがいない。折口信夫は、この新しい『御霊』のことを新発意《シンボチ》と呼んで、念仏踊りをつうじておこなわれる、そうした新入生の訓練を拷《シオ》りと定義していた。扮装をつけて激しく動きまわる念仏踊りは相当な重労働だから、『御霊』自身の訓練は別の話にしても、それに扮した村の若者にとっては確かに、充分シゴかれて訓練されることになるにちがいない。とくに窪地の民衆の生活にまずいことが起っている時など、念仏踊りの演技者の熱演ぶりには辟易させるものがあるよ」

ここで蜜三郎が妻に説明している祝祭、この「念仏踊り」こそが『万延元年のフットボール』全体を貫く通奏低音となる。「ふるさと」に生起するさまざまな出来事、過去と現在、そしておそらくは未来までをも含めたさまざまな出来事は「念仏踊り」のなかに取り入れられ、それが繰り返されるたびに活性化され、「ふるさと」の新たな歴史として生み落とされる。そうした祝祭の在り方を、大江は、この一節中に固有名が明記されている通り、折口信夫がその生涯の最後（死の一年前である一九五二年）に残した、ある意味では折口の遺言ということも可能な長編論考、「民族史観における他界観念」にもとづいて再構築しているのである。つまり『万延元年のフットボール』に描き出された「ふるさと」とは、現実の「ふるさと」に、テクストの解釈によって導き出された仮構の「ふるさと」が重なり合うことによって形づくられたものだった。テクストの創造的な反復こそが「ふるさと」を生起させていくのである。

このとき大江が折口を選んだことはきわめて重要である。なぜなら、アジア・太平洋戦争以前からその敗戦の後に至るまで、ただ折口だけが「天皇」を脱構築することに成功していたからだ。折口は生涯を通して道徳としての神道、「国家神道」に異議申し立てを行い続け、もう一つ別の近代を模索し続けた。そのためには、神道は道徳ではなく宗教でなければならない。神道の基盤である

「神憑り」にいま一度戻らなければならない。だからこそ折口のマレビトは芸能者にして権力者、ホカヒビトにしてミコトモチ、乞食にして天皇といった二つの側面をもっていたのだ。

京都の皇典講究所と東京の皇典講究所（後の國學院大學）、「神憑り」から生まれた教派神道各派と密接な関係をもっていた研究団体（実態はキリスト教各派や仏教各派に対する抗議団体でもあった）「神風会」への熱狂的な参加等々、出口王仁三郎による「神憑り」の実践と折口信夫による「神憑り」の研究は、その背景においても理論においても、きわめて深く共振するものであった。三島由紀夫が出口王仁三郎を選んだとしたなら、大江健三郎は折口信夫を選んだのである。その帰結として、大江は『水死』のなかで、まさに現実の父がこの世を去った年（一九四四年）に発表され、後に『死者の書』の「解説」として収録されることになる「山越しの阿弥陀像の画因」のなかに折口が残した一節、熊野の普陀落渡海、観音の浄土へ「淼々たる海波を漕ぎゝつて到り著く」という一節のなかの「淼々《びょうびょう》」という言葉を介して、虚構の父との和解を試みることになったのだ。

『万延元年のフットボール』の源泉である折口信夫の「民族史観における他界観念」、そのものずばり「念仏踊り」と題された節は、こうはじまっている——「村を離れた墓地なる山などから群行して、新盆の家或は部落の大家の庭に姿を顕す。道を降りながら行ふ念仏踊りは、縦隊で行進する。家に入ると、庭で円陣を作つて踊ることが多い。迎へられて座敷に上ることもあり、屋敷を廻つて踊ることもあり、座敷ぼめ・厩ぼめなどもする」。大江は、『万延元年のフットボール』のなかで、ここに描き出された「念仏踊り」をそのまま再現し、物語の最後、「ふるさと」に隠されていた秘密をあらわにすることで自ら生命を絶たなければならなかった鷹四の「御霊」を慰撫するであろう。

「新発意」や「拷り」という特異な語彙もすべて、折口がまとめた同じこの節のなかに見出すことができる。たとえば「新発意」――「盆行事（又は獅子踊）の中心となるものに二つあつて、才芸（音頭）又は新発意《シンボチ》と言ふ名で表してゐる」、あるいは「拷り」――「芸能の側にうける拷《シヲ》りは、霊魂を攻め虐げて完成させようと言ふ目的と合致する訣だ。虐げることゝ練り鍛へることゝが、日本の古代近代に渉るしつけ・教育の上では、一つであつたことも、此から来るからであつた」。つまり大江健三郎は、折口信夫が最後に到達した地点に立つことによって、自らの現実の「ふるさと」を脱構築することをはじめたのだ。そのことは同時に、虚構の物語のなかで鷹四に死をもたらす「ふるさと」の秘密を脱構築してしまうことにも直結していた。

鷹四は「ふるさと」で暮らしていた過去に、秘密をもっていた。「白痴」の妹と性の交わりを繰り返し、妹に自分の子を孕ませ、妹を死に追いやっていたのだ（ただしそれが事実であったのか虚構であったのかは分からない）。兄弟と姉妹の「性」を介した関係性。民俗学者たちが注目した南島では現実の政治をつかさどる王（兄弟）と超現実の宗教をつかさどる司祭（姉妹）、神話では姉アマテラスと弟スサノオ（その二人の象徴的な婚姻から天皇一族の祖が生み落とされる）、鎮魂帰神法では男性の「審神者」と女性の「神主」……。それらと重なり合う「純粋天皇」の起源をなすような「対」の関係性を、鷹四と「白痴」の妹は、この物語のなかでも繰り返していたのだ。しかし、大江は、その地点にとどまっていない。折口に導かれ、さらなる根底を目指す。近代的な制度としての天皇に対抗するために、その起源に位置づけられる「対」としての天皇、宗教的な「神憑り」の天皇をさらに解体し、「神」（あるいは祝祭を起動させる原理としての霊魂）として再構築する。「純粋天皇」を目指して甦れた鷹四を、「御霊」として再生させようとする。

そうした大江の試みをより深く理解するためには、折口が長大な遺書ともいえるこの論考で一体何を表現しようとしていたのか、その核心を知らなければならない。折口は「御霊」を祖先の霊魂とのみ考えることを拒絶する。「御霊」とは家族にも、あるいは国家にも縁のない山野に満ちあふれる荒ぶる霊魂であり、祖先として祀られることのない未完成の霊魂、無縁の霊魂でもある。近代の戦争が、「御霊」の数を爆発的に増大させた。しかしながら、そのような「御霊」、荒ぶる未完成の霊魂、無縁の霊魂の処置を、近代の政府は充分に果たしていない――「明治神道の解釈があまり近代神学一遍で、三界に遍満する亡霊の処置を、実はつけきつてゐない所がないではないか、と思はれる所がある」（「護国の鬼　私心の怨霊」）。近代国民国家日本のなかで唯一そのような招魂の儀礼を行い得たのは靖国である。折口はここで靖国に一定の評価を与えている。それはなぜか。神道が宗教であることを禁じられた近代日本のなかで唯一、山野に満ちあふれる荒ぶる霊魂を迎え、「神」へと昇華させる儀礼を行っていたからである。

折口の靖国評価の原型は、「民族史観における他界観念」の序章と称することも充分に可能な、戦争がより激化していこうとする一九四三年（つまりは『死者の書』が単行本として刊行された年）に発表されたごく短いエッセイ、「招魂の御儀を拝して」にうかがうことができる。折口は、靖国の招魂の儀礼にはじめて参加した感想をこう書き記す――「私は地方の古い社々の夜の御祭りに、もつと夜ふけてからも、度々参加さして戴いて居りますので、その深厳な、尊い夜の記憶が心にいろ〳〵と泛んで参ります」。靖国の招魂の儀礼に参加した遺族たちもまた、そのような深い「感動」

を抱いているのであろう、とも。折口は、靖国の招魂の儀礼を高く評価している。それは、「国家神道」という体制下のいまこのとき、近代的に再編成された宗教の施設であるこの靖国だけが死者の霊魂を「神」へと祀ることができたからである。同様のことは、近代的に再編成された宗教の機能である天皇が果たしていた役割と等しい。折口は、靖国の「神」へと昇華された「たましひ」について、このエッセイのなかで、こう記している――。

> 遥かな野山或は海川の間に、花橘の珠のやうに過ぎられたたましひのひろがつて居るのを呼び迎へて、こゝに明らかに浄いみたまとして、本社の中に、斎《イハ》ひ込め申しあげると言ふ、野山・海川の間から、御魂を招《ヲ》ぎ迎へる、この招魂法を以て、此度迎へられたみたまは、凡三年近い年月を経た御魂が、今や完全に神様におなりになつた。現在の信仰では、凡此だけの時を経れば、神となられるものと、信ぜられてゐる訣です。

折口は、靖国の招魂の儀礼を否定していない。それは「民族史観における他界観念」でも同様である。しかし、そのことは「国家神道」というきわめて限定された条件のもと、きわめて不充分なかたちにおいて認められるのである。大正の終わりにして昭和の始まり（一九二六年）に発表された「餓鬼阿弥蘇生譚」以降、折口にとって、極東の列島の原初の神は「たま」であった。石や貝や卵など密閉された「もの」のなかに這《は》い入って、その殻を内側から破って解放される不定形にして非定形の「力」であった。それら、不定形にして非定形の力である「たま」は、野山や海川の間に美しくも小さな花々のように連なり広がる「たましひ」であるとともに、「餓鬼」のように山中で人に取り憑いては人を狂わせる荒ぶる「たましひ」でもあった。そもそも光と闇、善と悪、美と醜、あるいは「和魂」と「荒魂」と二つに分割し区分することができない原初の「たましひ」（霊魂としての神）が、「国家神道」のもとで、その一方の側面しか重視されていなかったとしたならば、道徳としての神道（「国家神道」）を解体し、宗教としての神道（「神憑り」）として再構築するためには、「神憑り」を引き起こす原因となる「たま」（霊魂）のもつ性質を正確に、つまりは光と闇の両側面から、理解する必要があるはずだ。

「民族史観における他界観念」において、折口は「国家神道」のもとで失われてしまった「霊魂」（すなわち「神」）の真の姿を復元しようとする――。

日本におけるあにみずむは、単純な庶物信仰ではなかつた。庶物の精霊の信仰に到達する前に、完成しない側の霊魂に考へられた次期の姿であつたものと思はれる。植物なり巖石なりが、他界の姿なのである。だが他界身と言ふことの出来ぬほど、人界近くに固著し、残留してゐるのは、完全に他界に居ることの出来ぬ未完成の霊魂なるが故である。つまり、霊化しても、移動することの出来ぬ地物、或は其に近いものになつてゐる為に、将来他界身を完成することを約せられた人間を憎み妨げるのである。此が、人間に禍ひするでもん・すぴりつとに関する諸種信仰の出発点だと思はれる。未完成の霊は、後来の考へ方で言ふ成仏せぬ霊と同じやうに、崇りするものと言つた性質を持つてゐる。

大江健三郎が、あるいは折口信夫がよみがえらせようとした「御霊」とは、このようなものであった。荒ぶる霊魂の、未開の荒野に立つ。そのことによってはじめて、靖国と天皇に体現された近代的な施設であるとともに人、極東の列島に育まれた宗教と文化にとっては突発的で特殊な制度であり機能であったものが根底から解消される。「英霊」を「御霊」に戻し、天皇を「霊魂」の操作者に戻す。あらためて「民族史観における他界観念」の結論をまとめてみる。折口にとって列島の原初の神とは人格をもつ神、人間的な神ではなかった。荒ぶる「御霊」のような非人格的な神、霊魂としての神であった。天皇は、そのような霊魂としての神を自らの身体に憑依させるのである。アマテラスではなく、アマテラスという「かたち」が与えられる以前の非定形で不定形の、つまりは明確な「かたち」をもたないことによって逆に内部に無限の変化可能性を秘めた「たま」(霊魂)としての神を。折口は、そのような神を、本居宣長、平田篤胤と続く「国学」の伝統に従って『古事記』の冒頭にあらわれる神、「産霊」(ムスビ――折口の読みに従う)とした。無限の霊魂をそのなかから産出し、森羅万象あらゆるものに生命を賦与する根源神、自然そのもののもつ荒ぶる破壊する力と生成する穏やかな力をあわせもった神。そのなかから、ありとあらゆる「かたち」を生み出す神。アマテラスは、「産霊」から生み出された一つの「かたち」に過ぎなかった。アジア・太平洋戦争終結後の折口は、こう宣言する。天皇を「祖先神」(アマテラス)から切り離さなければならない、と。

三島由紀夫の「純粋天皇」に根底から異議申し立てをしなければならなかった大江健三郎が、折口信夫を選んだことは必然であった。そして、そうした大江、つまりは折口の営為に三島もまた、根底から抗おうとしたことも……。三島も民俗学のもつ方法論的な可能性を熟知していた。柳田國男の『遠野物語』を激賞し、『遠野物語』を読み解くことで『共同幻想論』を書き上げた吉本隆明の営為に深い関心を抱いていたからだ。吉本が一九六六年の末から書き継ぎ、翌々年の末に書物として刊行した『共同幻想論』は、大江が鷹四の秘密として「ふるさと」に封印していた兄弟と姉妹の「対」、スサノオとアマテラスの「対」からなる原初の天皇の姿を、文献としては『遠野物語』と『古事記』から、地域としては南島に、探ろうとしたものである。そして、そこでは、折口信夫の「大嘗祭の本義」を解体し、再構築することによって同性愛的であるとともに自己性愛的でもある、原型としての天皇制が抽出されようとしていた——大嘗祭とは、「〈神〉とじぶんを異性に擬定した天皇との〈性〉行為によって、対幻想を〈最高〉の共同幻想と同致させ、天皇がじぶん自身の人身に、世襲的な規範力を導入しようとする模擬行為を意味するとかんがえられる」(「祭儀論」より)。すなわち、天皇は自ら神であるとともに巫女であることによって、性愛を通して(「対」なる幻想を通して)、自己の幻想と共同の幻想(大江が言うところの国家以前の共同体の「共同の情念」にして「共同の夢」)を一致させるのである。

そのような吉本の書物を共感とともに読み進めていた三島は、折口に対しては終生両義的な感情を抱き続けていた、と推測される。畏怖とともに揶揄という複雑な感情を……。なぜなら、三島は折口をモデルにした「三熊野詣」という短編小説を書き上げ、そこでは終始折口がもつ人間離れした怪物性が滑稽かつ残酷に描き出されているからだ。また、だからこそ、自ら計画した「死」が間近になったとき、大江、つまりは折口に対抗するように、あえてこう宣言しなければならなかったのだ――「私はかつて民俗学を愛したが、徐々にこれから遠ざかった。そこにいひしれぬ不気味な不健全なものを嗅ぎ取ったからである」、民俗学がもつ不気味で不健全なものとは「民族のひろく深い原体験」を探り出そうとするところにある、とも（『日本文学小史』より）。

母胎から生まれる「かたち」をとるのか、「かたち」を生む母胎をとるのか。三島由紀夫と大江健三郎の「純粋天皇」をめぐる闘争を一言でまとめてしまえば、そうなるであろう。そしていまなぜ、この二人の闘争をあらためて取りあげ直さなければならなかったのか。三島も大江も破滅的な戦争を生き抜いた。その戦争は、前近代的な呪術王を近代的な国民国家の主権者に据えてしまうという「明治」の日本そのものに起因する。その奇形的なシステムが招いた宿命的な結果である。平成の天皇が「象徴」の役割を降りたいま、政府は露骨に「明治」の日本に回帰しようとしている。政府をささえる宗教者たちは、戦後、神社本庁をつくり、そこから「明治」以前に還ろうとした柳田國男の民俗学と折口信夫の古代学を排除した人々の末裔にあたる。「国家神道」がよみがえろうとしている。「明治」の反復に対して、もう一つ別のかたちでの反復の可能性を考える。柳田國男の民俗学と折口信夫の古代学を消化吸収してなった三島由紀夫の文学と大江健三郎の文学と。その闘争はいまだに大きな意味をもっている。

三島と大江の闘争を、創造的な相互浸透に変えることはできるのか、否か。

＊

一九四五年夏、三島由紀夫は二〇歳、大江健三郎は一〇歳であった。
三島も大江も、さまざまな作品のなかで繰り返し、その夏に、その年に還ろうとしていた。その夏に、その年に回帰することによってのみ、その夏を、その年を、乗り越えていくことができる。その反復のなかでこそ表現の真実にして世界の真実が立ち現れる。折口信夫に導かれた大江健三郎は、『万延元年のフットボール』のなかで、時間の無限の反復、その無限の重なり合いに最も美しい表現を与えることに成功する。荒ぶる「弟」に率いられて、谷間の村の現在に、最初にして最後の成功した暴動にして祝祭が起こる直前、一年のサイクルがきわまろうとする大晦日の前夜、真夜中の雪が降り積もった庭を駈けるその「弟」鷹四を見る「兄」である「僕」、蜜三郎の目の前に広がる光景――。

［……］前庭に降りつもった雪の上を、素裸の鷹四が輪をえがいて駈けているのが見えた。軒灯の光が地面と屋根、軒端の数種の小灌木に降り積った雪の反射に救けられて、日暮れのぼんやりした灯りの印象をすっかり更新する豊かな光に、白い前庭を明るませている。雪はなおも降りしきっている。この一秒間のすべての雪片のえがく線条が、谷間の空間に雪の降りしきるあいだそのままずっと維持されるのであって、他に雪の動きはありえないという不思議な固定観念が生れる。一秒間の実質が無限にひきのばされる。雪の層に音が吸収されつくしているように、時の方向性もまた降りしきる雪に吸いこまれて失われた。遍在する「時」。素裸で駈けている鷹四は、

曾祖父の弟であり、僕の弟だ。百年間のすべての瞬間がこの一瞬間にぴっしり重なっている。

降りしきる雪、その結晶の一粒一粒のなかに遍在している無限の「時」。そのような場に立ち、そのような場を生きるとは、無限の「私」の可能性、無限の世界の可能性を生きることに他なるまい。無限を内に秘めた「時」たち、「霊」たちの荒野に立つ。そこでは当然、人間である「私」の自己同一性は失われる。誰でもないとともに誰でもある「私」。もはや人間ですらなくなる。「英霊の聲」を書き上げた三島由紀夫もまた、当然、そのような場に立っていたはずだ。そこは、光とともに闇が、美とともに醜が、清らかな神であるとともに荒ぶる霊たちが満ち満ちる場であったはずだ。無数の「かたち」が生み出されては、無数の「かたち」が滅び去る場であったはずだ。

文化は「その血みどろの母胎の生命や生殖行為」から切り離すことができないと「文化防衛論」に書きつけた三島由紀夫は、自らが立たなければならないのが、まさにそうしたすべての「かたち」を産出する存在の母胎、アナーキーなエロティシズムが立ち現れてくる場であることを知っていた。しかし、三島はあえて、そのような場を成り立たせ、無条件に容認するものこそが「かたち」のなかの「かたち」、つまりは「天皇制」であるとした――「このやうな文化概念としての天皇制は、文化の全体性の二要件を充たし、時間的連続性が祭祀につながると共に、空間的連続性は時には政治的無秩序をさへ容認するにいたることは、あたかも最深のエロティシズムが、一方では古来の神権政治に、他方ではアナーキズムに接着するのと照応してゐる」。

そしてその生涯の最後、一九四五年夏に二〇歳であった「私」を四度にわたって反復するかのような大長編小説、「豊饒の海」四部作を書き上げて、作品世界の完結と自らの人生の完結を一つに重ね合わせる。最終巻である『天人五衰』の冒頭は、「海」という絶対のアナーキーからはじまっている――「海、名のないもの、地中海であれ、日本海であれ、目前の駿河湾であれ、海としか名付けやうのないもので辛うじて統括されながら、決してその名に服しない、この無名の、この豊かな、絶対の無政府主義《アナーキー》」。そしてその結末は、時間も空間も消失してしまった「寂寞」をきわめた夏の庭、「空」の庭で終わる。豊饒の「海」から不毛の「庭」へ。無限の生成から、無限の消滅、すなわち「空」へ。

三島の「空」に対抗するかのように、大江は「時」の無限をきわめてゆく。『万延元年のフットボール』のクライマックスであらわされた、天から絶え間なく降り注ぎ大地に遍在する無数の「時」は、文学の「ふるさと」をさらに破格のスタイルを用いることによって過激にきわめていった『同時代ゲーム』の最後では、「ふるさと」そのものを体現する「壊す人」、バラバラに解体されて森のなかに、あるいは森そのものとして遍在する「壊す人」の巨大な身体を構成する無数の「分子模型のような硝子玉」（正確には「硝子玉をつらねた分子模型」）として表現されることになった。内側から微光を発している「硝子玉」の一つ一つには、それ自体が無限である宇宙の可能性のすべてが孕まれている。さらに『新しい人よ眼ざめよ』の最終章（「新しい人よ眼ざめよ」）では、『同時代ゲーム』の「硝子玉の分子模型」が森のなかに広がっている光景が多量に自己引用されるとともに、それがウィリアム・ブレイク描くところの名高い作品、「最後の審判」と重ね合わせられるように論じられていく。

ブレイクの「最後の審判」は、画面の頂点に救い主なるイエスの光り輝く身体が描き出され、その他画面全面にわたってさまざまな身体、光の身体にして闇の身体、神の身体にして獣の身体が互いにひしめき合うようにして、無数に描き出されている。全体として、頂点のイエスと他の無数の身体によって巨大な一つの身体が表現されているように見える。一にして無限、あるいは無限にして一。おそらくここにこそ、自らの「純粋天皇」を内側から食い破り、三島の「空」を内側から食い破ることで「かたち」となった大江の「ふるさと」の完成がある。「海」のなか、「空」のなかに遍在する無限の「時」。それこそが母胎という「かたち」であり、「かたち」という母胎である。純粋天皇の胎水は、「ふるさと」の森のなかに実現したのである。

もちろんその光景は、大江健三郎という卓越した文学者による、前人未踏の文学的な達成である。しかし同時にまたその光景は、「最後の審判」とも題されていた。世界が終末を迎える日でもある。近代国民国家である日本において、政治的にもう一つ別の世界の可能性を求めて起こされた革命である二・二六事件の直前、一九三五年の末には、出口王仁三郎率いる大本に対して二回目の、そして徹底的な弾圧が国家から加えられた。破壊は徹底しており、大本は壊滅状態となる。王仁三郎は、宗教であることを禁じられた「神憑り」を生々しく現代によみがえらせることで膨大な信者を抱え、大正期の一回目の弾圧の直後には、後の大日本帝国の大陸侵攻を先取りするようにしてモンゴルへと向かっていた。日本列島、朝鮮半島、満洲、モンゴル、チベットに共有されている「神憑り」、シャマニズム文化圏全体を包含する宗教的な共同体の構築を目指して、である。

大日本帝国は、王仁三郎の果敢な行動に自分たちがこれから進んでいく未来、アジアに文字通りの破滅をもたらすかもしれない未来を見出し、恐怖を覚えたはずだ。出口王仁三郎の実践にあてはまることは、そのまま折口信夫の理論にもあてはまる。現実の世界を想像力の世界が凌駕し、覆そうとしている。だからこそ大本は弾圧されなければならなかった（國學院大學、すなわち神道を専門とする大学の教授であることでかろうじて、折口はそうした運命だけは逃れられた）。大江健三郎の文学的な創造力の射程は、おそらく、そうした地平にまで到達しているはずだ。だからこそ、近代が終わろうとしているいまこそ、その作品を読み直さなければならないのだ。大江が『新しい人よ眼ざめよ』の最後に到達した一にして無限、無限にして一なる身体は、折口信夫が『死者の書』の末尾に記した「光の曼陀羅」として織り上げられた死者の俤《おもかげ》に瓜二つである――「姫の俤びとに貸す為の衣に描いた絵様《エヤウ》は、そのまゝ曼陀羅の相《スガタ》を具へて居たにしても、姫はその中に、唯一人の色身《シキシン》の幻を描いたに過ぎなかつた。併し、残された刀自・若人たちの、うち瞻《マモ》る画面には、見る〳〵、数千地涌《スセンヂユ》の菩薩の姿が、浮き出て来た。其は、幾人の人々が、同時に見た、白日夢《ハクジツム》のたぐひかも知れぬ」。

「政治少年死す」の段階で、大江は折口とまったく同一の筆致で「純粋天皇」の俤を描き出している――「真実、天皇を見たと信じた、黄金の眩ゆい縁かざりのついた真紅の十八世紀の王侯がヨーロッパでつけた大きいカラーをまき、燦然たる紫の輝きが頬から耳、髪へとつらなる純白の天皇の顔を見たと信じた、海にいま没しようとする太陽だ、しかし太陽すなわち、天皇ではないか、絶対の、宇宙のように絶対の天皇の精髄ではないか！　おれは**啓示**を海にしずむ夏の太陽から、天皇そのものからあたえられたのだ、天皇よ、天皇よ、どうすればいいのか教えてください、と祈った瞬間に！　《おれは**啓示**をえたのだ！》」。

「光の曼陀羅」、さらには「純粋天皇」と一体化することで、二つの物語はともに閉じられていた。大江健三郎と折口信夫は共振し、近代日本文学において最も危険で最も豊饒な世界を創り上げている。それを直視すること、『死者の書』と「政治少年死す」の結末の彼方、そこから先をさらに考え続けていくこと。その地点からすべてが新たにはじまる。

最後の小説——晩年の様式

大江健三郎が生前に発表したものとしては結局最後の長篇小説となった『晩年様式集《イン・レイト・スタイル》』のタイトルに採用した「晩年様式《レイト・スタイル》」とは、大江とほとんど同時代を生きた異邦の友人にして文学的な「分身」、早過ぎる「晩年」を迎えざるを得なかったアメリカの文芸評論家エドワード・サイードが最後に取り組んだ主題である。サイードは最後の日々を、自身の外部である「世界」に対しては故郷を喪失した同胞であるパレスチナの人々とともに闘い、自身の内部である「私」としては緩慢な死をもたらす白血病と闘い続けていた。

大江は、『晩年様式集』の巻末に収録された詩、雑誌『新潮』の二〇〇七年一月号に発表された『形見の歌』のなかで、サイードが提唱した「晩年様式」を美しく定義している——「国を奪われた　同胞の、／不確かさの思いを共有して闘い、／白血病とも闘っていた　友人が、／晩年に　研究の主題としたのは、／ある種の芸術家が　死を前に選びとる／表現と　生き方のスタイル。／かれらは穏やかな円熟にいたらない。／伝統を拒み、社会との調和を拒んで、／否定性のただなかに、／ひとり垂直に立つ。そして、／かつてない独創に達する者らがいる……」。

「晩年様式」とは、ある種の芸術家――最も創造的な芸術家――が死を前に選び取った生き方と表現の様式《スタイル》である。その様式は穏やかな円熟に至ることなく伝統を拒み、あるいは社会との調和を拒み、たった一人で「世界」と「私」のカタストロフィー（破局）のただなかに立つことによって実践的に身につけられる。大江は、サイードが客観的に、つまりは研究の対象として示してくれた「晩年様式」を、主観的に、つまりは創作の主体として生き直そうとする。「世界」と「私」のカタストロフィーに抗い、カタストロフィーのただなかで、新たな生き方と表現のスタイルを獲得するために。

自身の書く小説について最も鋭敏な批評家でもある大江は、物語のなかで、誰もが現実の作家とほぼ等しい存在と考える「虚構」の作家、長江古義人の言葉として、『晩年様式集』というタイトルについて、その主題とするものについて、あるいは、そこで採用された新たな方法について、過不足なく語ってくれている。まず物語の冒頭で、そのタイトルについて――「友人の遺著は“On Late Style”つまり「晩年の様式について」だが、私の方は「晩年の様式を生きるなかで」書き記す文章となるので、“In Late Style”それもゆっくり方針を立ててではないから、幾つものスタイルの間を動いてのものになるだろう。そこで、「晩年様式集」として、ルビをふることにした」。

「私」のカタストロフィーは「世界」のカタストロフィーと連動している。あるいは「世界」のカタストロフィーを乗り越えるためには、これまで自明であった「私」という存在もまたカタストロフィーのなかで解体され、再構築されなければならない。「三・一一」以降の危機的な状況を、中野重治の言葉を借りて、「わたしらは侮辱のなかに生きています」と作家は糾弾する。

『晩年様式集《イン・レイト・スタイル》』は、「世界」のカタストロフィーに対してなされた最も見事な政治的な実践である。サイードが、自らの失われた故郷の回復を求めてつねに「言葉」で闘っていたように。

と同時に、その闘いは、最も実験的な文学的実践につながっていく。物語がこれから中盤を迎えようとするとき、大江はこれまで自らが小説の主題としてきたもの、あるいはその主題を表現するために採用してきた方法について、こう記すことになるからだ。まずは「私」という方法について――「作者は、在来の日本の「私小説」にあった、語られることが作者の実生活であるとする特殊な慣行を破棄する、書き方を作り出した。つまり、ヨーロッパではむしろ普通の、フィクションという約束事に立った上で、しかも「私」に語らせることでのリアリティーをかもしだす意図なのだ」。次いで「分身」の反復という主題について――「確かにこの作家の根本的な人的構図は、自分で名付けているように「おかしな二人組」だ。似たところも、違ったところも際だっている二人組を、小説の中軸に据える。それはかれの表現に、わずかなズレのある二者とか、ズレのある繰り返しがよく出るのも同じ。かれは単一な、一様なものを、つねにズレのあるもうひとつのものと共存させてとらえる」。

「私」という方法と、「分身」の反復という主題。大江が『晩年様式集《イン・レイト・スタイル》』で選んだのは、自らがこれまで磨き上げてきた方法と主題を、さらに徹底し、複数化させていくことだった。「私」を解体して分散させ、同時に、「分身」の反復もまた解体して分散させる。物語のなかで、長江古義人の作品に批判的な対応を寄せた異邦の女性への回答というかたちで、「私」という方法と「分身」の反復という主題を明晰に分析しているのは、古義人自身ではない。古義人の娘の真木なのである。

『晩年様式集《イン・レイト・スタイル》』で「私」として語るのは、古義人だけではないのだ。古義人の妹であるアサ、古義人の妻である千樫、古義人の娘である真木という「三人の女たち」もまた「私／わたし」として語る。

「三人の女」たちによって、古義人の「私」――現実であれ、虚構であれ、物語のなかで王のように権力を振るってしまう作者の「私」――は徹底的に批判され、男の「私」は女たちの「私」のなかに解体されてしまう。ある場合には、アサの語りのなかでさらに真木が語り、千樫が語る。その語りは声として、あるいは映像として記録され、過去の語りと現在の語りが一つに重なり合う。「私」の複数化と重層化は徹底される。しかもアサは古義人の実の妹であり、千樫は「おかしな二人組」の片割れであり古義人の義兄となった塙吾良の実の妹であり、真木は古義人がこれまで物語の特権的な主題としてきた脳に障害をもった息子であるアカリの実の妹なのである。

年上の兄のような先導者と年下の弟のような「私」からなる「おかしな二人組」、同質の「兄と弟」からなる自閉的な反復は、権威にとじ籠もる兄を徹底的に批判する妹という、異質の「兄と妹」からなる開放的な反復と交錯し、そのなかで根本から変質させられてしまう。「三人の女たち」が糾弾し、破壊するのは「男」という権威であり、「兄」という権威である。「私」を女性化し、「私」を複数化してしまうこと。それこそが、つねに「一」なる正義のみを急進的に求める現実の顕在的な権力を、潜在的な「多」からなる虚構の物語へと変容させ、そこに現実とは異なったもう一つ別の可能性を共存させることを可能にする。『晩年様式集《イン・レイト・スタイル》』が、現実の世界に抗う政治的な実践であると同時に、虚構の世界のもつあらゆる可能性を追求した文学的な実験、つまり「小説」として書き上げられなければならなかった理由である。

私見によれば、大江の『晩年様式集《イン・レイト・スタイル》』がなるにあたって、「私」の複数化という新たな形式の採用という点で、最も大きな影響を与えたのは岡田利規の『わたしたちに許された特別な時間の終わり』（二〇〇七年）であろう。『わたしたちに許された特別な時間の終わり』は「三月の5日間」と「わたしの場所の複数」という二篇の実験的な中篇からなる。前者は複数の人間が二人の男女の物語を語るという舞台を「小説」として書き直したものであり、後者は「わたし」が複数の場所での複数の人々の行動をほとんど脈絡もなく思い浮かべていくという「小説」である。「私」の複数性と「場所」の複数性。しかも岡田は「九・一一」に端を発するアメリカのイラク派兵という現実の出来事に抗うかのようにこのフィクションを構築しているのだ。

フィクションとは、現実の「世界」の専制に抗い、現実の「私」の専制に抗うために人間がもつことの許された「言葉」の武器なのだ。武器であるが故に、それは人々を深く傷つける場合もある。なおかつその傷は何度も反復される。大江にとって最も痛ましく、それゆえ、最も反復されなければならないフィクションの傷――フィクションによって相手を傷つけることであり、同時にフィクションによって自分が傷つくことでもある――こそが、作者の「分身」たちの相次ぐ死、現実においても虚構においても反復される「おかしな二人組」を形づくっていた年長者にして先導者、「兄」たちの自殺とも事故ともとれる両義的な死であった。

『晩年様式集《イン・レイト・スタイル》』において、ギー兄さん、塙吾良（ゴロー）、古義人（コギー）の生は、ほとんど一つに重ね合わせられている。おそらく、そこには未来の兄である息子のアカリの生もまた。その焦点は、すべての「分身」の一つの起源であるギー兄さんの死の謎に絞られる。『万延元年のフットボール』（一九六七年）にはじめてその姿をあらわした「森の隠遁者」ギーを、大江はその後も何度も作品に登場させる。「核時代の森の隠遁者」（一九六八年）では、「森におこっているのは驚くべき／生命の更新である。森の力は強まり／ありとある市　ありとある村の／衰弱は　逆に　森の回復である」とギーに歌わせ、抗議の焼身自殺を遂げさせる。さらに『懐かしい年への手紙』（一九八七年）では、森のなかに政治と表現の「根拠地」を創り上げようとしたギーの自殺とも事故ともとれるような「水死」によって物語が閉じられる。
『晩年様式集《イン・レイト・スタイル》』は、『懐かしい年への手紙』の結論を書き直すところから物語がはじめられる。作家である長江古義人は、死者たちが寄り集う「懐かしい年」に安住することを許されない。「懐かしい年からの返事は来ない」。そう、死者たちの生を、物語として単に反復することは許されないのだ。死者たちの記憶を、これから生まれてくる者たちへの贈り物へと転換しなければならない。そのために物語の終盤、古義人はあらためてアカリとともに森で共生することを選択する。八〇歳を目前に控えた作家は、知的障害を抱えながら五〇歳になろうとしている息子とともに、一つの歌曲を創り上げようとする。父の詩からモチーフが選ばれ、息子が曲をつける。その主題に選ばれたのは『形見の歌』に記された一節、「私は生き直すことができない。しかし／私らは生き直すことができる」であった。

　物語の最後の最後で、この歌曲が、ギー兄さんの息子であるギー・ジュニアと、古義人の娘である真木の「婚約」を祝福するために演奏されることが明らかになる。「兄と弟」の反復が、「兄と妹」の反復と、世代を超えて、性別を超えて、最も創造的なかたちで一つに結び合わされたのだ。そのとき、死は生へと転換される。『形見の歌』は、「生まれてくること自体の暴力を／乗り超えた、小さなもの」の誕生からはじまっていた。ギー・ジュニアと真木の間に生まれる無垢なる生命は、古義人が物語の主題とし、アカリが音楽の主題とした「森のフシギ」、ほとんど無限に近い空間と時間を一望することができる「硝子玉のように明るい空間」のように、一つの生命のなかに他の無数の生命の可能性を潜在的に孕んだものであるだろう。新たな生命とはすべてそのような存在である。『晩年様式集《イン・レイト・スタイル》』という一冊の書物のように、複数の時間と複数の空間を生きる複数の「私」が、複数の反復可能性として、そのなかに含まれているのである。

「世界」のカタストロフィーに抗い、「私」のカタストロフィーに抗い、新たな生命の誕生を祝福すること。現実と虚構を通底させ、反復から最も創造的なものを生み出す「小説」として、それ以上のものがあるだろうか。

追悼――大江さんからの最後の手紙

大江健三郎さんから、その生前最後にいただいた手紙は、こうはじまっていた――「まことに美しい“The Book of the Dead”をいただきました」。そして、こう続いていく。

じつは80歳をこえた年から眼に異常を感じ（その予兆があって小説を書くことを終えたのでもありましたが）この一、二年、本を読むのに苦労があって、どういうわけか漢字のないアルファベットの本ですと「光の抵抗」とでもいうか頭の芯が疲れることがないため、英語とフランス語の本を読んでいました。

そのような状況のなかで、あなたから送られた英語の書物が届いたのです（この一文は私による補足である）。いただいた朝からその書物を読みはじめ、「その流麗さに一日中、ベッドから起き上らないというふうだったのです」ともあった。私が大江さんに送ったのは、日本語を用いて美しい詩作もなすアメリカの詩人にして日本文学研究者、ジェフリー・アングルスさんの手になる、折口信夫の『死者の書』の英訳（ミネソタ大学出版、二〇一七年）であった。刊行の直後に私の手元に届いたもののなかの一冊を、大江さんに感謝の手紙とともに送り、即座に届いた返信であった。二〇一七年二月一〇日という日付が記されていた。大江さんは二〇一三年に『晩年様式集《イン・レイト・スタイル》』を刊行してから小説は発表しておらず、当時ほとんど人前に出ることもなくなっていたので、大きな驚きとともに名状しがたい感動を覚えた。

『死者の書』の英訳には、ジェフリーさんによる周到かつ情熱的な「翻訳者による序文」（充実した注釈も完備されている）と、私の著書、『光の曼陀羅　日本文学論』（講談社、二〇〇八年）のなかから『死者の書』の謎を解く」「光の曼陀羅　『初稿・死者の書』解説」「明治の宗教革命――藤《ふじ》無《む》染《ぜん》の起源」の三篇が選ばれ、英語に翻訳された上で収録されていた（「明治の宗教革命」は日本語の原本では「光の曼陀羅」の補論として付されたものである）。実はこの英語版の『死者の書』が生まれたのは、大江さんが自身の名を冠した「大江健三郎賞」を直接の契機としている。「大江健三郎賞」は賞金がなく、しかしその代わりとして、一年間に刊行された「文学の言葉」を用いて書かれた作品群のなかから大江さんが一冊を選び、その受賞作を、英語を中心とした諸言語へと翻訳し、海外で刊行するということをその趣旨としていた。

大江さんは、第三回「大江健三郎賞」、二〇〇八年の「文学の言葉」の成果として、私の『光の曼陀羅』を選んでくれた。しかし私の書物は批評であり、しかも分量がかなり多い。なによりもその批評の主な対象であった折口信夫の『死者の書』自体が、海外にはまったく紹介されていない。そうであるならば、まずは折口の『死者の書』を英語に翻訳し、それをいかにして読み解いていくことが可能なのか、『光の曼陀羅』に収録された主要な『死者の書』論をそこに付すというかたちが良いのではないか。それが大江さんと講談社の関係者たちが導き出した結論であった。もちろん私に異存はなかった。とはいえ、日本語においても用いられている語彙の難解さ、歴史的な背景と物語構造の複雑さで知られる『死者の書』である。なかなか予定通りに作業は進展しなかった。その間に大江さんは小説を書くことをやめ、「大江健三郎賞」もまた第八回を最後に閉じられることになった。

大江さんは、そうした事情を振り返りながら、最後にこう記してくれていた。

そしていま、なんとも美麗な“The Book of the Dead”に読みふけりEssays from The Mandala of lightにいたったのです。私は現在このように美事なかたちで一冊の本として“The Book of the Dead”が達成され、まことに確実な流麗な一体感とともにこの一冊が読みきれることの美事さに私の無力がなしえなかったことのすばらしい達成をまのあたりにして、このおわびの手紙とお祝いのお言葉をお送りする勇気を得たしだいです。心から敬意をいだきます。

私は、大江さんから届いたこの最後の手紙に、「批評」とは一体どのようなものなのか、またどのようにあるべきなのかが示されているように思っている。「批評」とはなによりも「読むこと」なのだ。大江さんが「大江健三郎賞」の受賞者として私を選んでくれたのは、私自身を評価してというよりも、端的に私が、折口信夫という破格の表現者、破格の「他者」が残すことができた唯一の小説、『死者の書』を、「自己」の立場から徹底して読み込んだから、であろう。「書き手」としての私の資質ではなく、「読み手」としての私の資質を高く評価してくれたのだと思う。英語版の『死者の書』は、結果として、小説と批評、「書くこと」と「読むこと」が表裏一体であることをあらわす構成になっている。「他者」の言葉を徹底的に読み解き、それを「自己」の言葉として表現する。まさに、それは「翻訳」そのものでもあるだろう。優れた「翻訳」こそ、その作品に対する最も優れた「批評」となる。それが大江さんの信念であり、英語版の『死者の書』を介して、私が大江さんから引き継ぐことを許された、読むことが書くことにつながり、書くことが読むことにつながるという表現の理念であったはずだ。

もちろん私の折口信夫読解は、研究者のように厳密なものではなく、専門分野をもたないアマチュアとしての限界を抱えたものである。しかし、その分、「読むこと」の自由さだけは貫かれていたはずである。大江さんは、そうした私のことを研究者ではなく、自身の関心のみを徹底して追究する「独学者」の趣があると評してくれた。私にとってこれ以上はない評言であったが、その評言は私だけでなく、もしかしたら大江さん自身にも最も良く当てはまるものではなかったかと思う。私が、リアルタイムで最初に読んだ大江さんの作品は、ちょうど今から四〇年前に発表された『新しい人よ眼ざめよ』(一九八三年)であった。当時まだ高校に入学したばかりだったので、その作品のもつ真の意義をとうてい理解していたとは思えないが、異様な感銘を受けたことだけは、今でも生々しく思い出すことができる。この『新しい人よ眼ざめよ』もまた、小説家であるこの「私」が、時間も空間も遠く隔てられた「他者」、ウィリアム・ブレイクが書き、描いた諸著作、諸作品をいかにして読み解き、いかにして自身の新たな作品として再生させていくのかという連作であった。

当然のことではあるが、そこに描き出された「私」は、リアルな大江健三郎であると同時に、それ以上に、他の大江作品とも連関するフィクションとしての「私」である。しかし、大江さんにとって「他者」の言葉を読み解いていくことが「自己」の言葉を紡ぎ出していくことにつながっていることだけは理解できた。「読むこと」についての励ましを偉大な表現者から、まさかこの後直接対話を交わすことになるとは思いもしなかった偉大な表現者からもらえたように思えた。書物を書き、それを世の中に問うことは、未知なる読者、「読むこと」におけるまったくの未知なる他者に、自らの「書くこと」の結果を託すことでもある。それは、実は恐ろしいことでもあった。私は、自分の著作が大江さんに読まれるとは思いもしなかった。「読むこと」は年齢や立場などの差異を軽々と超えて、人と人とを、読み手と読み手とを直接一つにつなげてしまうのである。「批評」とは、「翻訳」とは、あるいはその両者と根底においては同じものと考えられる創作とは、そのような創造的なコミュニケーションを可能とするものでもあるだろう。

大江さんの「読むこと」と私の「読むこと」、それが共振し交響したのは、折口信夫の『死者の書』を介して、であった。大江さんは、柳田國男に比して、折口信夫のことをあまり正面から語ったことはない。しかし、折口信夫がその息子、硫黄島で戦死する直前に自らの養子とした春洋とともに眠る能登の羽咋に住む知人によれば、かつて大江さんが彼の地で講演をした際、自らのトレードマークともなっている丸メガネは折口信夫に憧れ、折口信夫を模したものである、と語ったという。もちろん、そこで話を聞いている人々に対するリップサービスも多分に含まれていたであろう。

しかし、岡野弘彦さんの証言によれば、折口信夫の全集が刊行された際、真っ先にその購入者となったのもまた、大江さんであった。大江さんの「読むこと」は、先ほどと同じ形容詞を用いるならば、「恐ろしい」くらい徹底していた。『光の曼陀羅』には時期的に収録できなかった、折口に関して私が書いた小論、「『死者の書』という場《トポス》」――後に拙著『たそがれの国』(筑摩書房、二〇一〇年)に収録――までも読み込み、それをきわめて高く評価し、私との対談に臨んでくれた。

「『死者の書』という場」において、私は、「死者」滋賀津彦《しがつひこ》と「少女」藤原南家郎女《なんけいらつめ》からなるその物語を、時間と空間の隔たりを無視して、ニーチェが狂気に陥る直前に書き上げたディオニュソスを讃える「頌歌」、アリアドネとディオニュソスの聖なる婚姻を主題とした物語へと重ね合わせた(以下、その文章の一部を、いまここで大江さんへの返答として、あらためて書き直す)。『死者の書』の半ば過ぎに置かれた少女と死者との出会い。そのとき……。アリアドネとディオニュソス、曼陀羅を織る少女と荒ぶる異形の死者は、ともに自然を構成する諸元素へと解体され、そこであらためてエレメンタルな結合、聖なる婚姻を成し遂げ、物語冒頭の死者が目覚める「時間の洞窟」(渡邊守章による表現)は、物語末尾の少女が織り上げる「光の曼陀羅」へと変貌を遂げてゆく。おそらくはその曼陀羅という場で、アリアドネである少女は、ディオニュソスである死者との間の未知なる子ども、光の子どもである超人、人間を超え出て森羅万象あらゆるものに通じ合い、変身することができる一即多である存在を分娩する。変身の時空を生き、森羅万象あらゆるものに新たな結合をひらく、死者と少女の子どもである曼陀羅の胎児である……。その曼陀羅の胎児こそ、他者への「批評」によって形づくられ、他者との「翻訳」によって形づくられる文学作品そのもののことであったはずだ。いまの私はそう思う。

偉大な小説家であった大江健三郎さんの死に際して、晩年のごく一時期ではあるが幸運にも直接触れ合うことができた者として、心より深い哀悼の意を捧げます。

第二章

三島由紀夫と一九六八年の文学

永遠の夏——蓮田善明とともに

一九四五年夏、二〇歳の三島由紀夫は東京で終戦の詔勅を聞く。この年の二月四日、二〇歳の誕生日を迎えた直後（二一日後）に、三島は入営通知を受け、遺言状（遺書）を書き、遺髪と遺爪を用意していたが、入隊検査でのあいまいな「誤診」——三島自身の無意識的な働きかけがあった——によって「即日帰郷」との診断を受けていた。三島にとって終戦の詔勅とは、どこにも帰属することのできない、いわば真空状態のなかで耳にしなければならないものだった。その四日後（一九四五年八月一九日）、三島と深い関係をもった一人の男が、異国で壮絶な自死を遂げる。「三島由紀夫」という名前を使ってはじめて発表されようとしていた作品『花ざかりの森』が雑誌『文藝文化』に連載されるにあたって、その「年少の作者」を「悠久な日本の歴史の申し子である」（誤字は訂正した）とまで称揚した蓮田善明が、マレー半島の最南端の都市ジョホールバルで……。

蓮田の死とは、敗戦の責任を「天皇」に帰するような訓話を残し、軍旗を焼却するために出かけようとした連隊長を拳銃で射殺し、自らもこめかみを撃ち抜いての自決であった、とされる。享年四一。辞世の歌は没収されて紛失し、遺骨はジャングルに埋葬された。終戦の詔勅を耳にしてから、さらには蓮田の死から、ちょうど二〇年が経過した一九六五年夏、三島は自ら「ライフワーク」と称し、実際、意識的に最後の作品とされた「豊饒の海」四部作の第一巻『春の雪』の連載を開始する。「豊饒の海」の主人公たち、『春の雪』の松枝清顕、『奔馬』の飯沼勲、『暁の寺』のジン・ジャン（月光姫）と、物語全体の狂言回しにして歴史の認識者である本多繁邦の前に次々と現れる美しき転生者たちは、いずれも「二十歳」で夭折していった。

三島は、一九四五年夏に蓮田善明が見事に成し遂げ、自らは無残にも失敗した死を、物語の主人公たちに三度まで反復させたのだ——三島由紀夫は、小高根二郎による評伝、『蓮田善明とその死』（一九五八年から六八年にかけて連載、単行本刊行は一九七〇年三月、三島はその「序文」を執筆している）に深い感銘を受け、蓮田の生涯と思想を高く評価したが、今日では小高根の記述、つまりは小高根によって再構築された、蓮田がとった最後の行動の解釈には大きな疑問が呈されている。その内実については松本健一『蓮田善明　日本伝説』（河出書房新社、一九九〇年）および平野啓一郎『三島由紀夫論』（新潮社、二〇二三年）が詳しい。以降、あくまでも三島が読み解いたであろう蓮田の思想の核について述べる。

そして四度目の反復、『天人五衰』の主人公安永透は、自殺未遂の末、盲目となったまま醜い偽の転生者として「二十歳」を生き延びる。その身代わりとなるように、『天人五衰』の末尾に記された「豊饒の海」四部作に完結がもたらされた日、「昭和四十五年十一月二十五日」に三島由紀夫は自衛隊市ヶ谷駐屯地で割腹し、古式に則って頸を切断された。三島はその直前、総監に向かってこう話しかけたという。自衛隊を「天皇」にお返しするためだったのです、と。蓮田にとっても、三島にとっても、「戦争」と「天皇」は決して切り離すことができないものだった。その課題は、戦争中から、少なくとも三島由紀夫の自決までは、意識的な文学者たちのなかで問い続けられていた。表現にとっての「戦争」は一九四五年夏で終わったわけではなかったのだ。おそらく現在においても、その問題に根本的な解答は与えられていない。

蓮田善明と三島由紀夫が「天皇」に見出そうとしていたもの。それは始まりでもあり終わりでもある「空白」、あらゆるものがそこから生まれ、あらゆるものがそこに滅し去っていく「無」の場所だった。『天人五衰』に記された文字通り最後の光景、物語の始まりと終わりが円環を描いて一つに結び合わされる月修寺の「庭」、すべての記憶が消滅してしまう空虚な「庭」のような――。

これと云って奇巧のない、閑雅な、明るくひらいた御庭である。数珠を繰《く》るような蝉の声がここを領している。

そのほかには何一つ音とてなく、寂寞《じゃくまく》を極めている。この庭には何もない。記憶もなければ何もないところへ、自分は来てしまったと本多は思った。

庭は夏の日ざかりの日を浴びてしんとしている。……

地球規模に広がった歴史の直線的な進行に抗う、時間と空間がともにゼロになってしまうような「寂寞」たる地点。世界戦争が極東の列島に生を享けた文学者たちに強い、文学者たちが世界戦争のなかに見出さざるを得なかったもの。三島由紀夫が『花ざかりの森』を発表したのと同じ年、一九四一年の一月に刊行された蓮田善明の著書『預言と回想』からはじまり、三島由紀夫が自決した直後、『天人五衰』の連載最終回が掲載された一九七一年の一月でひとまず終止符が打たれた、三〇年間におよぶ「天皇」をめぐる思想――そこにこそ、柳田國男と折口信夫によって創出された「祝祭」の民俗学と、西田幾多郎と田邊元によって磨き上げられた「無」の哲学が交錯するところに生み落とされた、世界大戦下における真に独創的な思考の型が存在する。生と死が一つに結ばれる「祝祭」のなかで「無の場所」として生起してくる天皇。そうしたヴィジョンに、「戦争と文学」という主題が明らかにする、この列島に生まれた表現の可能性と不可能性があらわにされている。

＊

蓮田善明が『預言と回想』の最後に収めた「日本知性の構想」と、三島由紀夫が「豊饒の海」四部作のちょうど陰画になるようなかたちで発表した「文化防衛論」は、あたかも分身のように似ている。もちろん蓮田の論は性急で粗く、三島の論は余裕をもって洗練されているのだが……。一八歳となった三島自身、東文彦に向かって、蓮田の次なる著作『本居宣長』（一九四三年）について、客観的かつ冷静な判断を下している。詩美の点では保田與重郎に劣り、純粋さの点では清水文雄に劣ると。だが、そのとき、こうも続けているのだ。「しかし学問の点では保田氏などより確かでせう」と（以上、三島由紀夫新発見書簡、『朝日新聞』二〇一〇年一二月三一日付朝刊より）。

それでは一〇代の三島を納得させた蓮田善明の「学」とは、一体どのようなものだったのか。蓮田は、本居宣長の営為に連なる国学者として古典を読み、歌を詠み、批評を書いた。蓮田にとって批評とは、解釈であるとともに創作であった。その蓮田の批評の中心に置かれたのが「魂」の問題である。「魂」は精神的なものであると同時に物質的なものだった。さらに「魂」は生と死を通底させ、個人と集団を、主観と客観を通底させる。「もの」としてはじめて顕現することが可能になる「魂」(「たま」)を、蓮田は、ヨーロッパ的かつ近代的な「小説」に抗い、「小説」を乗り越えていく「物語」を発動させる原理として称揚する。そのとき蓮田の導きの糸となったのが折口信夫の一連の仕事だった。やはり『預言と回想』に収められた「小説の所在」のなかで、蓮田はこう述べていた——。

　「ものがたり」といふ語義からして、(折口信夫博士の説に精《くは》しいが、ここではそれを直接参酌することができない)哲学風に言へば非人間的、非主観者的な「もの」(ものとは謂はば超自然的な霊異の意味もある。)の「かたり」である。「かたり」といふ語も単に人間的な「話」ではなくして、人を欺いて奪ふ詐騙である。「かたらふ」と延べた言葉は語り合ふことによつて、契り、或はわが方に相手を引き入れるといふやうなことであつた。これは全く、客観的な、探究ではなくて、主観的に(而もその主観者は非主観的、非現実的な)非主観者の魂を現実者に触れ、契り、非主観の世界へ招き感染させてそこに遊ばせるものであるといふことができる。

蓮田は文学の原理として抽出された「魂」を、「日本知性の構想」においては、列島の文化一般の問題、「生成の思想」にまで拡大する。列島に古代から伝わる神話の核には、こうした「魂」からあらゆるものが生成されるという「生み」の思想が存在していた――「古代日本人は「生み」を唯単に自然的現実的事実として考へてゐたのでなく、「生み」の神秘――新しい生命の生成される――の一点を中心に、注目すべき構想をもつてゐた」。この「日本知性の構想」を徹底的に推し進めていったのが、なによりも柳田國男と折口信夫に代表される民俗学者たちだった。蓮田は続けていく――「「生み」は、古代人に於ては生理的な生殖や出産といふ事実を以て終らず、そこには、旧いたま（生命の精霊）の衰死・新しいたまの憑着・新生といふ過程をもつ最も厳粛な生命の期間であった」。

生命は決して滅びないのだ。「もの」に媒介された「たま」によって、生命は絶えず更新され、絶えず甦る。時間と空間の区別がそこでは一切無化されてしまう。そのような「生み」の思想が最も典型的にあらわれているのが、この列島を統べる王、天皇の即位儀礼なのである。「たま」において先帝と今帝、皇祖と皇孫の差異は消滅してしまう。蓮田は折口信夫の論考、「大嘗祭の本義」というタイトルを明記し、そう述べる。蓮田はさらにそこに西田幾多郎、田邊元の名前を出し、哲学的にも自己の論理を完成させようとする。「魂」という「永遠」の今ここ――それは西田幾多郎と田邊元の激烈な論争を経てかたちとなった「無」の場所そのものでもある――に向かって森羅万象あらゆるものが消滅し、そこから森羅万象あらゆるものが生成されてくるのだ。

三島由紀夫は「文化防衛論」のなかで天皇についてこう述べていた。「各代の天皇が、正に天皇その方であって、天照大神とオリジナルとコピーの関係にはないところ」に天皇制の特質がある、と。その有様は、二〇年ごとにすべての建造物が破壊され、再構築される伊勢神宮の「式年造営」そのものである――この列島の「主宰者たる現天皇は、あたかも伊勢神宮の式年造営のように、今上であらせられると共に原初の天皇なのであった。大嘗会と新嘗祭の秘儀は、このことをよく伝えている」。三島が「文化防衛論」として結晶させた、オリジナルとコピーの差異をもたず、時間と空間の差異を無化してしまう伊勢神宮としての天皇、すなわち空虚な「庭」としての天皇とは、『天人五衰』のラストシーンに直結するとともに、明らかに蓮田善明が「日本知性の構想」として抽出してきた天皇を反復している。

われわれはいまだ空虚な「庭」のなかに存在している。空虚な「庭」をいかに批判し、解体し、もう一つ別の場所として再構築していったらよいのか。「責任」に向けての問いは未来にひらかれている。

偽者と分身――「私」の消滅

三島由紀夫の紀行文集（『三島由紀夫紀行文集』）と戯曲集（『若人よ蘇れ・黒蜥蜴 他一篇』）が、いずれも佐藤秀明の「解説」を付して、岩波文庫の一冊としてまとめられた（二〇一八年）。どちらも大変興味深いもので、小説ではなかなか明かしてくれない、三島由紀夫が表現者としてもち続けていた本質のようなものを、平易な言葉で、あらわに示してくれているようだ（以下、三島の表記に従う）。

三島の紀行文を代表する「アポロの杯《さかずき》」を読むと、三島が二つの対照的な都市に深く魅了されたことが分かる。ブラジルのリオ・デ・ジャネイロとギリシアのアテネである。リオで三島は、人々の祝祭への熱狂に興奮を隠さない。無数の人々が祝祭を通して一つに融け合う。一方、アテネで三島が陶然と過ごすのは深い青空の下に広がる無人の廃墟である。ディオニューソスの劇場、葡萄酒の神にして舞踏の神、さらには憑依の神にして陶酔の神が君臨した劇場。ディオニューソスに熱狂し、その神の悲劇が演じられた劇場には誰もいない。

人々の存在と人々の不在。三島は、アテネの廃墟に佇みながら、こう記している。「芸術家は創造にだけ携わるのではない。破壊にも携わるのだ」。人々の熱狂的な創造と、人々の全面的な破壊。

それを、三島における「私」の創造と、三島における「私」の破壊と位置づけ直してみれば、おそらくは三島文学の骨格をも過不足なく語っているはずだ。

『仮面の告白』以来、三島はさまざまに趣向を凝らしたフィクションのかたちを借りて、絶えず、また常に、「私」として語ってきた。しかも、出世作のタイトルに明白に刻み込まれているように、生身の「私」ではなく、フィクションという「仮面」を身にまといながら。三島ほど「私」の創造にこだわった作家はいない。あるいは、三島ほど「私」の破壊にこだわった作家もまたいない。一読しただけでは、三島の「私」とまったく無関係であると思われる、遺作となった「豊饒の海」四部作で転生を繰り返す主人公たち。三島に、阿頼耶識という概念を授けた梵文学者の松山俊太郎によれば、二〇歳で夭折していく転生者たちはすべて、「昭和二十年八月十五日」に二〇歳であり、潔く自決することのできなかった三島自身の鏡像にして「分身」たちである——「三島さんと唯識説」より（『綺想礼讃』国書刊行会、二〇一〇年、所収）。

しかも、三島は、最後の転生者を「偽者」として無残に生き延びさせるのである。現実の三島にとって、二〇歳でこの世を去って行く虚構の転生者たちこそが「本物」であり、彼ら彼女らに対する自分こそが「偽者」であった。現実であるオリジナルの「私」が、虚構であるコピーの「私」たちに責め立てられている。その在り方を逆転するためには、現実と虚構、オリジナルとコピーの差異を消滅させ、両者を一つに入り混じらせるしかない。だからこそ戯曲だった、だからこそ舞台だったのだ。

戯曲集に収められた「若人よ蘇れ」は、まさに「八月十五日」を主題としたものであるし、「黒蜥蜴」は、多くの分身たちと多くの偽者たちが互いにめまぐるしく入れ替わる豪華絢爛な群像劇である。黒蜥蜴に誘拐される早苗も、黒蜥蜴の部下である雨宮も、お互いを「偽者」として認め合い、それゆえに「本物」の恋を成就させる。探偵である明智は犯人である黒蜥蜴にこう語りかける。「だから僕は一心に犯人をまねる。犯人の考えたように考え、行《おこな》ったように行おうとして精魂を傾ける」。

探偵は犯人となり、犯人は探偵となる。三島に「黒蜥蜴」という物語を贈った江戸川乱歩もまた、代表作の「陰獣」で、大胆にも作家としての「江戸川乱歩」自身をトリックとして用いている。「江戸川乱歩」の在り方に酷似した分身、「大江春泥」を作中に登場させ、物語の結末で、「大江春泥」の正体こそ、すべての犯罪の陰に潜んでいたマゾヒストの女性、菩薩にして羅刹である「陰獣」であると結論づけたのだ。つまり、現実の作家である「私」を虚構の犯人である「陰獣」として、跡形もなく消滅させてしまったのである。「陰獣」の主要な登場人物たちは、ある意味で、そのすべてが江戸川乱歩の分身たちであり、偽者たちであった。

三島由紀夫が、生身の俳優がそれぞれキャラクターという仮面をつけて虚構の存在となり、現実とは異なった人工の「庭」――「美に逆らうもの」で三島自身が見事に描ききったタイガー・バーム・ガーデンがその理想であろう――の上に立って物語を演じていく舞台を、観ることにおいても書くことにおいても、さらには演じることにおいても好んだことは偶然ではなく必然であった。そこでは、オリジナルとコピーの差異が消滅してしまう。ハイカルチャーとサブカルチャー、純文学と探偵小説の差異も、また。三島由紀夫は、『仮面の告白』から「豊饒の海」四部作に至るまで、ただひたすらそのような表現の場の実現を求めていた。しかも、「私」を主題とした悲劇にして喜劇として。

しかしながら、そうした探求の果てに三島がたどり着いたのは、無数の分身、無数の偽者として立ち現れる何者でもない「私」、ゼロとしての「私」、「空」としての「私」であった。戯曲「黒蜥蜴」においても、第一幕の終盤、探偵である明智との推理合戦に敗れた犯人である黒蜥蜴は、男装して犯行現場であるホテルを逃れ去る。その最後、女性から男性に成り変わった黒蜥蜴は、こうつぶやく。「これなら大丈夫逃げられるわ。誰も私とわかりやしない。そもそも本当の私なんてないんだから」。

本当の「私」など存在しない。「私」にこだわり続けた三島由紀夫は、同じく「私」にこだわり続けた太宰治を激しく嫌っていたという。太宰は、その大部分の作品を一人称、つまりは「私」を用いて書き上げた。太宰が「私」として語るのは自分によく似た男性ばかりではない。自分とは異なった多くの女性たち、さらには人間ですらない「もの」たちに取り憑くようにして、「私」として語り続けた。おそらく資質として、太宰と三島はきわめてよく似ている。「分身」のような存在である。それゆえ、三島には太宰が「偽者」のように見えたのかもしれない。太宰のような欲望を抱えていながら、乱歩のように語らざるを得なかった。「私」を創造的に構築することが、「私」を壊滅的に解体することにつながらざるを得なかった。

紀行や戯曲を通じてあらわにされた作家としての三島由紀夫の本質。それを、最も見事に、また最も過不足なく小説作品としてまとめ上げたものとして、私は「英霊の聲」を挙げたい。「英霊の聲」は、「豊饒の海」四部作の連載をはじめた九ヶ月後に発表された。それゆえ、三島由紀夫が作家としての能力をすべて注ぎ込んで完成しようとした「豊饒の海」四部作の核心、さらにはオリジナルとコピーの弁別不可能性を日本文化（それとともに明らかに自身の文学）の基盤と喝破したエッセイ「文化防衛論」（一九六八年発表）の核心を、前もって、よりクリアに表現してくれているように思われる。三島由紀夫の作品世界の、いわばミニチュア模型である。三島の腹づもりとしては、戯曲「若人よ蘇れ」もまたその中に収録されて一冊の書物、『英霊の聲』が完成するはずであったという――当時の担当編集者、藤田三男の証言より（『英霊の聲　オリジナル版』河出文庫、二〇〇五年に収録、以下引用も同文庫より）。

「英霊の聲」は、死者の霊をいまここに呼び起こす「帰神《かむがかり》」（神憑り）の会からはじまる。三島は、実践的には出口王仁三郎が、理論的には折口信夫が体系づけた憑依の技法、憑依の技術《アート》にして憑依の芸術《アート》を、近代的な小説作品を成り立たせる基本構造として大胆に取り入れたのだ。宗教と科学、理論と創作の間に橋が架けられている（詳細をここで論じるわけにはいかないが、そうした点にこそ三島文学が持つ未知なる可能性もいまだ秘められているはずである）。「帰神」には二人の人物が必要である。憑依をコントロールする、いわば憑依の客体である「審神者《さにわ》」と、憑依の主体、死者の霊をその身体に受肉させる霊媒たる「神主」である。審神者は霊術の系譜を引く「先生」木村がつとめ、神主は「二十三歳の盲目の青年」川崎君がつとめる。

先生が石笛を吹くなか、盲目の神主にはこれまでに決してなかったほどの強い力をもった死者の霊が複数、しかも二度にわたって取り憑く。一度目は、二・二六事件で処刑された者たち、二度目は、神風特別攻撃隊として果てた者たちであった。憑依の主体である一人の生者たる「私」に取り憑いた、無数の死者の霊である「私」たちは、口々に人間宣言をした天皇への激烈な呪詛を語り立てる（出口王仁三郎も折口信夫も、審神者と神主による憑依を天皇即位式における「秘儀」の中心として考えていた）。三島は、「英霊の聲」で虚構の天皇制、コピーとしての天皇制を用いて現実の天皇制、オリジナルの天皇制を転覆しようとしたのだ。

荒れ狂う死霊たちが立ち去った後、神主をつとめた「盲目の青年」は事切れていた。三島は、その青年が最後にもった奇妙な顔、その死顔を描くことによって物語を閉じる。すなわち――「死んでいたことだけが、私どもをおどろかせたのではない。その死顔が、川崎君の顔ではない、何者とも知れぬと云おうか、何者かのあいまいな顔に変容しているのを見て、慄然としたのである」。何者でもないとともに何者でもある「私」。三島由紀夫の文学者としての到達点にふさわしい「死顔」、「私」が跡形もなく消滅した「顔」であろう。

「英霊の聲」に描き出されたゼロにして無限の「私」は、「豊饒の海」の最終巻、『天人五衰』の末尾に描き出された空虚な庭、その地点で現実と虚構が一致してしまう「寂寞」をきわめたゼロにして無限の舞台、無限の反復を通して立ち現れるゼロにして永遠の舞台に通じていくであろう。偽者と分身を無限に生み出し、偽者と分身を完全に消滅させる舞台。三島由紀夫が、その最後に、われわれに突きつけた問いは、いまだに充分に応えられていない。

一九六八年の文学

1　方法論――メディアと批評

一九六八年、社会に大きな変革の波が訪れたように、文学にもまた不可避的に大きな変革の波が訪れようとしていた。おそらくその波の前と後では、文学言語によって形づくられる表現世界の光景は一変してしまうだろう。そして一度根底から変化してしまった表現世界の風景は、そのまごく最近まで持続していたように思う。六八年前後から、多様な表現方法をとりながらも一斉にかたちになっていった「新しい表現」――その極限にして分水嶺に位置するのが、六八年の文学を支えた一方の雄である三島由紀夫の一九七〇年の自刃である――が次に大きな変化を迎えるのは、私見によれば一九九五年前後のことである――もちろんその後、二〇一一年三月一一日に生起した東日本大震災も特記されなければならないが、本稿がまとめられたのはちょうどその前年、二〇一〇年のことであるので、以下、言及することはできなかった。

やや図式的な理解かもしれないが、一九四五年の世界大戦の敗北による廃墟の出現、一九七〇年の三島由紀夫の自刃を頂点とする高度成長下における社会の内部からの崩壊（三島の自刃が学生運動の変質と壊滅という事態とパラレルであることは疑い得ない）、一九九五年の阪神・淡路大震災とオウム真理教の地下鉄サリン事件による社会の外部からの崩壊という、表現世界の「外」で起きた歴史を画する出来事＝事件《アクシデント》によって、外的な世界からは自立して内的な表現世界の確立を目指そうとした文学も、そこから引き返すことのできない大きな変容を遂げざるを得なかったのである。文学の外側と内側は無関係に存在しているわけではない。しかし両者は無媒介的に結びついているのでもない。これもまた六八年を代表する思想家である吉本隆明の言葉を借りれば、文学の外側と内側は位相学的《トポロジカル》な関係をもち、「ベクトル変容」される。人間の身体と精神が直接対応するのではなく、いわば両者からともに「疎外」された場所で構造的に対応するように（以上、『心的現象論序説』より）。つまり身体と精神のそれぞれが別個の秩序をもち、相互に自立しながらもつねに連関し合っているように、リアルな現実世界と想像的な文学世界もまた、相互に自立しながらも連関し合っている。

それでは文学における六八年を、一体どのように論じていけばよいのか。それは個別ではなく、総体的な変化である。しかしながら、文学の場を「全体」として捉えることは限りなく不可能に近い。ここではただ漸近的なアプローチをとることができるだけである。そのためにしなければならないことは何か。まず、最も先鋭的な文学作品を掲載することを使命とした商業的な文学雑誌の、一九六八年一年間分をすべてチェックしてみることであろう。創刊順に新潮社の『新潮』、文藝春秋の『文學界』、河出書房新社の『文藝』、講談社の『群像』という四誌が、当時発行されていたいわゆる「文芸誌」である。中央公論社から『海』が創刊されるのは一九六九年、集英社から『すばる』が創刊されるのは一九七〇年のことである。ほぼこのあたりで、現在まで維持されている文学「産業」の体制がかたまったことが分かるであろう。

六八年の『新潮』『文學界』『文藝』『群像』。これら四誌を少しでも読み進めていってみれば誰でも分かることであるが、一九六六年から一九六七年にかけて吉本隆明の「共同幻想論」を連載した『文藝』を例外として（同じこの年、版元の河出書房新社は会社更生法を申請しているので、翌六八年からの『文藝』の刊行ペースには若干のブランクが生じることになる）、何人かの野蛮な——意識的な——著者の他に、当時の文芸誌のなかで政治および社会・経済状況が正面から論じられることはほとんどない。六八年の文学を総体的に捉えるためには「文芸誌」だけでは足りない。その不足を補うためにも、文学的な作品も誌面構成のための重要な要素とした、いわゆる総合誌をも考慮に入れる必要がある。そのために私がまず選んだのは中央公論社のアイデンティティそのものとも言える『中央公論』であり、次いで筑摩書房の『展望』である。『新潮』『文學界』『文藝』『群像』と『中央公論』『展望』。この六誌を素材として六八年の文学を論じてみたい。

もちろんこの六誌だけを対象とすることで、論から抜け落ちてしまう事柄も数多い。たとえば七〇年代から八〇年代にかけて文学の中心に躍り出てくる作家たち、古井由吉や中上健次をデビューさせた文芸同人誌の数々、さらには当時ほとんど商業的な文芸誌と言うことも可能な体裁と、ある意味では商業誌を超えた内容をもった『三田文學』（六八年の一年間、毎号、最も注目すべき作家と批評家にロング・インタビューを敢行している）や『季刊藝術』（文字通り新たな芸術を総合的に捉えようとした脂ののりきった同人たちによって毎号、独創的な誌面が形づくられている）などは、今回考察の対象からは外してある。

『中央公論』や『展望』よりも過激に政治と表現の「革命」を目標としていた、いくつかの先鋭的で党派的な機関紙および機関誌の数々もまた……。『季刊藝術』の中核メンバーだった江藤淳、『試行』を自ら編集していた吉本隆明など、六八年を体現する批評家たちはみな商業的な文芸誌以外のメディアから生まれてきている。もちろん江藤、吉本の両者とも文芸誌に登場することを拒否していたわけではない。江藤は大江健三郎、大庭みな子、武田泰淳の最良の、ときとしては最悪の理解者として対話を交わす。『群像』一月号の対談「現代をどう生きるか」によって江藤と大江は関係を断絶するに至る。吉本は評論・対談・詩とめまぐるしい活躍を見せていた――『群像』二月号に長篇評論「島尾敏雄の世界」、五月号に高橋和巳との対話「現代の文学と思想」、『文藝』五月号に長篇詩「海の風に」、一〇月号に竹内好との対談「思想と状況」を発表している。

私が対象として選んだ六誌のなかで、世界的なレベルにおいても、またこの極東の列島というレベルにおいても、六八年という激しく揺れ動いた「一年」とは一体どのような年であったのか、最もバランスよく、しかもある場合には現在に直接つながる問題として理解させてくれるのが『中央公論』である（以下、出版業界の慣例として刊行月と現実の出来事の間にはほぼ一ヶ月半程度のタイムラグが生じることになる）。一月号では「核時代の国家像を求めて」が論じられ、二月号ではベトナム戦争の近況がドキュメントされるとともに高橋英夫による「折口学の発想序説」が掲載され、吉本隆明がやはりこの年にまとめることができた『共同幻想論』における柳田民俗学の再検討とともに、民俗学が文学の最先端の問題として捉え直されることになる。そのことと直結するように、三月号では

「構造主義とは何か」という本格的な特集が組まれ、「佐世保報告」と並んでサルトルに異議を申し立てるレヴィ＝ストロースの姿が紹介される。民俗学の再編成と構造人類学の導入が同時に行なわれているのだ。これは後に論じるように六八年の文学の問題と直結する問題である。

四月号では「苦悩する超大国アメリカ」が特集され、五月号では「反抗する学生たち　その内側からの把握」が特集される。さらに六月号では千野栄一によって「プラハの春」を体現する「スロバキヤ共産党行動綱領」の全文が翻訳掲載される。七月号ではパリの五月革命についての最初の言及が見られ、八月号では堝嘉彦による現地からの詳細な報告（次号にも続く）と、サルトルと五月革命のリーダーの一人、ダニエル・コーン＝バンディとの対話「想像力が権力をとる」が翻訳掲載される。一〇月号では「チェコ自由化とソ連の武力介入」が特集され、高橋正による翻訳「わが友ゲバラ」が掲載される。高橋は一一月号でも「ソ連の内幕」を執筆している。同じ一一月には、一冊丸々を「学生問題特集号」とした臨時増刊号が発売され、一二月号ではサイデンステッカーとドナルド・キーンそれぞれによる川端康成ノーベル文学賞受賞記念のエッセイが掲載されるとともに、「新宿・十月二十一日」つまり「新宿騒乱」がドキュメント構成される。

2　「文化防衛論」と「核時代の森の隠遁者」

六八年の『中央公論』を読めば、その一年がどのような「年」だったのかが最もよく分かる。文学誌にはもつことのできない総合誌の力である（と同時にその季節が過ぎ去ってしまえば、主題としても書き手としても消えてしまうものも数多いのであるが……）。そのような雑誌に、六八年の文学を代表する二人の小説家が相次いで、当時の自身の小説世界の基盤となるような危険なエッセイ、危険な小説を掲載する。五月革命の熱気のなかでかたちになったのが三島由紀夫の「文化防衛論」（七月号）であり、翌八月号の特集「戦後民主主義の再検討」とともにかたちになったのが大江健三郎の「核時代の森の隠遁者」である。小説家の三島由紀夫と大江健三郎、さらには先ほど名前を挙げた批評家の江藤淳と吉本隆明、この四人が六八年を代表する小説家であり批評家であることは間違いない。しかし当然のことながら、自ら発言するメディアをもっていた江藤と吉本はこの年の『中央公論』に登場することはない。江藤と吉本には編集者（編集部）との軋轢もあったと予想されるが、以下、そのような個人的な関係は考慮には入れない（各文芸誌と作家たちとの関係も同様である）。

「核時代の森の隠遁者」は前年、つまり一九六七年に刊行された大江の代表作『万延元年のフットボール』に登場する「森の隠遁者」ギーを再登場させ、ギーの無意識的かつ意識的な自死である焼死を寓意的に描いた作品であるとともに、一九六九年刊行される――ということは六八年を費やしてその大部分が書き上げられる――全体としてゆるやかな連作をなす長大な小説集『われらの狂気を生き延びる道を教えよ』の中心に据えられる作品ともなった。大江はこの後も「森の隠遁者」ギーの主題を変奏し、「ギー兄さん」を何度も作品世界によみがえらせることになる。『懐かしい年への手紙』（一九八七年）を経て、「父」との関係の総決算を意図した『水死』（二〇〇九年）に至るまで……。

三島もまた、大江の『われらの狂気を生き延びる道を教えよ』が刊行された一九六九年、『中央公論』で引き続き行われた橋川文三との応答を含め、『文化防衛論』を一冊の書物のかたちにまとめる。そしてこの『文化防衛論』とともに、同じこの時期三島がライフワークにして最後の作品となることを意図して、一九六五年から『新潮』に連載していた『豊饒の海』もまた大きな変貌を遂げる。六八年八月号において第二巻となる『奔馬』が完結し、翌九月号から第三巻となる『暁の寺』の連載がはじまったのだ（六八年の『新潮』では三島の連載と並んで、小林秀雄の『本居宣長』も断続的な連載が続いていた）。『奔馬』から『暁の寺』へ。『豊饒の海』はこの時点で、古典的な物語構造をもった近代的な小説（『春の雪』と『奔馬』）から、高貴と俗悪、オリジナルとコピーの区別が消滅してしまう小説ならざる小説、現代の反・小説《アンチ・ロマン》（『暁の寺』と『天人五衰』）となったのである。あたかも『文化防衛論』に描き出された二重性をもった文化概念としての「天皇」のように……。

『文化防衛論』において三島はこう述べている。「日本文化は、本来オリジナルとコピーの弁別を持たぬ」、「このような文化概念の特質は、各代の天皇が、正に天皇その方であって、天照大神とオリジナルとコピーの関係にはないところの天皇制の特質と見合っている」。すなわち――「このような文化概念としての天皇制は、文化の全体性の二要件を充たし、時間的連続性が祭祀につながると共に、空間的連続性は時には政治的無秩序をさえ容認するにいたることは、あたかも最深のエロティシズムが、一方では古来の神権政治に、他方ではアナーキズムに接着するのと照応している」。時間と空間が、古代と現在が矛盾しつつも一つに融合し、そこから権力を構築する源泉としてありながら、権力を根底から解体してしまうようなアナーキーな力が解き放たれる。その力は言葉という形式《フォルム》に宿る。「文化防衛論」は三島の文学原論であり、「豊饒の海」がなぜあのようなかたちで書き継がれていかなければならなかったのか、その秘密を語ってくれるものだ。
そして「文化防衛論」に対抗するように書かれたのが、大江の「核時代の森の隠遁者」であった。隠遁者ギーは作品のなかでこう歌う――。

森におこっているのは驚くべき
生命の更新である。森の力は強まり
ありとあらゆる市　ありとあらゆる村の
衰弱は　逆に　森の回復である。

六八年の文学とは、まずは三島由紀夫の「文化防衛論」と大江健三郎の「核時代の森の隠遁者」を一つの巨大な対立軸として考えることが可能なものである。それは「豊饒の海」前半二巻を構成する『春の雪』『奔馬』と『万延元年のフットボール』の対立であり、「豊饒の海」後半二巻を構成する『暁の寺』『天人五衰』と『われらの狂気を生き延びる道を教えよ』の対立でもある。この後、大江健三郎の七〇年代とは、ある一面においては、まさに一九七〇年に自身の死と引き替えるように『天人五衰』を完結させた三島由紀夫の最後の営為、すなわち「豊饒の海」四部作を乗り越えていくための闘いであったと言うこともできよう。『われらの狂気を生き延びる道を教えよ』のエッセンスをより過激に抽出した『みずから我が涙をぬぐいたまう日』（一九七二年）から『洪水はわが魂に及び』（一九七三年）、『ピンチランナー調書』（一九七六年）を経て、『同時代ゲーム』（一九七九年）

に至るまで、隠遁者ギーが夢見ていた「森」を、作品世界の新たな母型として定着するために大江は一〇年を費やした。その最大の成果である『同時代ゲーム』は、「豊饒の海」とはまた異なったかたちの賛否両論をもって読者に迎えられ、批評家たちからは無視され、罵倒された。

『新潮』に小林秀雄が「本居宣長」を連載し、三島由紀夫が「豊饒の海」を連載していた六八年、大江健三郎が文芸誌に発表した作品は次の三篇である（同時期に三島由紀夫も『文藝』二月号に「F104」を『文學界』一二月号に「わが友ヒットラー」をいずれも一挙掲載している）。「生け贄男は必要か」（『文學界』一月号）、「狩猟で暮したわれらの先祖」（『文藝』二月、三月、四月、五月、八月号連載）、「父よ、あなたはどこへ行くのか？」（『文學界』一〇月号）。いずれの作品も、後に『われらの狂気を生き延びる道を教えよ』を構成するものとなるとともに、一九四五年という「年」を一つの重要な舞台とし、その「年」に不可解な死を遂げた「父」を天皇と重ね合わせるという不穏な内容をもったものでもあった。「狩猟で暮したわれらの先祖」では、「父」の死と密接な関係をもっていたことが疑われる、作者と故郷を共有しながらも流浪を運命づけられた「山の人」の一族、「家」という制度を超え出てしまったその共同体が東京で暮らす「僕」の目の前に、決して覚めることのない悪夢のように登場する。明らかに柳田民俗学で説かれた「山人」を換骨奪胎し、イメージとして狂暴化させたものである。

一九四五年という特異な「年」、「父」として存在する天皇、さらには民俗学的な時空の文学的な再構築。三島由紀夫の「豊饒の海」の主人公たちもまた、あたかも一九四五年に二〇歳を迎え、しかも現実の戦争で死に損ねた作者三島が望んでいた想像力の世界における「一九四五年の死」を四度も反復するかのように、それぞれ二〇歳で夭折しなければならなかった。さらに「文化防衛論」では、折口信夫の民俗学と西田幾多郎の哲学が、より過激な次元で一つに融合されることが意図されていたと推定される（折口と西田の名前は出てこないが、折口の直接的な弟子である西角井正慶と西田の間接的な弟子である和辻哲郎の著作が主要な参考文献として言及されている）。三島由紀夫と大江健三郎はこの時期、双方の主題と内容がぴったりと一致する物語群を紡ぎ続けていたのである。六八年において、三島と大江は互いに相容れることのない表現における二つの極を形成し、相対立していた。しかし二人の描き出す作品世界は、実は鏡の表と裏のような関係にあり、互いに鏡像のように類似していたのである。

3 「女性」、「老人」、「子供」という主体

六八年に新たな表現を生み出すためには、三島由紀夫と大江健三郎という互いに顔を背け合う巨大な「対《ペア》」――それは戦後日本文学の構造そのものでもある――が提出してしまった「父」として君臨する王という物語を脱臼させ、解体しなければならない。大人の男、つまり「父」（およびその分身である「息子」）ではない、新たな文学的主体を創り上げる必要があるのだ。それが「女性」であり、「老人」であり、「子供」である。三島由紀夫の「豊饒の海」後半を構成する二巻、さらには大江健三郎の〇〇《ゼロ》年代以降の近作が、「父」とともに、「父」とは相反するこれらの要素をすべて取り込んだもの、もしくは取り込むことを意図したものとなっていることは偶然ではないはずだ。

だからこそ、六八年前期の芥川龍之介賞を同時に受賞した大庭みな子の「三匹の蟹」が女性を主題とし、丸谷才一の「年の残り」が老人を主題としていること、六八年後期の芥川龍之介賞の候補にすらあがらなかったが新人作家としての力量は図抜けており、しかも三島の「豊饒の海」第二巻『奔馬』の完結篇が掲載された『新潮』の同じ号に「海の果実」を発表した金井美恵子が主題としたのが子供であることは、時代の必然だったのだ（「海の果実」は後にそのものずばり「自然の子供」と改題されることになる）。このリストにさらに大庭の「三匹の蟹」と群像新人文学賞を争い、落選した中上健次が、作家としてではなく『文藝首都』同人という肩書きで、『新潮』の一一月号に発表した「角材の世代の不幸」というエッセイに記された「作家」への決意表明の一節を付け加えて見ればよい（中上と同時に柄谷行人も群像新人文学賞の受賞を逃している。この二人が商業的な「文芸誌」にデビューするのは、ともに翌六九年のことである）。

中上はそのエッセイで、大江健三郎の文学的幸運に対する自分たち「角材の世代の不幸」を述べている。自分には、大江の「飼育」や「芽むしり仔撃ち」で造形された少年たちは描けないし、描くつもりもない。匿名の暴力闘争に加わり、その喪失感の只中で「俺は少年の文学を書こう」と思っているのだ。外部の暴力ではなく、内部から沸き上がってくる暴力に独自の表現を与えるのだ。すなわち——。

このごろ僕は僕自身の原形質の、むきだしの少年期に表現をあたえようと考え、外界から与えられた論理とか知識なりで統一されたやつではなく、もっと情念がうごめき、感情が光のように放射されるやつをつきとめなくてはいけない、と思っているのである。

一九六八年にこう書くことから自身の文学的キャリアをはじめた中上健次は、ある崩壊の予感の最中、一九九二年に三島由紀夫的な世界と大江健三郎的な世界を強引に一つに統合しようとした巨大な作品、『異族』を未完成のままこの世を去らなければならなかった。一九七〇年の三島由紀夫の死と一九九五年の阪神・淡路大震災および地下鉄サリン事件の間に広がる四半世紀（二五年）の文学的な時空を支配したのは、疑いもなく中上健次だった。意図せざる最後の作品となった『異族』に挑み、無残に潰え去ることは新時代の文学の「王」たる中上健次の宿命だったのかもしれない。そしてその中上の時代にはじめて、文学における女性たちが、老人たちが、子供たちが、自分の声を新たなエクリチュールとして獲得することができたのだ。

それでは文学における女性とは、老人とは、子供（少女にして少年）とは一体いかなる表現の主体を形成し、どのような表現の世界を展開したのであろうか。大庭みな子の「三匹の蟹」の主人公である由梨は、アラスカという世界の果てで、閉ざされた俗悪な「家庭」から逃れ出て正体不明の他者、「桃色シャツ」を着て「僕は四分の一、エスキモーで、四分の一、トリンギットで、四分の一、スヰーディッシュで、四分の一、ポールだ」と「自分の血の自己紹介」をする「雑種」の男と出会い、「三匹の蟹」という海辺の宿で一夜を過ごす。男との会話の途中で、由梨は自身の内なる「雑種」性に気づき、さらに遠い記憶、両性具有的で異種混淆的な、あらゆる要素が混在したヘテロジニアスな感覚をよみがえらせる。物語の終盤に突如として現れる、「熟《う》れた苺《いちご》のような赤い唇を持った」女友達A子との「いくらか同性愛的なところ」がある、夏の夜明け前の海での、精神的でもあり身体的でもある交わりの記憶を。

それから二人は真黒な海で泳いだ。暗い波は無気味で、化物の口のような得体の知れない奥深さで、巨大な舌のような生暖かさでからだを包んだ。生ぬるく、吸いつくような、むせかえるような、大きな波であった。夜が白々と明ける頃、自分達は人魚のように美しい、と二人は思った。全く、人魚のように美しい年頃であった。

前年の一九六七年に「愛の生活」でデビューしていた金井美恵子も、この年、大庭の「海」と通底し共振し合うような自身の「海」を表現として定着する。金井が「海の果実」で描き尽くした「海」は、三島由紀夫の『奔馬』の最後で飯沼勲が幻視する「海」、「刀を腹へ突き立てた瞬間」、日輪が瞼の裏に赫奕《かくやく》と昇る「海」とは根底から異なった、決して相容れることのないものだった（先述したが、両篇はともに『新潮』の八月号に掲載されている）。一夏の避暑地における少年と少女の体験を、劇的な展開を徹底的に排除しながら語られる「海の果実」は、少年と少女が自然のなかで一つに融け合う「海」――「海と空だけの青い虚ろな空間」、海の「水色に融けた原形質の透明体」（雑誌掲載時）――からはじまり、海に終わる物語だった（現行のものとは章の順序に相違があり、最も印象的な現行の「3」が連載時の冒頭に据えられている）。『奔馬』とはあまりにも対照的な、その物語の最後に広がる光景は、次のようなものだった（引用は現行版より）――。

子供たちの体は内側から、あの青い海を孕《はら》んで無限にふくれあがり、しまいには水色の透明な液体となって、海と空と溶けあってしまいそう。子供たちは、巨大な海の、一滴になって光の乱舞する彼方に行ってしまいそう。崖の突端で、恍惚とした目まいの中で、体を無限に軽くしながら、海の中に融けて行ってしまいそう。

大庭も金井も、自己同一性を無化してしまう「海」から女性と子供を造形した。この年、大庭は「三匹の蟹」発表の後、『群像』七月号に「虹と浮橋」を、一〇月号に「構図のない絵」を相次いで発表し、金井は「海の果実」発表直前の『展望』七月号に、不条理劇として再構築された『不思議の国のアリス』にして『鏡の国のアリス』である「エオンタ」を発表した。いずれも二〇〇枚前後の、きわめて実験性に満ちた作品である。日本語のエクリチュールに新たな次元が獲得されたのである。さらに『文藝』の五月号に「思想と無思想の間」を発表し、三島由紀夫と大江健三郎がともに構築しつつあった「王」と「革命」の物語、六八年という時代そのものを笑いに包みながら柔らかに、なおかつ痛烈に批判した丸谷才一もまた、さまざまな文学的な技法を駆使して練り上げていった巧緻な作品を次々と世に問うた。大庭や金井が「感覚」に軸を置くとするならば、丸谷は「技巧」に軸を置く。それが三島的かつ大江的な「王」と「父」の文学空間に抗うための二つの方法だったのである——丸谷は「思想と無思想の間」の他に、『文學界』一月号に「川のない街で」を、三月号に「年の残り」を、九月号に「男ざかり」を、『群像』の七月号に「中年」を発表し、

「年の残り」で芥川龍之介賞を受賞した。

「年の残り」では、作者と同世代の「父」だけが不在となる。息子を亡くした祖父の世代にあたる主人公の病院長と、その患者であり孫の世代にあたる少年との交流を通して、病院長が経験した、過去から現在にまで及ぶさまざまな親しい者たちの「死」が語られる。少年は病院長の話を聞きながら、こうつぶやく。「みんな死んだんですね」……。死を中心として「老い」という時間の迷宮が構築され、その迷宮の構造そのものが作品世界として提出されているのだ。物語を流れる時間は前後し、固有名と普通名はめまぐるしく入れ替わり、そこに描き出される断片的な情景は、あるときは後に展開される未来の物語の換喩となり、あるときは過去に累積された物語全体の隠喩となる。

青年時代に出くわすことになった親友の妻が自殺するという事件の際、病院長はそこに残されていた遺書を密かに処分していた。老いた親友にあらためて遺書の有無を尋ねられたとき、病院長はこう答える。もし残されていたとしても、遺書とは、生者にとっては「どうとでも解釈できる手紙」となるのだ、と。親友はさらにこう付け加える。「あるいは、どうにも解釈できない手紙」であると。死（自殺）が「テクスト」とその解釈の問題として定義し直されているのだ。時代の予兆に満ちた作品である。

4 「私」と「肉体」の再編成

女性や老人や子供たちが文学的な主体として新たな相貌をまとって登場したということは、文学における「私」自体がそれまでとは異なって、根本から変容を遂げてしまったということでもある。『文藝』一一月号には、小島信夫、平野謙、安岡章太郎が出席した座談会「文学における「私」とはなにか」が掲載されている。その参加者の一人である小島信夫は『群像』の一月号から「町」という連作をはじめ、一〇月号から（つまり「町」の連作の一〇回目から）、連作は「別れる理由」とタイトルが変更され、その後なんと一九八一年三月号まで連載が続くことになる。「別れる理由」が増殖してゆく過程で、作者の「私」のみならず、「私」を取り巻く実在する作家たちもまた虚構《フィクション》の世界に巻き込まれてゆく。現実と虚構の差異は無化され、「私」という巨大な一つの作品、『別れる理由』のなかに、あらゆる文学的な技法と形式が、すなわち世界のすべてが詰め込まれることになった。『別れる理由』は時代背景においても、またその規模と実験性においても、「豊饒の海」四部作に匹敵する作品なのである。しかし、この前代未聞の主題と内容をもった巨大な作品は、これまでその可能性（あるいは不可能性）が充分に論じられているとは思えない。そのなかでも唯一、坪内祐三の『「別れる理由」が気になって』（講談社、二〇〇五年）が先駆的な試みとなっている。

「私」の変容は同時に「肉体」の変容でもあった。六八年はあらゆる芸術のジャンルで「私」と「肉体」が問い直された「年」でもあった。暗黒舞踏を組織した土方巽は「肉体の叛乱」を目指し、寺山修司の天井桟敷と唐十郎の状況劇場は虚構によって現実を転覆させる活動を本格化させていった。唐十郎が、折口信夫の芸能論である「無頼の徒の芸術」をより過激なかたちで現代によみがえらせた「特権的肉体論」を発表するのもこの年である（『腰巻お仙』に併録、一九六八年、現代思潮社）。特権的肉体をもった現代の河原者、「遊行民族」となった役者たちによって都市と街は遠征され、襲来され、そこに生と死の「中間」状態が一挙に現実化される。役者は、その「遊行性によって革命に参加する」のだ。

このような、芸術における「私」という概念と「肉体」という概念が革新されていく有様を最も生き生きと伝えてくれるのが、『展望』の一月号から連載がはじまった「現代芸術のフロンティア」である。この連載は当時最も先鋭的な芸術家に、それにふさわしい最も先鋭的な聞き手がインタビューし、批評を書くというスタイルであった（第一回目は唐十郎と東野芳明という組み合わせである）。その七回目、金井美恵子の「エオンタ」が掲載されたのと同じ七月号に登場したのが、土方巽と澁澤龍彥である。土方は、澁澤の問い――「舞踊家というものはオブジェ的になってくるわけですか」――にこう答えている。

そうでしょうね。そのオブジェが心霊というか、舞踊家の霊を呼ぶということがあるのじゃないでしょうか。人間が人間でないものに変わるということですけれど、クラシックバレーにだって、中間にあるものが肉体で、上に行けば神、下にあるものが人形という構図があるわけで、ですから、人間性なんか振り回している舞踏家は人形に打ち負かされるのですよ。

澁澤は、さらにオブジェとして存在する肉体について書き進めてゆく。「裸の男が、ごろりと舞台の上にひっくり返って、背中を丸め、手脚をちぢめている」、これが土方ダンスの原型であり、「胎内瞑想を思わせるその姿勢は、生の方向と死の方向とを同時に暗示している」。つまり――

「ちょうどシュルレアリストのオブジェが、日常的習慣的目的に奉仕すべく作られた道具や物体から、その目的性を奪い取って、いかなる生活的必要からも離れた物体にそれらを還元することにより、それらの物体の疎外された美を回復するように、土方ダンスにおける肉体も、私たちの肉体にべったり貼りついた、いわば目的性のいつわりを剝ぎ取って、肉体の疎外された美を白日のもとに発き出すことを目ざしているのである」。土方舞踏の核心を突く見事な一節である。

この後、オブジェとしてある肉体という理念を、土方も澁澤もそれぞれ独自の視点から突き詰め、考察を深めてゆく。そして土方は六八年の一〇月に自身の舞踏公演の一つの極となった「土方巽と日本人――肉体の叛乱」を主宰し、同じく一一月に澁澤は自身が責任編集を手がけたユニークな雑誌『血と薔薇』を創刊する。当時、土方巽や澁澤龍彥と密接な関係をもっていた三島由紀夫も、土方舞踏の独創性を「胎内瞑想」と名づけ、やはりこの時期「私」の奥底に大宇宙にまで広がる夢の可能性を探っていた埴谷雄高も、そのような流れと無関係ではない――後に『死霊』再開への契機となった埴谷のもう一つの代表作『闇のなかの黒い馬』の中核部分をなす短篇「宇宙の鏡」と「夢のかたち」はそれぞれ『文藝』の六八年一月号と八月号に発表されている。

そして当時、芸術における「肉体」の変革と並行する、文学における「私」の変革を最も過激に実践していたのは、小島信夫の『別れる理由』にも登場する藤枝静男であろう。六八年、藤枝静男は「私」小説を突き詰め、未知の領野に突き抜けてしまった驚異の作品集、『欣求浄土』に結晶する諸作品を書き進めていた。「欣求浄土」(『群像』四月号)、「木と虫と山」(『展望』五月号)、「沼と洞穴」(『文藝』八月号)、「天女御座」(『季刊藝術』夏号)である。「欣求浄土」の冒頭で主人公・章はテレビのニュースに映し出されたヒッピーたちの姿にうたれる。

ごく短い時間の番組みで、それに映るものは髪を長く垂らした若い女とか、鬚武者《ひげむしゃ》の青年とか、彼等の裸脚とか、全体にクローズアップでしかも動きの早い場面ばかりだから背景や周囲の様子はさっぱりわからなかったが、しかしそれだけになお一層純粋に彼等の表情は章の胸につたわって来るように思われたのである。

そして若松孝二の『性の放浪』にうながされた章は、河と海が出会う場所、「抗し難い自然の力」が荒れ狂う「荒涼たる眺め」をその目に見るために旅立つ。故郷の浜名湖と太平洋、さらには北海道のサロマ湖とオホーツク海が浸透し合うところへ。「欣求浄土」からはじまった章の旅は、章が観察する大地の隆起と陥没の運動そのものとなり、「私」は宇宙の運動をそのなかにとらえるための器のようなものとなる。「木と虫と山」において章は、大戦の最中に突如として新たな火山が生成されてくる過程を「昭和新山生成日記」に追う。地面に突然亀裂が生じ、その増加と発達によって海鼠状の小隆起体である地皺が発生し、それらが鱗状になり、何層にも重なり合い、大波のように揺れる。大地の亀裂と隆起、陥没と分裂（「沼と洞穴」）を、他者の言葉のなかで追体験してゆく章。そのとき、「私」による世界認識の在り方もまた根底から覆される。「全世界を動乱にまきこむほどの大戦が起こっていようとも、地球自体はそれとは全く無関係に、人や虫ケラの運命とも関係なしに、勝手に北海道の一部を持ちあげた」。藤枝静男の「私」は、人間の歴史からは自立し、流動することをやめない大自然と共振するものとなる。海と浸透し合う湖のような、亀裂のなかから隆起する大地のような「私」。埴谷雄高の『闇のなかの黒い馬』と並び、六八年における「私」の変容を記録した貴重な文学作品がここに誕生したのだ。

第三章

安部公房と中上健次

砂漠の方舟——安部公房の彷徨

安部公房は日本の幻想文学を代表する書き手である。

そのような評価を下した最初の人物は、おそらく澁澤龍彥であろう。澁澤は、『暗黒のメルヘン』（一九七一年）、そして『変身のロマン』（一九七二年）と、自身が編集し、立風書房から相次いで刊行した二つの「幻想小説」アンソロジーのなかに、安部の作品をそれぞれ一篇ずつ収録している。「詩人の生涯」と「デンドロカカリヤ」である。

澁澤が、二つのアンソロジーにともに収録した作家は、自身と安部の他には泉鏡花しかいない。つまり澁澤にとって、安部公房の作品世界は、泉鏡花の作品世界に匹敵し、それを乗り越えていくものとしてあった、といえる。

『暗黒のメルヘン』に収録した「詩人の生涯」について、澁澤は、こう記している——「私がこれを採り上げた理由は何かと言えば、この作品世界においては、あたかもスローモーション映画のように、万物がゆるゆると変形し、流転している有様が捉えられているからであった。すなわち、これはメタモルフォシスとして眺められたところの、ヘラクレイトスの原理の絵解き、自然弁証法の絵解きなのである。私には、それが面白くて仕方がないのである」。

メタモルフォシスの作家。澁澤の安部公房評価は、『変身のロマン』に収録した「デンドロカカリヤ」でも変わらない。澁澤はその紹介の冒頭を、こうはじめていた――「骨の髄までメタモルフォーシスの論理で武装した小説家安部公房の、これは植物変身そのものをテーマとした、一篇の哲学小説ともいうべき作品である」。

安部公房は、森羅万象あらゆるものに「変身」が可能になる時空を「世界の果《はて》」まで追い求めていった表現者である。「世界の果」とは、あらゆるものが混淆し、そこから表現の「原形」が立ち現れてくる特権的かつ極限的な場所でもあった。安部公房が偏愛した砂漠、あるいは「曠野《こうや》」と言い換えることも可能であろう。安部公房は、「世界の果」である砂漠にして「曠野」を現実に生き抜き、自らのそのかけがえのない記憶を作品として昇華した。砂漠のただなか、「曠野」のただなかで、過去の記憶を未来に伝え、閉じられた過去を未来へと開いていく「方舟」としての作品を創り上げたのだ。その営為は、日本という固有性を、世界という普遍性に接続する可能性を秘めている。安部公房という一人の特異な作家を通して、幻想文学は世界文学として再生するのである。

安部公房が生涯をかけて建造した「方舟」としての作品世界の全体像を概観するために、次のような作品を選んでみた。まずは書誌事項を記し、それぞれの作品が体現する安部文学の特色を簡略にまとめる。さらに、それらを素材として、現在、この私ができうる限りでの安部公房論、その幻想文学にして世界文学の素描を提示してみたいと思っている――本稿は、私（安藤礼二）、山尾悠子、高原英理、諏訪哲史の四人が編者となり、国書刊行会から刊行された『新編　日本幻想文学集成

1』（二〇一六年）の「解説」として発表されたものである。全体として七五〇頁を超えるこの巨大な書物のなかで、私が安部公房を、山尾が倉橋由美子を、高原が中井英夫を、諏訪が日影丈吉を担当し、それぞれの作家が書いた「幻想文学」としてふさわしい作品を選び出して編集（構成）したものである。私は、この導入部分に続いてその内容の詳細を述べていくような順序で、「デンドロカカリヤ」（雑誌「表現」版）、「詩人の生涯」、「家」、「鉛の卵」、「チチンデラ ヤパナ」、「カーブの向う」、「ユープケッチャ」という七篇の短篇小説と、「砂漠の思想」、「クレオールの魂」という二篇のエッセイからなる合計九篇の作品を選んだ。以下、「本書」とはこの書物、『新編 日本幻想文学集成1』のことを意味する。

＊

まず冒頭に据えたのが、角川書店から発行されていた雑誌『表現』の一九四九年八月号に発表された「デンドロカカリヤ」の原初形態である。安部はこの作品を、一九五二年一二月に書肆ユリイカから刊行された単行本『飢えた皮膚』に収録する際に大きく書きあらためた。現在、われわれが通常「デンドロカカリヤ」として読むことができる作品は、すべてこの改版である。

「デンドロカカリヤ」の書き直しの特徴をまとめてみれば、大きく二つに分けられる。まず第一に、「哲学」から「物語」への改変がある。その改変は、実は、「デンドロカカリヤ」発表の一年前（一九四八年）に安部公房が世に問うたはじめての長篇小説、正真正銘はじめて書き上げられた作品である『終りし道の標べに』（真善美社版）と、その一七年後（一九六五年）に全面的に改訂がなされた上であらためて刊行された新版『終りし道の標べに』（冬樹社版）との間の差異と等しい。第二に、「ぼく」（一人称）と「君」（二人称）が消滅してしまうことがあげられる。改版「デンドロカカリヤ」は、あくまでも抽象的な一人の登場人物、コモン君（三人称）を中心にした寓意的な物語であった。原初形態では、作者（一人称）と読者（二人称）と登場人物（三人称）が複雑に関係し合う構造をもっていた。この一人称から三人称への変化は、二つの「デンドロカカリヤ」に挟まれるかたちで――一九五一年に――発表された安部の初期の代表作、「壁―S・カルマ氏の犯罪」の作中での語り手の変化、「ぼく」（一人称）から「彼」（三人称）への変化とパラレルである。

また、『終りし道の標べに』が、安部が実際に体験した満洲での出来事を直接のモデルとして（ここであらためて強調するまでもないが現実そのままの体験ではなく、あくまでも一つの理念的なモデルとしての体験であり、しかし、それでもこの作品に孕まれた安部に固有の「私性」の強度は特記されるべきだと思われる）、現実の「曠野」に打ち立てられた「粘土塀」によって外部からは遮断された場所を舞台とした物語だったのならば、「壁―S・カルマ氏の犯罪」は、虚構の「曠野」、虚構のなかの虚構としての「世界の果」に打ち立てられる内部の「壁」に自らが変身していく物語であった。現実の辺境たる満洲からフィクションの辺境たる作品内へ、具体的な外部の「塀」から抽象的な内部の「壁」へ。つまり、「壁―S・カルマ氏の犯罪」もまた、『終りし道の標べに』というはじまりの作品を、虚構性と抽象性をいわば極限まで高めるかたちで、書き直した小説だったのである。これまでの経緯をまとめてみれば、こうなる。

一九四八年『終りし道の標べに』（真善美社版）
一九四九年「デンドロカカリヤ」（雑誌『表現』版）
一九五一年「壁―S・カルマ氏の犯罪」
一九五二年「デンドロカカリヤ」（書肆ユリイカ版）

おそらく、この一連の過程――すなわち「デンドロカカリヤ」を書き上げ、それを書き直すまで――にこそ、作家である安部公房の真の起源、作家としてこれから展開していく可能性のすべてが萌芽の状態で存在している。外部に遍在する現実の「壁」を内部に遍在する虚構の「壁」として構築し直し、さまざまな境界が一つに重なり合う場に打ち立てられたその両義的な「壁」を、さらに未来を切り拓いていくための、未来に乗り出していくための「方舟」として組織し直していく。それは、安部公房が作家として残した表現の軌跡そのものでもある。

「デンドロカカリヤ」（雑誌『表現』版）に続くものとして、いずれも一九五〇年代に発表された「幻想文学」の書き手としての安部公房を代表するような三篇の短篇小説を選んだ。もちろん、この他にも安部が残した優れた短篇小説は無数に存在する。しかし、この三篇には、作家としての安部公房のもつ多様性が、それぞれ最も良くあらわされていると思われたからである。詩人として、幻視者として、科学者としての資質が……。

順に、雑誌『文藝』（河出書房）の一九五一年一〇月号に発表された「詩人の生涯」、雑誌『文學界』（文芸春秋新社）の一九五七年一〇月号に発表された「家」、そして雑誌『群像』（講談社）の同年一一月号に発表された「鉛の卵」である。「詩人の生涯」に残された雪の結晶の描写には、『砂の女』の冒頭（すなわち「チチンデラ ヤパナ」）に残された砂の描写とともに、安部公房という作家のもつ物質的な想像力が最も美しく表現されていると思われる（後に詳述する）。やはり、結晶としての自然に深く魅惑されていた澁澤龍彥が安部の「幻想文学」を代表するものとして取り上げた大きな理由でもあるだろう。

「家」は、安部が他に残した多くの短篇のなかでも、最も不可思議で不気味な物語である。肉体的に死ぬことなく「もの」のように生き長らえ、家のなかを這いまわる「祖先」。その姿は、フランツ・カフカが創造したオドラテクを思わせる。そのようなやっかいな「もの」を抱え込んでしまった家族の一人は、こう呟《つぶや》く――「いいか、たとえばだな、もしかすると、あんなもの、ことによると、ぜんぜん存在なんかしていないのかもしれないのだぞ。おれたちが、ただ居ると思っているだけで、本当は、おれたちの単なる幻影にすぎんかもしれんのだ……むろん、見えているのは、おれ一人だけにじゃない。みんなに見えている。皿の食物は空《から》にするし、さわることができれば、あのとおり、鎖でつなぎとめることもできるというわけだ」。

家族の男の自問自答は続く。骸骨のように干からびて、ただ家のなかを這いまわるだけの「祖先」。それは幻影ではないかもしれないが、幻影でないことが実在の証明になるとはかぎらない。「二人の幻影は嘘だが、十人の幻影はいくらか本物に近づき、百万人の幻影は、完全な実在」となる。しかし、その幻影が「わが家」だけのものだったら、一体どういうことになるのだろうか――「つまりあれは、やはり現実には存在していないわけで、それをつくり出したおれたち全家族の実在までが、疑わしいということにはならんかね？　おれたち自身が、本当は、おれたちの思っているようなものでなくて……」。

疑われているものと疑うものの実在が簡単にひっくり返ってしまう。ここに最良の「幻想文学」が成立するための条件が、過不足なく表現されていると考えるのは私だけだろうか。人々の想像の産物として、作品の内部に存在する「もの」。その「もの」を介して、現実と虚構が反転し合う。現実は虚構となり、虚構が現実となる。虚構の「もの」の自己同一性が保たれなくなるのであれば、現実の「私」たちの自己同一性もまた保たれないだろう。しかも、安部公房は、虚構の「もの」を描き出す想像力の作用さえも、これもまた作品内に、科学的かつ厳密に定着していこうとするのである。安部公房がSFというジャンルに心惹かれ、自らもまたSFと称される数々の作品を書き上げていくのは偶然ではなかったのだ。

一九五〇年代、SFの世界には新たな流れ（ニューウェイヴ）が生まれていた。SFは自らの外なる宇宙を科学的に探究する小説（サイエンス・フィクション）であるとともに自らの内なる宇宙を思弁的に探究する小説（スペキュレイティヴ・フィクション）でもあった。思弁小説としてのSFは限りなく文学（芸術）に接近する。詩人としての資質を内に秘めながら、しかし安部公房は科学小説としてのSFも決して手放すことはなかった。科学小説と思弁小説の交点に、両者の性格を併せもった安部公房に独自のSFが形づくられていった。「鉛の卵」は少ない枚数の内に安部SFのエッセンスを詰め込んだような作品である。

安部公房の自他ともに認めるSFの代表長篇『第四間氷期』（単行本刊行＝一九五九年）は、現在とは完全に断絶した未来、「残酷」で苛酷な未来を、ただ想像力によってのみ描き出そうとした作品である。人間の脳に接続された電子計算機（コンピュータ）は、第四間氷期の終わりを予言する。近い将来、世界のほとんどすべては水没してしまうだろう（J・G・バラードの『沈んだ世界』の先取りである）。そうした破局にそなえ、人類の系統発生からはずれた「新しい種」を生み出す実験が密かに進められていた。陸棲の人類とは異なった水棲の人類。その水棲人たちの未来が描き出され、陸に吹く風にあこがれた一人の水棲人の想像的な「死」とともに物語は閉じられる。現実と虚構、陸棲人と水棲人、現在の科学と未来の思弁が一つの作品のなかで鋭く対立しつつも一つに混じり合う。

「鉛の卵」は、『第四間氷期』の連載が雑誌ではじまる半年ほど前（八ヶ月前）に雑誌に発表された。『第四間氷期』で展開される諸主題をコンパクトかつリーダブルに集約した作品である。八〇万年という時を隔てて未来に目覚めた現代人、未来から見れば古代人である。その古代＝人間の眼の前には緑色をした植物＝人間たちがいた。食糧危機を乗り越えるために胃袋を消化し、「人間改造」を断行し、血液の一部を葉緑素に変えてしまったのだ。結果として、植物人たちは食べることをやめ、働くことをやめ、その帰結として「はてしもない長寿」を得た。そのなかで、あくまでも食べることを求めた古代人は、植物人たちの社会から排除され、「どれい族」の国へ追放されてしまう。しかし、そこには古代人そっくりの未来人がいた。現実の人間たちの世界から「高い塀」によって隔離され、保護され、その奇妙な生態を観察する研究対象となっていたのは、実は植物人たちの方だったのだ。「高い塀」に囲まれた、閉鎖された場所での植物への変身。しかも「高い塀」の内側と外側、植物と人間、未来と古代、ユートピアとディストピアの関係は容易に逆転してしまう。

安部は、この後、「鉛の卵」が、早川書房から刊行された日本SFシリーズの一冊（『人間そっくり』）にあらためて収録された際、結末の一部を書き換えてしまう（厳密にいうと結末部分だけではなく、未来の機械を描写する細部の表現を微妙に修正する）。そこでは、本書が準じている新潮社の全集が底本とした初刊本とはきわめて重要な点で異なった、もう一つ別の未来の姿が語られていた——。

やがて、街に向う、音のしない半透明のすばらしい高速車の中で、古代人はうれしさのあまり、もう空腹さえ忘れている。しかし突然、信じがたく巨大な鋼鉄の網目のような都市が、きらめきながらそびえ立ち、すると彼は、この自分に似た現代人と、あの見捨ててきた緑色人と、率直に言って、どちらがはたして自分の正統な子孫であるのか、にわかには断定しがたい、奇妙な錯乱の迷いに引き裂かれ……くしゃくしゃになった顔から涙をあふれさせると、あたりかまわぬ大声で泣きはじめてしまっているのだった。

参考までに、底本の末尾も引用しておく——「やがて、街に向う、音のしない半透明のすばらしい高速車の中で、古代人はうれしさのあまり、もう空腹さえ忘れている。しかし突然、思いだしたように肩をふるわせ、拳をかためた両腕をぎゅっと内側へねじまげると、くしゃくしゃになった顔から涙がふきだしてきて、あたりかまわぬ大声で泣きはじめているのだった」。対立していた未来と古代、植物と人間の関係が逆転するだけでなく、その逆転そのものが意味を失う地点にまで物語を進展させてしまうのだ。それは、安部公房の六〇年代の新たな試みと共振するものだった。そこから、安部の名を不朽のものにした代表的な長篇群が次々と書かれていくことになる。

「詩人の生涯」「家」「鉛の卵」に続いて収録した三篇の短篇、「チチンデラ ヤパナ」「カーブの向う」「ユープケッチャ」は、雑誌に発表された後、それぞれ『砂の女』(単行本刊行＝一九六二年)、『燃えつきた地図』(単行本刊行＝一九六七年)、『方舟さくら丸』(単行本刊行＝一九八四年)へと成長を遂げていった物語の「原形」、その種子である。「チチンデラ ヤパナ」は雑誌『文學界』の一九六〇年九月号に発表され、あまりにも有名な『砂の女』の冒頭部分となり、「カーブの向う」は雑誌『中央公論』(中央公論社)の一九六六年一月号に発表され、これもまたきわめて印象的な『燃えつきた地図』の結末部分となった。

「チチンデラ ヤパナ」では、すべてを呑み込みながら流動を続ける砂丘への訪れが描き出され、「カーブの向う」では「高い擁壁」で周囲を囲まれ、カーブの向うにある未知なる光景に到達することを望みながら、自らの名前をはじめ、あらゆる自己同一性を喪失してしまった一人の男の彷徨が描き出されていた。砂漠と壁。『終りし道の標べに』と『壁』が、新たな次元で創造的に反復されているのである(「壁─S・カルマ氏の犯罪」の主人公カルマ氏も自らの名前を喪失して彷徨する一人の男であった)。雑誌『新潮』(新潮社)の一九八〇年二月号に発表された「ユープケッチャ」もまた、「チチンデラ ヤパナ」の反復である。おそらく、それは安部公房がわれわれに示してくれた、最後の創造的な反復であった。

『砂の女』と『方舟さくら丸』は、互いにまったく似ていない。しかし、その原形、「チチンデラ ヤパナ」と「ユープケッチャ」を並べてみると、そこに一つの大きな共通点を見出すことが可能になる。いずれも特異な環境のなかに棲息する昆虫をタイトルにしているのだ。一方は、現実に存在するラテン語「チチンデラ ヤパナ」(Cicindela Japana) によってあらわされるニワハンミョウ。もう一方は想像のなかにしか存在しないエピチャム語によって昆虫とともに「時計」を意味する「ユープケッチャ」である。現実の「もの」が名前を存在させ、架空の名前が現実の「もの」を存在させる。しかも、物語のなかでは、ニワハンミョウも「ユープケッチャ」も、ともに鞘翅目《しょうし》に属している、とされている。ニワハンミョウは、絶えず流動する砂漠のなかで凶暴に生き抜き、肢をもたない「ユープケッチャ」は自らの糞を食べながら時計のように規則正しい円環を描き、その「極端な閉鎖生態系」を完成させる。

　ニワハンミョウは「砂漠」を体現し、「ユープケッチャ」は「方舟」を体現する。つまり、それぞれが作品世界の生きた「地図」であり(作品「ユープケッチャ」のなかで印象的に描き出される「立体写真」でもあり、人はそれを見るだけで自由に旅することができる)、生きた象徴ともなっている。現実のニワハンミョウが虚構の「ユープケッチャ」として反復され、砂漠は方舟に変容する。作品「ユープケッチャ」ではまだ充分に描き尽くせなかった「方舟」に、確固たる形態を与えられたとき、『方舟さくら丸』は完成する。一つの巨大な山をそっくりくり抜いたように存在する地下の採石場跡、巨大な「洞窟」。日本の領土の内側に存在しながら、日本の領土の外側に存在する、もう一つの帝国。それが「方舟」なのだ。『砂の女』の砂漠が、『方舟さくら丸』の方舟として完成する。

　その砂漠は、一体どこに存在するのか。最後に、安部公房が出発した場所と到達した場所、そのはじまりにして終焉の場所を明らかにしてくれる二篇のエッセイを置いた。雑誌『群像』の一九五八年四月号に発表され、後にはエッセイ集全体のタイトルとしても採用された「砂漠の思想」と、雑誌『世界』（岩波書店）の一九八七年四月号に発表された「クレオールの魂」である。「砂漠の思想」では、安部がそこで多感な少年期から青年期を過ごした固有の砂漠、「満洲」の記憶が語られ、「クレオールの魂」では、その砂漠が普遍にひらかれる。「満洲」崩壊後にアジアの辺境、大陸から半島、さらには列島に無数に生み落とされた「棄民」たちのように、故郷を失った人々によって担われる人類の普遍言語たる「クレオール」の探究を通して。

「砂漠の思想」を、安部は幼少年時代を過ごした「満洲」の思い出からはじめている。そして砂漠を定義づけるための条件を列挙していきながら、砂漠を舞台とした映画を論じていく。砂漠とは「辺境」を暗示し、日常の現実からの「断絶」を意味する。そこでは、なによりも異なった文化を背負った者同士の「不寛容」な闘争が絶え間なく引き起こされる。しかし、その闘争こそが、新たなものであるとともに「原形」をも生み出すのだ。「クレオールの魂」で安部が依拠するのは、一九八一年に原著が刊行され、その四年後に邦訳がなったデレック・ビッカートンの『言語のルーツ』である（筧壽雄・西光義弘・和井田紀子訳、大修館書店、一九八五年）。

異なった文化、すなわち異なった言語体系をもった者たちが恒常的に接触する地帯では、それぞれ固有の文法、母語の文法は崩壊し、文法の混成にもとづいた混成言語を話す人々が現れてくる。この段階――移民でいえば第一世代――の人々が話す言語を「ピジン」という。このピジン言語は一世代の間しか生命を保てない。次の段階――移民でいえば第二世代――の人々は、親たちが話すピジン語の環境で育ちながら、「いきなりどのグループの母語にも属さない新しい言語を使いはじめた」。この段階の言語をクレオールという。どの地域でかたちになったクレオール言語も、互いに無関係のまま、驚くほど類似した文法構造をもつという。さらにその文法構造は、幼児が母語を習得するある段階で必ず出現するものである、ともいう。つまり、「異文化の接触がピジン崩壊を引き起し、その廃墟からクレオールが再生される」のである。混淆こそが「原形」をあらわにする。

クレオールとは「辺境における〈異文化の接触点〉で起きた現象」であり、「棄民」たちに担われて、破格の文法としてかたちになった混淆言語はそのまま「創世期の言語」となる（『方舟さくら丸』で、最後に方舟を担うのもさまざまな「棄民」たちである）。砂漠とは「辺境」であり、異なった者たちがそこで出会うこと、あるいは「闘争」することによって「原形」が立ち現れてくる特権的な場所でもあったのだ。安部は、このエッセイの最後に、辺境に生を受け、それゆえ「クレオールの魂を思わせる中性的な文体で地面を掘りすすんだ作家たち」として、カフカやサミュエル・ベケットの名前をあげている。しかし、そう記す安部公房自身もまた、「満洲」という砂漠、アジアの辺境を生き抜き、その記憶を「創世期の言語」であるクレオールのような文体を用いて定着させ、「創世期の物語」そのものである新たな方舟建造の物語として後代に託した表現者ではなかったのか。

しかも、安部公房の作家としての実践は、理論家としての体系化にはるかに先立つ。最後の安部公房は、最初の安部公房に巨大な螺旋を描いて「環流」する。意識的なピジン崩壊とクレオール再生、つまりは創造的な破壊と創造的な再生を絶えず繰り返す、安部公房における表現の「原形」とは一体どのようなものだったのか。それに答えなければならない。

＊

「デンドロカカリヤ」は、安部公房が生涯にわたって書き続ける「変身譚」の起源に位置する作品である。「デンドロカカリヤ」の内容をひと言でまとめてしまえば、コモン君という一人の男性が奇妙な植物（「デンドロカカリヤ」）へ変身してしまう物語、となる。コモン君は、植物に変身してしまうときに「顔」が裏返しになる。

現行の「デンドロカカリヤ」では、コモン君の「顔」が裏返しになることとコモン君が植物に変身してしまうことの因果関係については、まったく説明されていない。しかし、その原初形態（雑誌『表現』版）では、物語の冒頭から、「顔」が裏返しになってしまうこと（つまり通常の「顔」を失ってしまうこと）と植物への変身に密接な関係があることが、コモン君を一つのサンプルとして、「ぼく」にも「君」にも起こりえる事態（「病気」）であると、何度も繰り返し強調されている。

それればかりでなく、そうした事態が哲学的に考察されてさえいる。澁澤龍彥は、「デンドロカカリヤ」を、「これは植物変身そのものをテーマとした、一篇の哲学小説ともいうべき作品である」と評した。この鋭い評言があてはまるのは、現行の「デンドロカカリヤ」ではなく、なによりもその原初形態である。「ぼく」は「君」に向かって、こう説明する――「ぼくらの顔はフィルターなんだ。顔の凸凹《でこぼこ》に合わせて、原存在が意識に固定される。ぼくらの病気はとりもなおさず、あのぼくとこのぼくとが入れちがいになって、顔はあべこべの裏返しになり、意識が絶えず顔の向側へおっこちてしまう……、それが植物になることとさ」。植物になるとは、「顔」の同一性を失うことである。人間が人間であるという同一性を失うことである。そこに立ち現れるのは存在の「原形」、すなわち「原存在」である。若き小説家であった安部が用いているのは、実存哲学をそのままトレースした概念なのかもしれない。しかし、こうした体験こそが、安部に表現を強いたことは間違いない。

　この変身の体験を、安部は「意識の断層、高い壁がそそり立っていた」とさえ記している。「デンドロカカリヤ」の原初形態に記されている一節であり、この作品を介して『終りし道の標べに』と「壁―S・カルマ氏の犯罪」が一つに結びつく重要な言及であるが、後に削られてしまう（ここで引用している哲学的考察のすべても同様である）。「顔」は境界に立つ「壁」そのものなのだ。だからこそ、「顔を境界面にして内と外がひっくりかえる」のである。「顔」という境界、「顔」という自己同一性が失われることで、存在の原形が立ち上がる。それはさまざまな植物の根源にゲーテが幻視し、科学的に探究を進めた「原・植物」のようなものである。安部は、この段階で、そこまで書いているのだ。コモン君は思いきって「顔」そのものを捨て去ってしまいたいと思うようにさえなる――。

［……］だが待てよ、そんなことをしたら、後には何が残るだろう？　ウル・ファツィア――原・顔？　面白いね。そうだろう？　ぼくはコモン君の考えに全く同感だよ。ぼくはぼくなりに斯《こ》ういう註釈をつけてみた。意識されたものだが意識の外にあり、意識を意識たらしめる、つまり意識の指向性となるもの……、これは存在の面に投影しても全く相似だろう。だから、むろん、顔

を投捨てて、原《ウル》・顔《ファツィア》だけ残すなんて、不可能さ。あきらめたとき、更にコモン君は気がついた。ゲーテの原・植物を想出したんだよ。変形の奥底に浮かび上る非存在。

確かにこれは「物語」ではなく、「哲学」である。小説家として自己を確立した安部が、後にこのような記述をすべて削り取ってしまうことも理解できないではない。同様の作業は『終りし道の標べに』にも施されることになる（その過程は、講談社文芸文庫版に付された谷真介による「作家案内」に詳しい）。しかし、そこには、安部公房にしか書くことができなかった哲学としての小説にして小説としての哲学の萌芽が、後に展開されなかったものも含めてその潜在的な可能性のすべてが、存在していたこともまた事実であろう。

安部に、このような「原形」に対する思考を強いたものは一体何だったのか。その一つの条件は、安部が「満洲」で生活し、世界大戦によるその崩壊を、身をもって生き抜いたというところにあるだろう。私は安部の「満洲」体験を特別視したいわけでも、ましてや文学的想像力における植民地体験を肯定しているわけでもない。ただ、ここにもう一人、安部が世に出るきっかけとなった埴谷雄高を置いてみると（埴谷も植民地である台湾で幼少期を過ごした）、戦後文学の一つの起源としての植民地を無視するわけにはいかないと思う。

安部公房は、満洲帝国を構成する大都市、奉天（現在の瀋陽）で幼少期を送った。瀋陽は、清帝国を築き上げた遊牧民、満洲族の故郷である。清帝国の礎《いしずえ》を築いた初期の皇帝たちが居住した遊牧民の「包」を模した宮殿（北京にある「故宮」の原形である）が残され、皇帝たちの巨大な陵墓も築かれていた。安部公房における「城」である。その「城」は、まさに諸民族が混淆するクレオール都市であった。満洲族をはじめ蒙古族、当然のことながら漢族、そして朝鮮族、さらには「未開」や「野蛮」と称された狩猟採集を生業とする少数民族たち。そこにはさらにイスラームのモスクが立ち、道教寺院が立ち、チベット密教の寺院が立っていた（現在でも、ムスリム街、朝鮮人街が存在する）。

満洲族の宗教は、狩猟採集民の「神憑り」、いわゆるシャマニズムである（そもそも「薩満《シャマン》」という言葉は満洲語に由来する）。家々には、神々を招く聖なる柱が立てられ、太鼓をたたき、鈴を鳴らし、生贄の獣が屠られ、祝祭が執り行われる。シャマニズムは道教と融合し、チベット密教と融合し、キリスト教やイスラームとまで融合しようとしていた。まさに混淆のなかから「原形」が立ち上がるのである。満洲族の習合的シャマニズムは、国家以前の共同体の統合原理となるとともに、国家以降の「帝国」（清）の統合原理ともなった。そこには、国家以前、国家、国家以降という、人々が創り上げてきた「共同体」のモデルがすべて揃っていた。安部公房の父がつとめていた満洲医科大学では、奉天のシャマンたちが集められ、「神憑り」の実験が繰り返されていた。

安部は、そのような「故郷」を失う。偽りの帝国が消滅したアナーキーな――文字通り「無政府的な」――廃墟を、国家に棄てられた「棄民」として彷徨いながら、安部は「存在」について考え続ける。クレオールは、「故郷」を失った子どもたちが担う「創世期の言語」だった。『方舟さくら丸』で、最後の方舟を担うのは「棄民」たちだった。安部公房は、満洲の砂漠で、「ピジン崩壊とクレオール再生」を生きたのだ。そのときの記憶を結晶させた作品が、『終りし道の標べに』である。崩壊は再生につながり、終焉は出発につながる。しかし、そこで「故郷」は二度捨てられなければならなかった。一度目は現実として、二度目はフィクションとして。

『終りし道の標べに』は「第一のノート」「第二のノート」「第三のノート」「十三枚の紙に書かれた追録」からなる。これもまた「物語」ではない。哲学的な断片、あるいは哲学的な「散文詩」である。特に「第一のノート」――この部分のみ単行本に先立って、埴谷雄高の仲介によって雑誌『個性』の一九四八年二月号に「終りし道の標べに」とタイトルを付されて掲載された。馬賊に囚われ、「粘土塀」を周囲にめぐらせた村に監禁された「私」はノートに言葉を記し続ける。「私は二つの故郷を見極わめたように思う。一つは偉大なもの永遠なものが住む肯定の拠所、即ち生の故郷であり、今一つは更に遠い存在の故郷だ」。「存在の故郷」をいまここ、砂漠のただなかに創造しなければならないのだ（以上、「第一のノート」）。

そのため、「存在の故郷」に到達するためには「一人称のなくなった世界」を生きなければならない。「私」は阿片《アヘン》の陶酔のなかで、そう思う。「一人称のなくなった世界、いいかえれば一人称に包まれてしまった世界。私は一切の存在的なものが変容して行く起点、即ち存在の象徴として新鮮な宇宙を呼吸した。そしてそれ等象徴の群の中へありったけの勇気をもって潜入した」（以上、「第二のノート」冒頭）。自らのなかに、無数の砂のそれぞれが「象徴」となるような砂漠の宇宙を創り上げること。安部公房は、現実と虚構が反転し合うノートのなかに記した自らの言葉を、実践していく。

「世界の果」への出発は、「壁」を凝視することからはじまる。そうした一節が記された「壁――S・カルマ氏の犯罪」の名前を失ってしまった主人公は、スペインの絵入雑誌で見た「砂漠」の風景を自らの内に取り込んでしまう。胸に「世界の果」をもつものは、「世界の果」に行かなければならない。そして、この物語は、こう終わる。「見渡す限りの曠野です。／その中でぼくは静かに果てしなく成長していく壁です」。

『終りし道の標べに』は「壁―S・カルマ氏の犯罪」として創造的に反復され、「デンドロカカリヤ」もまた創造的に反復される。その地点、外的な砂漠と内的な砂漠が一つに混じり合う境界の場所が、安部公房の表現の「原形」となる。この後、安部公房は自らの内に宿った砂漠の種子を美しい花として育てていく。その最良の成果として、われわれは『砂の女』の冒頭、すなわち「チチンデラヤパナ」の「砂」の描写をもっている――。

水にしても、空気にしても、すべて流れは乱流をひきおこす。その乱流の最小波長が、ほぼ沙漠の砂の直径に等しいというのである。この特性によって、砂だけが、とくに土のなかから選ばれて、流れと直角の方向に吸い出される。土の結合力が弱ければ、石はもちろん、粘土でさえ飛ばせないような微風によっても、砂はいったん空中に吸い上げられ、再び落下しながら、風下にむかって移動させられうるというわけだ。どうやら、砂の特性は、もっぱら流体力学に属する問題らしいのである。

科学と思弁が幸福な結婚を遂げた安部文学の真髄であろう。砂は、土ではなく、水や空気と親近性をもつ。元素的、エレメンタルな想像力によって、「物質」そのものの性質が変容してしまう。

この「砂」の描写と、「詩人の生涯」に記された「結晶」の描写を重ね合わせたとき、安部公房の表現の極が出現すると思われる――。

夢や魂や願望が結晶してできた雪が、普通の雪とちがうのは、むしろ当然であったかもしれない。その結晶は見事なほど大きく、複雑で、また美しかった。あるものは薄く砥《と》ぎだした瀬戸物のように冷く白く、あるものはミクロトームでけずった象牙のようにほのかに白く、あるものはみがいた白さんごの薄片のようにあでやかに白かった。あるものは組合わせた三十本の剣のように、あるものは重なり合った七種類のプランクトンのように、さらにあるものは一番美しい普通の雪の結晶を万華鏡でのぞいて八倍にしたようだった。

舞い散る砂は、さまざまな感情、あるいはさまざまな生命が結晶した雪になる。安部公房は、後に「詩人の生涯」をラジオドラマ化する。言葉は砂となり、雪となり、音の響きとなる。荒涼とした曠野こそが、色彩や音響や香りなどさまざまな感覚が渾然《こんぜん》一体となったイメージの母胎となる。砂漠は生命の方舟でもあったのだ。

「うつほ」からの響き――中上健次の抵抗

『枯木灘』(一九七七年)という近代日本文学史上に残る稀有な作品を書き上げてしまった中上健次は、自身の故郷である「妣《はは》が国」をリアルに、また同時にフィクションの源泉として探究した特異なルポルタージュ、『紀州　木の国・根の国物語』に取り組み、完成させる(一九七八年)。その成果をもとに、中上健次は、表現における自明な「風景」の彼方へと、さらなる一歩を踏み出そうとした。谷崎潤一郎とともに、あるいは折口信夫とともに、極東の列島に生み落とされた始原の物語として捉え直された古典、『宇津保物語』をあらためて読み直し、新たな作品として書き直すことによって。

だが、中上健次は、この列島に流れた物語の歴史のすべてを、物語の始原である「うつほ」(空虚)へと解体し再構築するという、野心に満ちたその試みを完結することができなかった。『宇津保物語』の連載は途中で放棄され、没後にまとまった全集ではじめてその全貌が明らかになった。しかしながら、その無残な「物語の廃墟」から、中上健次の作家としての後半生を彩るさまざまな実験的な試みがはじまっていった。『重力の都』はその成果の一つである。「重力」とは「物語という重力の愉楽」（作者自身による「あとがき」）を意味する。「物語という重力の愉楽」に溺れながらも、その重力を脱して彼方へと到ること。

『中上健次集』の本巻（「九」）には、『宇津保物語』から『重力の都』へ、作家生活のちょうど半ばで中上健次が取り組まざるを得なかった文学的な実験のすべてが収められている――以下に続く本稿は、インスクリプトから発行された『中上健次集』の「九」、「宇津保物語、重力の都、他八篇」の巻末に付された「解説」として発表されたものである（二〇一三年）。『宇津保物語』は「北山のうつほ」「あて宮」「吉野」「吹上」「梨壺」「波斯風の琴」の六篇からなり、『重力の都』は「重力の都」「よしや無頼」「残りの花」「刺青の蓮花」「ふたかみ」「愛獣」の六篇からなる。その他の八篇とは、収録順に「吉野」「羅漢」「神坐」「臥龍山」「藁の家」「幻火」「女形」「吉野」である。解題者である高澤秀次も特記しているように、『中上健次集』のこの巻には『宇津保物語』を構成する一篇を含め、中上健次が「吉野」というまったく同じタイトルのもとでそれぞれ個別に発表した三篇の作品が集大成されることになった。

それでは、中上健次を熱狂させた『宇津保物語』とは、一体どのような物語だったのか。その物語のはじまりには、異郷にして他界、つまり物語の始原たるもう一つ別の世界への通路があらわに示されていた。後に『宇津保物語』をめぐって中上健次と対話を交わすことになる藤井貞和は、一九七二年に刊行された『源氏物語の始原と現在』に収められた「異郷論の試み」で、『源氏物語』以前の物語の構造を徹底的に分析している（後に岩波現代文庫）。「異郷を取りあつかわなくなる一点から物語文学が可能になる」、「物語文学の時間は、異郷の時間との緊張関係から出てくる」等々。

物語の始原から異郷を消し去ることで、この列島最大の物語文学、『源氏物語』が可能になった。しかし、『源氏物語』以前である『竹取物語』、さらに『宇津保物語』は、その始原に異郷からの遍歴譚もしくは異郷への遍歴譚を保持し続けている。

疑いもなく、中上健次の『宇津保物語』の一つの起源は、藤井のこの書物にある。藤井は、「異郷論の試み」で、『源氏物語』に「物語の始祖」（正確には「物語の出で来《いき》はじめのおや」）と記された『竹取物語』の構造を分析していく。そこには折口信夫が「貴種流離譚」として抽出した物語の原・構造がほとんどそのままのかたちで見出された。異郷にして他界である「月の都《みやこ》」の住人であった小き人《おさな》「かぐや姫」は、天上世界で罪を犯し、その贖罪のために地上に追放され、さまざまな体験を経た後に「月の都」へと帰還する。「月の都」は不死の世界だった。罪を犯した貴種がその償いのために異郷へと追放され、異郷を遍歴し、罪が浄化された後、故郷の世界に帰還する。こうまとめてみると『源氏物語』の基本構造にもあてはまるが、『源氏物語』は、その冒頭から異界という要素のみが注意深く取り除かれた、いわば去勢された「貴種流離譚」なのである。「かぐや姫」が贖罪の地であるこの地上で経験しなければならないのは、貴公子たちによる「求婚」の物語である。『竹取物語』は「貴種流離譚」に「求婚譚」――あえて名づけるならば「貴種求婚譚」――が組み込まれ、一つの物語として完成したものだった。

『宇津保物語』もまた、『竹取物語』の構造をそっくりそのままなぞり、二つの物語、「貴種流離譚」と「貴種求婚譚」を今度は逆に分離させながら、その規模を極限にまで拡大していく。北山の奥深い森、その木立のなかに形づくられた「うつほ」（空洞）のなかで母とともに暮らした仲忠が

「貴種流離譚」を担い、仲忠が属する藤原氏と宮中で対立する源氏の血を引いたあて宮が「貴種求婚譚」を担う。「貴種流離譚」を担う仲忠と「貴種求婚譚」を担うあて宮は、互いに惹かれ合いながらも、物語のなかでは決して結ばれない。仲忠の祖父、遣唐使船の難破によってただ一人だけ助かり、文字通りのこの世界の果てである波斯国《はし》、彼方のペルシアの地に漂着した俊蔭《としかげ》は、その地で仙人たちから琴を習い、阿修羅から聖なる樹木を譲り受け、「秘琴」を得る。「貴種流離譚」は「秘琴」伝授を主題とした血族の物語に接続される。俊蔭に端を発する「秘琴」伝授の物語は、仲忠の母、仲忠、仲忠の娘である犬宮という血族に引き継がれ、犬宮の奏でる妙なる音楽とともに大団円を迎える。仲忠と、帝の落胤にして琴の名手でもある涼《すずし》――仲忠の分身――をも巻き込んだあて宮の求婚の物語も、入内したあて宮（藤壺）の生んだ皇子が東宮に立坊されることで、これもまた大団円を迎える。

中上健次は、『宇津保物語』を書き直すことで、折口信夫が提出した「貴種流離譚」の構造を逆転しようとしたのだ。「うつほ」に育まれ、地上の獣たる森の動物たちと会話を交わし、天人たちに由来する天上の音楽を奏でる仲忠は、貴種にして同時に賤種であった。賤種こそが貴種になり得る。中上健次が逆転しようとしたのは折口信夫だけではない。中上健次は、『宇津保物語』の原話では京都の北山に存在した「うつほ」を、自身による再話では熊野の山中――より正確には「吉野」の奥――に据え直す。「吉野」の奥に突如としてひらかれる北山の地、峻厳な岩々と荒々しい川からなる天然の要塞では、南朝の後裔である自天王（「北山宮」）が悲劇的な最期を迎え、その死から現在に至るまで、秘かに祀られていた。「吉野」は此岸にある光の国家と彼岸にある闇の国家、現実と虚構の境界に位置していたのだ。

「北山の空洞は吉野の向うだった。都の此処は吉野のこちら側だった」。中上健次は「吉野」と題された『宇津保物語』の連作第三話の最終行にそう記す。吉野の向こう側、北山の奥に紡がれる自天王の伝説的な物語を、「なつかしい古代」を象徴する母にして「未知なる女性」をめぐる物語として読み替えていったのは、谷崎潤一郎の『吉野葛』である。母にして「未知なる女性」の家には見事な琴が秘されていた。中上健次は、折口信夫の「貴種流離譚」とともに、谷崎潤一郎が書き上げた『吉野葛』の構造をもまた逆転しようとする。『吉野葛』という作品のタイトルにもなっている山中の故郷、懐かしい「妣が国」である「くず」とは、同時に被差別部落を指す名称でもあった。中上健次は谷崎潤一郎に対しても、貴と賤を、虚構と現実を逆転しようとする。

『吉野葛』の冒頭で、作家である谷崎潤一郎こと「私」が結局書き上げることを断念した虚構の物語を、中上健次はあらためて自らの手で、現実のなかに紡ぎ出そうとする。谷崎潤一郎は、『吉野葛』にこう記していた。「南朝、――花の吉野、――山奥の神秘境、――十八歳になり給うら若き自天王、――楠木二郎正秀、――岩窟の奥に隠されたる神璽、――雪中より血を噴き上げる王の御首《みしるし》」、さらには、「もしその上に少しばかり潤色を施し、適当に口碑や伝説を取り交ぜ、あの地方に特有な点景、鬼の子孫、大峰の修験者、熊野参りの巡礼などを使い、王に配するに美しい女主人公、――大塔宮の御子孫の女王子などにしてもいいが、――を創造したら、一層面白くなるであろう」とも。

谷崎潤一郎が『吉野葛』の冒頭に残したこの「物語の廃墟」を、そっくりそのまま反復しようとしたのが、未完のまま打ち捨てられた『宇津保物語』の続篇的な意味を込めて書きはじめられた、中上健次の「吉野」（一九八八年）であろう。しかし、中上健次の「吉野」もまた、『宇津保物語』と同じく、やはり途中で完成を放棄されることとなった。中上健次は、三度にわたって「吉野」というタイトルが冠された作品を書いている。その最後に位置するこの「吉野」の連載がはじめられたのと同じ年、書物としてかたちになったのが『重力の都』である。吉野とは、中上健次にとってさまざまな物語が発生してくる「重力の都」であった。『重力の都』に収められた各篇は、「盲目の女」と「刺青の男」という一対の登場人物（渡部直己による整理）の間に紡がれる物語を徹底的に反復するものである。やはり谷崎潤一郎が「琴」を奏でる盲目の女性を主題として書き上げた『春琴抄』への過剰なオマージュ、あるいは「刺青」への過激すぎるオマージュが意図されていた。

谷崎潤一郎は、異類（狐）である母と人間である子が永遠に別れる「信太妻」の伝説（「葛の葉の子別れ」）をモチーフとして『吉野葛』を書き上げた。折口信夫の代表作である『古代研究』、「貴種流離譚」としてまとめ上げられた貴種の故郷である「妣が国」への想いを全面的に展開したその『古代研究』においても、「信太妻」の伝説が最大限に参照されていた（「信太妻の話」等々）。谷崎潤一郎の文学的な実験と折口信夫の民俗学的な実験は、「妣が国」への探究、その表現としての定着という一点に収斂していく。中上健次が『宇津保物語』とともに解体し、再構築しようとしたのもまた、谷崎潤一郎と折口信夫が共有していた異郷にして他界、物語の始原に位置する「妣が国」であった。

＊

小説家である中上健次にとって、時間と空間を隔てた他者の言葉、他者の作品を読み解いていく――批評する――という営為は創作に直結する。読み直すことは書き直すことと等しい。『宇津保物語』の再話に取り組み挫折した後、『千年の愉楽』（一九八二年）、『地の果て至上の時』（一九八三年）、『奇蹟』（一九八九年）と、近代的な文学表現の枠組み、時間と空間の制約を軽々と乗り越えてしまうような破格の作品が次々と書き上げられていくことになる。それらの作品のなかでは、つねに物語とは何かが問い直されていた。あるいは、一読しただけでは物語の解体と見分けがつかない物語の再構築が求められていた。もはやこの段階で、創作と批評を、小説とルポルタージュを、つまりは言語表現のさまざまなジャンルを、相互に区別することは不可能であった。

一九六九年に「一番はじめの出来事」でデビューし、一九九二年に同時並行して書き進められていたいくつもの長篇小説を未完のまま遺してこの世を去った中上健次が、小説家として活動できたのは結局のところ二〇年と少々に過ぎない。あまりにも短いが、それゆえ強度に満ちた、驚異的な二〇年間であった。しかし、ちょうどその中間の地点、一九七〇年代末（一九七七年）から一九八〇年代初頭（一九八三年）にかけて、作品でいえば『枯木灘』および『紀州　木の国・根の国物語』と、『千年の愉楽』および『地の果て至上の時』の「間」に、一つの断絶にして一つの飛躍の「時」を設定することができるように思う。「物語」からの飛躍、しかしながらその飛躍は同時に「物語」への退行とほとんど見分けがつかないものではあったが……。いずれにしても、この時期に書かれた中上健次の作品はすべて、かけがえのない実験性を備えている。そのあまりの実験性のゆえに、必然的に未完に終わったプロジェクトも多い。

それらのなかでも特に、一九七八年から翌七九年にかけて「北山のうつほ」「あて宮」「吉野」「吹上」「梨壺」という五篇が一気に発表されながらも突如として中断され、数年の後（『海』一九八二年一月号）に「波斯風の琴」が発表されるも、その後曖昧に放棄されてしまった連作長篇、結局のところ作者の生前には一冊の書物としてまとめられることのなかった『宇津保物語』こそ、作家としての中上健次の前半生と後半生を断絶のうちに連続させ、その表現における可能性と不可能性をともども明らかにしてしまう特権的な試みであったはずだ。

「中上健次集」の「九」に集大成されたのは、その『宇津保物語』に体現された、中上健次の最大の危機にして同時に最大の変化の「時」、およびその前後に残された一連の作品群である。あるもの（「臥龍山」「藁の家」）は『地の果て至上の時』の直接の原型となり、あるもの（「羅漢」）は『重力の都』と刺青という主題を共有し、あるもの（「神坐」「女形」）は『紀州　木の国・根の国物語』とエピソードを共有している。さらに、あるもの（「幻火」）は、中上健次が三度にわたって「吉野」というタイトルのもとで描き出そうとした物語の原風景を明らかにしてくれる。中上健次が「吉野」という同じタイトルで書き続けた不連続な物語三篇は、そのすべてが本巻に収録されている。この巻を構成するもう一つの柱である『重力の都』という一冊の書物を構成する一連の作品群もまた、『宇津保物語』という試みを一つの源泉とし、その始まり（「重力の都」）と終わり（「愛獣」）はいずれも『紀州　木の国・根の国物語』に記されたエピソード（「伊勢」および「朝来《あっそ》」）を小説として再構築したものである。『重力の都』という一冊の書物自体、全体として、『千年の愉楽』や『奇蹟』に描き出された「路地」のサーガの裏面をなすものとなっている。

中上健次における危機にして変化の可能性、断絶にして連続、その核心は『宇津保物語』に秘められている。中上健次は、『宇津保物語』とともに、一体どのような表現の時空の実現を目指したのか。それを明らかにするためには、『宇津保物語』と同時期にはじめられ、やはり同じように中断され、再開はされるが結局は未完のまま放置されることになったもう一つの試みを参照しなければならない。中上健次が残した最大にして最高の文芸批評である「物語の系譜」、およびその前段階をなす「物語」をめぐる連続講演である。

中上健次は、『紀州　木の国・根の国物語』の完成と同時に、故郷である新宮で「部落青年文化会」を設立、連作『宇津保物語』の第一作となる「北山のうつほ」が発表された直後の一九七八年二月から毎月、合計で八回、ゲストを招き連続公開講座を組織した（当初は一年間の予定であったが途中で打ち切られた）。各回ともゲストの講演の前に、中上健次自身が自らの文学原論というべきものの祖述を試みている。その核となったのが『宇津保物語』の読解である――この貴重な記録は二〇〇〇年になってようやく『中上健次と熊野』（太田出版）所収の「開かれた豊かな文学　部落青年文化会連続公開講座」として、その全貌が明らかにされた。

中上健次は、故郷の「差別」された青年たちに、こう語りかけている。「『宇津保物語』というのは、『源氏物語』よりもはるかに古いし、それからひょっとすると『竹取物語』よりも古いと思うんです。竹取は物語の親という考え方があるんですが、それよりもさらに古い」。なぜなのか。『宇津保物語』には、後にかたちが整えられた物語からは切り捨てられてしまったその起源、世界との交通の痕跡であり、異郷にして他界であるもう一つ別の世界にひらかれた通路でもある「空洞」（うつほ）が、いまだに手つかずのまま残されていたからだ。「うつほ」は、物語が胚胎され物語が消滅する場所、始まりにして終わりでもあるゼロの場所である。そこには異郷にして他界であるもう一つ別の世界と、現実のこの世界を通底させる「音」が鳴り響いている。「音」は二つの世界の接触面から生み落とされる。

異郷にして他界でもあるもう一つ別の世界とダイレクトに触れ合ってしまったという点で、『宇津保物語』の主人公である仲忠は、現実の社会においては「異人」として遇される。「異人」は社会から排除され、差別される存在である。仲忠は「うつほ」に生まれ、自らのなかに「うつほ」をもち、それゆえ「うつほ」から天上の音楽を生み出す技を身につけることができた、私生児にして「王」となりうる人物である。あるいは、差別される者にして差別する者でもある。

中上健次は続ける。「仲忠はうつほに育って、うつほを体の中に持って、悔しさというかそういうものを持って、琴を弾くわけなんです」。すなわち、「日本の一等古い物語、一番大事な原初の物語としか言いようのない『宇津保物語』がスペインの被差別者であるジプシーの音楽と結びつく。つまり音楽の原初っていうもの、あるいは物語の原初も、このうつほに育《はぐく》まれ、鍛えられている。それは、このうつほを自分の内側に抱きかかえている者の声なんじゃないか。そういう気がするんです」。

この連続公開講座が打ち切られた翌年、一九七九年の二月から、そこではじめられた文学原論を受け継ぎ完成するという意気込みで、中上健次は、雑誌『國文學』を舞台として、「物語の系譜」という連載を開始する。佐藤春夫、谷崎潤一郎、上田秋成（二回）、折口信夫（二回）と書き進め、渡米のためいったん中断される。この間、『宇津保物語』は谷崎潤一郎と折口信夫を論じた回のそれぞれ最も重要な箇所で言及される。中上健次にとって、自身が書き直し、書き進めていこうとしている『宇津保物語』と谷崎潤一郎の『吉野葛』および『春琴抄』、あるいは折口信夫の『古代研究』および『死者の書』との密接な関連性が明らかにされている。そしてこの段階までの「物語の系譜」が、単行本『風景の向こうへ』（一九八三年）に収録されることになる。

谷崎潤一郎の『吉野葛』と折口信夫の『古代研究』に描き出された異郷にして他界である「妣が国」、『春琴抄』と『死者の書』に描き出された「音」が満ち溢れる表現の時空間。中上健次が立ち向かい、乗り越えていかなければならなかったのは、そのような世界だった。『紀州　木の国・根の国物語』の「吉野」と「伊勢」の章でも、谷崎潤一郎の『吉野葛』と折口信夫の『死者の書』がそれぞれ特権的に論じられていた。紀州と吉野と伊勢、あるいは可視の王権と不可視の王権、あるいは『吉野葛』と『死者の書』。中上健次は古代の物語と現代の物語の始原に立ち、あらゆる物語を根底から解体しつつ未知の次元に再構築しようとしていた。

だから、谷崎潤一郎とともに、谷崎潤一郎自身の『吉野葛』を脱構築していこうとするために、「物語」以前のモノガタリである『宇津保物語』は、こう論じられることになる（「物語の系譜　谷崎潤一郎」）——。

モノガタリ。

資本としての物語はそのモノガタリの時代から芽吹いてはいるが、つまり、そこではまだ、可能性は残されているわけである。モノガタリの時代をここでは源氏物語に到るまでの形は不備ではあるが幾つも原初のもののエネルギーにみたされた要件を孕んだ作品の時代としよう。例に挙げれば『宇津保物語』である。もちろんこの『竹取』や『伊勢』とも脈略を持ち、『源氏』とも脈略を持つモノガタリにも法や制度の芽はある。それは、俊蔭漂流譚にあらわれる荒唐無稽な発想であり、さらに主人公の形成の要件であるが、私がモノガタリ『宇津保』にあって物語『源氏』にないと思うのは、意味の萌芽への問いである。親は何故、親なのか、子は何故子なのか？

ここで天地をゆるがして鳴る霊琴は、音とは何かを問い答えているのである。

さらに折口信夫とともに、折口信夫自身の『死者の書』を脱構築していこうとするために、『宇津保物語』は、こう論じられていた（「物語の系譜　折口信夫」）――「物語＝法・制度の十全なる展開が『源氏物語』であるなら、先行する『宇津保物語』はいまだモノカタリという尻尾をつけたものである。『宇津保』が『源氏』という物語＝法・制度を洗うものだという私の直感は、物語を無化しうる〈交通〉の痕跡が残されている事による」。世界との〈交通〉の痕跡、砂漠の彼方であるペルシアへの「道」の痕跡は、「うつほ」にこそ残されている――「物語の定型となると、ここではうつほである。うつほ＝神話空間ととると、主人公の小さい神は神話空間に育った事になる。ここでうつほ（空洞）が竹の筒ならかぐや姫である。龍宮伝説、根の国伝説、あるいは折口が言う妣の国、常世とも重なる」、あるいは、「源氏物語はこの神話の尻尾である原初の意味を切りすて、物語＝法・制度として十全に展開したものである」とも。

先に引いた藤井貞和の「異郷論の試み」と比較対照してみていただきたい。『宇津保物語』を解釈し再構築する試みが、同時に谷崎潤一郎と折口信夫が描き出した「妣が国」を止揚し一つに総合する試みと接続されているのである。もちろんそこには、中上健次自身の「妣が国」をめぐる探究、『紀州　木の国・根の国物語』を解体し、再構築することも含まれていた。

＊

中上健次は、きわめて批評的な作家である。批評とは物語をめぐる解釈の闘いである。中上健次は『宇津保物語』の「貴種流離譚」、俊蔭の波斯国漂流譚を書物のなかに封じ込め、孫の仲忠に再発見させる。仲忠は失われた書物のなかから始原の物語を見出し、自らの解釈によって再構築しなければならなかった。中上健次は、物語の始原に解釈を位置づけているのである。より正確に述べるならば、解釈による始原の反復にして、反復による始原の破壊を位置づけているのである。

それでは中上健次は、物語をめぐる解釈の闘い、『宇津保物語』に対する、谷崎潤一郎に対する、折口信夫に対する、あるいは自分自身に対するその闘いに、果たして勝利したのか敗北したのか。その答えはきわめて両義的なものになるだろう。「物語の系譜」は『地の果て至上の時』が刊行された直後から、同じく「折口信夫」をめぐって再開されるが、結局は中断以前の強度を回復することができず、「円地文子」まで論を進めて、途絶する。中上健次は、折口信夫を「敵」としてではなく、自身の先達として位置づけ直し、最大限の評価を与えることになる。中上健次は折口信夫に、「物語」に敗北しているのだ。

中上健次は、折口信夫や谷崎潤一郎を批評的な解釈によって差異化するのではなく、折口信夫や谷崎潤一郎を物語的に反復することによって同一化する道を選んだ。ただし、その選択はもちろん作家としての衰退だけを意味するものではない。「小説が批評であるはずがない、闘争であるはずがないと確認したのもこの連作であった」と記された『重力の都』の「あとがき」は、そういった観点から読まれなければならない。『宇津保物語』の執筆とその放棄が、中上健次に物語への回帰という選択を強いた。

物語への回帰を明言する以前、中断直前の「物語の系譜」で『宇津保物語』を論じながら、中上健次は自身の最大の敵であると想定した折口信夫の営為に対して、激烈にして根底的な批判を加えていた。そこに描き出された「物語」の擁護者である折口信夫の姿は、「うつほ」に生まれながら宮廷の只中で権力の中枢に限りなく近づいていく『宇津保物語』の仲忠の姿そのものであり、「物語という重力の愉楽」に溺れる中上健次自身の姿そのものを先取りするものであった。そこには、こう記されていた――。

折口はその〈交通〉の行われた〈何時〉にたえずいるのである。

折口はその〈何時〉の薄い膜のこちら側に立ち、マレビト（交通）を待ちのぞみながら、どこを切っても金時の顔が出る飴さながら、あく事なく意味の過剰でおおわれた言葉の初源をさぐり、垢をぬぐってからまたぞろ物語＝法・制度の方へ言葉を追いやる。その薄い膜の向こうから誰かマレビトが来たなら折口はいつでもその薄い滲透膜を越え、〈交通〉の場へ躍り出ようという気はある。折口を読んでいて折口こそすなわち荒ぶる者だという想いがちらつくのは、このことによる。

物語の専制に苛立つ荒ぶる表現者、それゆえ、物語の重力にからめとられてしまった折口信夫こと中上健次……。しかし私は、中上健次に物語への回帰という不可避の選択を強いた、『宇津保物語』の連作第一回、「北山のうつほ」に残された一節にこそ、古代的な物語と近代的な小説という二項対立を止揚し、表現の未知なる可能性をひらいた中上健次の文学の到達点があるように思われてならない。あたかも自身の鏡像のように描き出された折口信夫が囚われていた、彼方を透かし見させながらも此処で強固にその突破を阻む物語の磁場、しなやかでしたたかな物語の「膜」を「破砕」するための、未知なる言葉が鳴り響いているような気がしてならない。『千年の愉楽』も、『地の果て至上の時』も、『奇蹟』も、その地点からこそはじまっていく。

「北山のうつほ」には、こう記されていた——。

仲忠は琴を奏じる。仲忠はまったく独りになってしまう。輪郭が細かく崩されて、さながら日の光の束のように溶けた樹々の茂みと一体だった。仲忠は単に琴を奏じる手にすぎなかった。いや仲忠は手ですらもなく木の葉の霊、草の霊、岩の霊、獣の霊、それらの呼び交う場所になり、琴を奏じながら仲忠は自分が琴の音に溶けたと感じた。今はもう琴の音は琴ではなくて空にのぼり空を光らせながら落ちて来るまじり気のない無色の日の光だった。闇は完全な日の中にあった。仲忠は俊蔭がまた自分と同じように日と闇を行き来し、彼岸と此岸とを見たのだと思った。仲忠は自分が物に取り憑く事も出来るし物に取り憑かれることも出来る霊媒になったような気がした。

まさにここに物語の「うつほ」、表現の「うつほ」が実現されている。「うつほ」から響く音楽、「うつほ」から響く言葉は、中上健次自身の「妣が国」をめぐる探究である『紀州　木の国・根の国物語』の「伊勢」の章で、折口信夫と『死者の書』について記された一節をそのまま小説として昇華したもののように思われる――。

「天皇」を廃絶する方法は、この日本において一つもない。ただ、かつての南北朝がそうであったように、「天皇」を今一つ産み出す方法はあると思う。たとえば差別者は被差別者であるテーゼ。集約された文化において、被差別者は差別するという事を免れているのは、被差別者と、闇と光を同時に見る不可能な視力を持った神人（「天皇」）のみであろうが、それなら「天皇」を無化する事は被差別者に可能である。闇の中から呼《おら》ぶ声に導かれて、目を覚まし氷粒の涙を浮かべているのは誰か、と思った。私は、そんな『死者の書』をその神社の森を見て、読んでいた。

「闇と光を同時に見る不可能な視力を持った神人」は権力となった言葉そのものを口にする。しかしその裏側にはモノとしての言葉が貼りついている。同じく、「伊勢」の章の前段となる部分にはこう記されていた――。

［……］草は草である。そう思い、草の本質は、物ではなく、草という名づけられた言葉ではないか、と思う。言葉がここに在る。言葉が雨という言葉を受けて濡れ、私の眼に緑のエロスとしか言いようのない暗い輝きを分泌していると見える。言葉を統治するとは「天皇」という、神人の働きであるなら、草を草と名づけるまま呼び書き記すことは、「天皇」による統括《シンタクス》、統治の下にある事でもある。では「天皇」のシンタクスを離れて、草とは何なのだろう。そう考えながらも、私に、てやんでえ、という無頼が片方ある。草は草だ。だがしかし、それは逃げる事でしかない。私はその〈神路の奥〉で自問自答している。もし、私が「天皇」の言葉による統治を拒むなら、この書き記された厖大なコトノハの国の言葉ではなく、別の、異貌の言葉を持ってこなければならない。

中上健次は、権力の言葉を逃れ出る、モノと密接にむすびついた言葉を、「語りの言葉」として定義する。書かれてはいるが、語りの痕跡が残された言葉。権力を統治するためではなく、権力を表現として解放するために行使される言葉。神と乞食、王者と賤者の間を揺れ動く、『宇津保物語』の仲忠のような、芸能の民たちが現在まで伝えてくれた言葉。「北山のうつほ」で仲忠が奏でる霊として顕現する音のような言葉。その「音」として現れ出る言葉は、『紀州　木の国・根の国物語』で谷崎潤一郎と『吉野葛』を主題とした「吉野」の章で、本論とは直接の関係をもたないがきわめて印象深く論じられる、言葉を字義通りにしか理解できない、あるいは字義通りに理解しすぎる青年の挿話と響き合う――「彼は事実、事物の地平にいる。車に同乗して、彼が、草や樹木や岩の混成である風景を見て、事実の連なりである風景の奥にあるものに過敏に反応するのを知る。水が青々と見えるのを、「畏ろしい」と言う。確かにそうである。私もそう感じる。そこにあるのは、事物の氾濫、アナーキーである」。

霊にして事物、統治の権力にして解放のアナーキー。中上健次が解釈と創作の果てに見出した表現の可能性と不可能性は、意識的な表現者たちにとって、いまだに乗り越えることのできない巨大な壁になっている。

第四章

古井由吉と菊地信義

反復の永劫──『鐘の渡り』について

「窓の内」「地蔵丸」「明日の空」「方違え」「鐘の渡り」「水こほる聲」「八ツ山」「机の四隅」の八篇からなる本書、『鐘の渡り』（新潮社、二〇一四年）を、果たして「小説」集と呼ぶことができるのだろうか。確かに「地蔵丸」は『仮往生伝試文』の、さらには、本書の表題作でありおそらくは最高の達成度を示す「鐘の渡り」は『槿《あさがお》』の、それぞれエッセンスを凝縮したような奇蹟的な作品である。しかし、古井由吉はこの一連の試みで、「小説」という自明の概念を徹底的に破壊し、「小説」という自明の概念を遥かに乗り越えてしまっているように思われる。

ここで正直に告白してしまえば、私は、古井という他に類を絶した卓越した作家が、近年、連作というかたちで書き継いできた短篇群、そしてそれらを連作短篇集としてまとめた書物に対して、一方では、そのあまりにも精緻に磨き上げられ、研ぎ澄まされた言葉の技術に深く感嘆しながらも、もう一方では、ある種の反撥を感じ続けてきた。これら珠玉の短篇群は「物語」を構築するという意志をまったく放棄してしまっているのではないのか。結局は衰弱の産物ではないのか、と。もちろん「小説」は「物語」である必要はまったくない。言語表現のより自由な形式である。だが、私には、古井の一連の作品が、自身が構築した独創的な文学的類型をただ繰り返し反復しているように感じられた。私は古井の作品世界につねに両義的な想いを抱いていた。

しかしながら、「反復」は、古井が意識的に選択してきた方法でもある。本書、『鐘の渡り』に収録された作品のすべてにも、冒頭からその方法が貫徹されている。これまで以上に、より過激に、より過剰に。その結果、「反復」を突き詰めていくことで、作品は、もはやそれを名づける術さえないような異貌の何ものかへと変貌を遂げ、これまでとはまったく異なった地平へと到達してしまったかのようだ。本書に収められた作品は、量的にも、質的にも、もはや「短篇」と呼ぶことはできない。短篇や中篇や長篇という区分を無効にしてしまっている。「珠玉」や「完成」といった評言からもほど遠く、ただひたすら、表現が生まれ出てくる過程（プロセス）を生々しく露呈するものとなっている。静謐であるとともに凶暴である。否、静謐であることと凶暴であることを区分することができないような、あるいは、あらゆる区分――内部と外部、自己と他者、過去と未来、現実と虚構――を乗り越えてしまったような、未知なる何ものかが提示されている。

それでは、古井は『鐘の渡り』というこの一冊の書物で、一体何を「反復」していると言うのか。当然のことながら、それは書くことである。「窓の内」に「無為の内に坐りこんで」、「机の四隅」を整えて、ただ書くこと。そのことのみを「反復」しているのだ。本書の始まり（「窓の内」）と終わり（「机の四隅」）は見事に対応している。書くことを創造的に反復するためには、読むこと、時間と空間を遠く隔てた、自己とはまったく異なった他者が書き残した言葉、古語にして外国語を読むこともまた、創造的に反復されなければならない。何度も繰り返すようであるが、創造的であるということと破壊的であるということは等しい。最も創造的な読解（翻訳）が最も創造的な誤読（誤訳）と見きわめがつかないように。最も静謐な詩人が最も凶暴な狂人と見きわめがつかないように。古井が、ある場合には詩人のように、ある場合には狂人のように、本書で書くことを実践したように。

古井にとって、読むことは、書かれた言葉だけには限られなかった。森羅万象あらゆるものが発している微細で繊細な「音」を聴き取ることこそが、言葉の真の意味で、読むことだった。「水こほる聲」が主題とした、冬の林で水が凍りつく瞬間に発せられるかすかな声、「おそらく樹皮の傷に染みこんだ水滴が氷点の境から、罅を押し分けて氷結する音」を聴き取ることこそが、読むことだった。読むとは、世界を感受することと別の営みではない。しかもこの「冬の林に水こほる聲」という一節は、現在からは時間と空間を遠く隔てた古人が、連歌の付句として残してくれたものだった。読むこと、書くこと、そして世界を感受すること。表現を志す者にとって、それらはすべて等しい営みなのである。

世界が発する「音」は、無音と騒音を二つの極として、その間を揺れ動く。古井は、世界が発する「音」の両極を、相互に激しく矛盾するまま、ともに聴き取ろうとする。騒音、つまりあらゆる音のなかに無音が孕まれ、無音のなかにあらゆる音が孕まれている。「音」についてのこうした思索もまた、本書に収録された作品のすべてを貫徹するものである。最後に収められた作品、「机の四隅」には、こうある――「あやうさは烈しい音や重い音よりも、静まりのうちにひそむようだった。いまどき昼夜すっかり静まることのない世でも、喧騒のわずかな絶え間に、剣呑そうな沈黙が淵をのぞかせる。取りとめもない談笑の途切れ目から、いきなり狂った叫びが立ったのに応えて四方から阿鼻叫喚の天へあがるのが、空耳に聞こえかかる。ほんの息を呑むほどの間のことで、変わらずくつろいで続く話し声に安堵してあずけるその耳に、しばらく聾唖感が遺る」。

「静まりをおそれて、静まりをもとめる」とも、ある。古井は続ける。このような鋭敏な聴覚が最も発揮されるのは、逆説的ではあるが、眠っている間のことである。外的な感覚が遮断され、内的な感覚が研ぎ澄まされる眠りの間にこそ、そうした聴覚の働きが最も高められる。聴覚によっていまここに甦ってくる「音」は、内的な記憶を導き出し、甦らせる。そうした内的な記憶は、夢と区別することができない。あるいは、「音」によって過去と現在と未来が、現実と虚構、すなわち自己の現実の体験と他者の仮想の体験と第三者の虚構の体験が、一つに結ばれ合う。記憶とはそのようなものであり、夢とはそのようなものであった。さらに言えば、作品もまた。「音」に導かれて甦った記憶と夢の探究という主題も方法も、本書に収められたすべての作品に共有されたものである。

問いは、最後に収められた作品「机の四隅」から最初に収められた作品「窓の内」へと回帰してゆく。そのような記憶や夢の甦りは特別なことなのか。決して、そうではない。記憶や夢は特別なものでも、過去のものでもない。眠りにつき、やがて起きるという日常生活の繰り返しのなか、その単調な「反復」によって、いまここ、現在から未来にかけて新たに生み落とされる何ものか、なのだ。「窓の内」の終盤近くでは、こう自問自答されていた。まずは自らへの問いかけ――「寝ては起きての繰り返しの当たり前を訝しいように、時には不可思議のことのように思うのは、朝の寝床の中からになる。この繰り返しがほんとうに同じことの反復であれば、自分はとうに、また一日を迎える気力をなくしてしまっているのではないか、と疑う」。

そして、自らによる答え――「同じ反復のようでもじつは、眠る間に自分の内で、体力や気分のほかに、何かしらがわずかながら、ほんのわずかながら、改まっているのではないか、と考える」。さらに、こういう一節が続く。「眠りに入る前の自分と、眠りから覚めた自分とは、すっかり同じなのだろうか」と。反復は同じものを生み出すのであろうか、それとも異なったものを生み出すのであろうか。「窓の内」で自らに課した質問に、自ら答えていくようなかたちで、作品が書き継がれていく。

反復は永劫に通じる。反復のなかに永劫が宿り、永劫は反復として表現される。それは同一性の煉獄であるとともに差異性の楽土へと通じる唯一の道である。自己が繰り返し強固に構築されるとともに自己が繰り返し徹底的に破壊され、その度ごとに、自己が自己とはまったく異なった、まったく新たなものへと生まれ変わる可能性がひらかれる。創造的な反復、あるいは創造的な「作品」とは、そのようなものであるだろう。「窓の内」の最後には、「まるで永劫に繰り返しそうな光景に感じられる」夢が記されていた。続く「地蔵丸」では、池を渡る風に揺れる黄菖蒲の花を眺めながら、こう書かれていた――「しかしあらためて黄菖蒲の花を眺めれば、咲き定まった花こそ、その新鮮さは一日のものにしても、今この時においてすでに永劫、反復の永劫にひとしく、眺めて人がこれまでかと観念したようにつぶやくのも、時間を追う身ながら、つかのま、その小さな永劫の淵へひきこまれかけたしるしではないのか、と思われてくる」。

「明日の空」においても、酒場で、友から、「その、永劫の反復か、反復の永劫か、その今とは一体、いつのことなのだ」と問いかけられる。「私」は「今この時だ」と答え、友は「明日」つまり未来のことだと返す。反復は、「今この時」を未来へと接続してくれる。しかし、そうした反復の場で、「私」は徹底的に自己同一性を失い、何処でもなく何時でもない中間地帯を彷徨し続けなければならない。「明日の空」に続く「方違え」で、旧《もと》の住まいでもなければ新たな家でもなく、宙に浮いたような「一夜の宿り」を体験した父と母、兄と弟からなる家族のように。兄は弟にこう告げる。「俺たちは四人とも、まだお互いに消息不明のまま、一緒に暮らしているようなものだ」と。

反復のなかで自己同一性を失うことは、反復のなかでさまざまな差異性へとひらかれていくことでもある。本書のなかで提出されたすべての主題（あらゆる差異が一つに入り混じる「記憶と夢」）、すべての方法（さまざまな音による「記憶と夢」の再生）、すべての「反復」を一つに総合するようにして書き上げられたのが「鐘の渡り」である。ともに暮らしていた女を失った朝倉と、これから女とともに暮らそうとしている篠原は、山へと入っていく。その山の麓での夜明け、夢と現《うつつ》の境界の時空で、二人はともに鐘の音を聞く。しかし宿の近くの堂に、実際には鐘など存在してはいなかった。まったく異なった存在である二人の「目覚め際の夢」が自ずと通じ合ったのである。「音」の反復、記憶と夢の反復のなか、自己同一性を失った者たちの間で、はじめて真のコミュニケーション（「交換」）が可能になったのだ。

篠原は、山を下りるとすぐに女のもとに駆けつけ、こう述懐する。「朝倉のつぶやきが隣でまどろむ自分の内に鐘の音を想わせ、余韻の影を追いきれなくなり目をさました自分の声が朝倉の内に、幻聴ながらおそらくくっきりとした、鐘の音を響かせた。これはつかのまながら交換になりはしないか。暮らした女を亡くした男と、これから女と暮らす心づもりの男との間の」。このような「交換」(コミュニケーション)を描き尽くすことこそ、言語の芸術である文学の理想とするものであろう。古井は、この『鐘の渡り』という一冊の書物全体を通して、そのような「交換」の諸相を描き尽くそうとした。

また、そうした「交換」の最大のものこそ、これから生まれつつある者と、これから死につつある者の間での「交換」であるだろう。「地蔵丸」の直接的な主題であり、「明日の空」の間接的な主題である。「地蔵丸」では「子供の泣く声が即、菩薩の出現」である様、つまり幼い者の発する「音」が永劫(無限)を受肉させる様が描き出され、「明日の空」では「外の無限と内の無限」、つまり外的な死に直面する外界と、やはり内的な死に直面する母胎の間で、新たな生命の活動を開始した乳児の姿が描き出される。死と生が「交換」され、反復と永劫が「交換」される。まったく新しい表現世界が、老いという反復の最中ではじめて可能になった。まさに奇蹟である。

追悼——境界を生き抜いた人

古井由吉が逝った。

しかし、古井が残してくれた膨大な作品群を読み続けてきた者は、現実の「死」の遥かに以前から、この特異な作家が、作品世界のなかでつねに「死」という境界に立ち、「死」を反復し、「死」を遍在化させてきたことを知っている。古井の代表作、『仮往生伝試文』（一九八九年）とは、そのまま、そうした「死」の——無数の「死」の在り方（往生伝）の——見本帳ですらある。

古井由吉の現実の「死」は悲しく、喪失感は大きい。

だからこそ今あらためて、古井が書くことによって立ち向かい、乗り越えて行こうとした「死」の諸相を浮き彫りにしていかなければならないだろう。そこにこそ、現実の「死」を、想像《フィクション》としての「生」、あるいは創造《クリエイション》としての「生」へと転換させていく道がひらかれているはずだ。そう、まさに古井が使っている「死」という単語はそのまま「生」に、あるいは「言葉」そのものに置き換えることが可能なのだ。少なくとも私にはそう思われる。

文学の「言葉」を生きるために、人は、生と死の境界に立ち、そこで生と死を反復し、作品世界に生と死を遍在させなければならない。そのとき、通常の時間的な秩序も空間的な秩序もともに崩壊し、現実とは異なった文学的な時間と文学的な空間が立ち上がってくる。古井は繰り返しそう教えてくれていたはずだ。古井が歩み続けた前人未踏の道を、その軌跡を、自分なりに少しでも明らかにしていくこと。それこそが、私にとっての追悼である。

自己の「死」を体験すること。それは他者の「生」を生きることである。あるいは、他者の生と死を、あたかも分身にして鏡像のように「反復」することである。自己を消滅させ、他者として再生する。そうした体験は「狂気」とも呼ばれている。古井由吉の文学者としての最初の達成を、「杳子《ようこ》」（一九七〇年）に置くことに誰も異存はないはずだ。「杳子」は、死の反復にして生の反復でもある「狂気」を、自己とは異なったまったくの他者である「女性」として、その内側から生き抜こうとした試みである。

「彼」が山で偶然に遭遇した杳子は、つねに「孤独と恍惚」の状態にあった。決まり切った動作を繰り返し、何度も自分が訪れなければならない場所、その時間と空間を確認してからでなければ「彼」と会い、「彼」と話すことができなかった。やがて「彼」は、杳子が年の離れた、しかしある意味においては「双子」のようにも見える姉の「狂気」を反復していたことを知る。そのとき、杳子は姉であり、姉は杳子であった。反復の度に自己同一性が失われ、杳子は姉に、姉は杳子に変貌を遂げる。杳子としての「私」（自己）は死に、姉としての「あなた」（他者）として再生する。反復としての狂気、狂気としての反復は自己と他者、正常と異常、生と死といった分割を無効としてしまう。

古井は、そうした杳子の内側に生じているであろう事態を、「彼」(三人称)の視点から、「彼」に語られた杳子の言葉として再現する。その際、杳子の体験と「彼」の体験、さらには三人称の客観描写と一人称の主観描写が一つに融け合い、未曾有の時空、文学言語の極限がひらかれる。物語の冒頭、「彼」が険しい山の「谷底」に見出した杳子が生きていた時間と空間、その風景の体感として——。

いつのまにか杳子は目の前に積まれた小さな岩の塔をしげしげと眺めていた。それが道しるべだということとは、その時、彼女はすこしも意識しなかったという。どれも握り拳をふたつ合わせたぐらいの小さな丸い岩が、数えてみるとぜんぶで八つ、投げやりに積み重ねられて、いまにも傾いて倒れそうに立っている。その直立の無意味さに、彼女は長いこと眺め耽っていた。ところが眺めているうちに、その岩の塔が偶然な釣合いによってではなくて、ひとつひとつの岩が空にむかって伸び上がろうとする力によって、内側から支えられているように見えてきた。ひとつひとつの岩が段々になまなましい姿になり出した。それにつれて、それを見つめる彼女自身の軀のありかが、岩の塔をかなめにして末広がりになってしまい、末のほうからたえず河原の流れの中へ失なわれていく。心細くて、杳子は自分の軀をきつく抱えこんだ。軀の感じはまだ残っていた。遠い遠い感じで、丘の上から自分の家を見おろしているみたいだった。

杳子は無機物である「岩」に自然のもつ有機的な生命力を感じ取る。大地のもつ生命力が湧き上がり、結晶化し、さらにはそうした形態を維持している緊張関係を、さらに彼方へと解放していく力を感じ取る。それとともに、人間的な自己同一性が完全に見失われ、「私」が「私」から乖離し、風景のなかへと拡散していってしまうような喪失感をも、やはり風景の彼方から、「遠い遠い」場所から俯瞰している。だけど、それだけではない……。杏子はさらに続けていく。拡散の喪失感だけではなく、集中の充実感も、風景（自然）からの疎外（乖離）だけではなく、それと正反対である風景への融合、その幸福感をも感じ取っていたのだと――。

あの時ぐらい、杏子は自分がここにあることを鮮やかに感じ取ったことはなかったと言う。杏子はかすかな感じのする軀を抱えこんで岩の塔を見つめていた。ただ見つめているだけでなかった。彼女は見つめながら自分の力を岩の中へ、その根もとへゆっくり注ぎこんでいった。すると岩はひとつひとつ内側からいよいよ円みを帯び出して、谷底の薄暗い光の中で、ほんとうに混り気のない生命感となって、うつらうつらと成長しはじめた。杏子も岩と一緒にうつらうつらと成長する気持になった。杏子は幸福を感じた。

自然から疎外されるとともに自然と一つに混じり合う杏子。自然にひらかれ、物質にひらかれること、あるいは、自然と融け合い、物質と融け合うこと。それが、他者にひらかれた、すなわち他者を模倣せざるを得ない、反復としての「狂気」が可能にしてくれる事態だ。古井は、そのような「狂気」を宿す存在として杏子をより類型化した、原型としての「女性」を抽出しようとする。それがかたちになったのが、『聖《ひじり》』（一九七六年）に端を発し、『栖《すみか》』（一九七九年）、『親』（一九八〇年）と、一九七〇年代後半から一九八〇年にかけて書き継がれた一連の連作長篇である。そのとき、古井の導きの糸となったのは、柳田國男の民俗学であり、折口信夫の古代学であった。

なお、『聖』における民俗学の導入、その構造主義的な関係性の導入に対して、それを否定的に捉える意見も多い。ただし、柳田國男も折口信夫も客観的な学者であるとともに主観的な表現者（文学者）でもあった。近代が可能にした学問であり表現である。古井もまたそのことを良く理解していたはずだ。だからこそ、『聖』の後に『栖』と『親』が書かれなければならなかったのだ。

『聖』において、土俗的な生活の時空と現代的な生活の時空の境界、生と死の境界を生きた「私」は、『栖』および『親』では三人称の存在となる。『栖』と『親』という二つの作品で描かれるのは、『聖』で出逢った二人の男女が、ともに狂《くる》いに落ちる過程をたどり、また、その狂いからともに立ち直る過程を追った物語である。前近代的な「憑依」を近代的な「狂気」として捉え直し、そこからの回復、「狂気」との共生が図られなければならなかった。民俗学を文学として脱構築しなければならなかった。古井は自身の作品世界に単に民俗学的な知見を導入しただけでは満足していない。

しかし、それでもなお、『聖』における民俗学の導入、その結果として可能になった「聖」という存在の抽出は、古井の作家活動の頂点をなすと考えてもよい——私はそう思っている——『仮往生伝試文』へとダイレクトにつながっていくはずである。他者としての女性の「狂気」を、生と死が、自然と生命が、具体と抽象が、そこで通底し合う自己としての（自分に重ね合わされた）聖たちの「往生」へとつなげていく。他者の問題をあらためて自己（固有の「私」）の問題として考え、それをさらに複数の主体（無数の「私」）の問題として展開してゆく。つまり、『聖』で提起された問題に、一つの明確な解答が下されたものが『仮往生伝試文』ではなかったのか。

おそらくは、その過程を明らかにしてくれる古井自身による貴重な証言が存在している。「杳子」発表の同年になされた講演、「私の小説の中の女性」（『言葉の呪術 全エッセイII』作品社、一九八〇年、所収）である。「杳子」を書き上げたばかりの古井は、ここで、自身に取り憑いてはなれない「女性」の像を、自らが小説のなかで描き出したい「女性」の像を、三つの側面から腑分けしていく（以下、内容の揺れをもった講演をできる限り類型的に整理したものであることをお断りしておく）。

一つは、「女性の熱狂」の側面。古井は、その典型的な例として、エウリピデスが描き出す「バッカス」（ディオニュソス）に取り憑かれた女性たちをあげる。バッカスに取り憑かれた女たちは、バッカスを体現する野生の獣を生のまま喰らい尽くす。その熱狂はバッカスに憑依された母親による息子殺しという悲劇を招来する。憑依が女性を森羅万象にひらく。

もう一つは、「女性の否定」、女性の自己否定、母性の否定にまで至るという側面。古井は、一方では杳子の無意識的な自己否定を取り上げ（講演なので杳子の位置づけは微妙で、憑依によって熱狂する女たちの裏面、とも語られている）、もう一方ではエレクトラによる意識的な母親殺しを取り上げる。女性は自らを滅ぼすことができる。

さらにそこから古井は、自ら描き出すことを望む女性のもつ第三の側面に話をすすめていく。これまでの二つのタイプ（「女性の熱狂」と「女性の否定」）がもっぱら男女の性愛の関係にもとづいたものであるならば、第三のタイプは男女の宗教的な関係にもとづいたものである。古井は、沖縄の

「オナリ神」の事例を取り上げ、さらに「超現実と現実の仲介者の役割」を果たす女性の像《イメージ》として、柳田國男が『妹の力』のはじまりに記した事件に言及する――。

柳田国男氏が「妹の力」というエッセイの中でこんな例をあげています。人間が何人かまとまって狂い出す、いわゆる集団発狂というやつです。これは近代の出来事として柳田国男が引き合いに出していることですが、秋田県のある村［柳田の原文では「東北の淋しい田舎」とのみなっている――引用者による注］で一家六人がおかしくなってしまった。一家六人というのは、親はなくて兄妹なんです。五人が男一人が女で、通りかかる人間になぐりかかったり危険な振舞いをします。ところが彼等の振舞いをよくよくみてみると、その指導者は誰かというと、一番末の女の子なんですね。十三の女の子です。人がとおりかかると末の妹がそれをみて「あれは鬼だ」という。するといい年をした兄さんたちがいっせいにこの男を追いかけ廻る。

通常では視ることのできない超現実の世界を感じ取り、その消息を男性たちに伝える女性たち。柳田民俗学でも、折口古代学でも、そのような宗教的な女性たちと「対」の関係を結ぶ男性の宗教者たちのことを「聖」として位置づけている。「聖」は外の世界と内の世界、光と闇、生と死の境界に立ち、二つの世界を一つに結び合わせる聖職者の原型にして、その発生状態にある者のことである。

外の世界にひらかれているため、通常では、つまり内の世界では辺境を生き、ある場合には内の世界からは排除されてしまう存在。外の力に直接触れるため、内の世界では差別され、住む場所をもたず「乞食《こつじき》」としてしか生きられない存在。外から来る遊行の者。それが「聖」である。古井は、そのような原型としての「聖」を「私」として据え直し、「杳子」以降に書かざるを得ない未知なる作品世界を切り拓いていこうとする——古井の作家歴において、『聖』という作品のもつ重要性は、『古井由吉自撰作品一』（河出書房新社、二〇一二年）のなかに「杳子」とともに収録されていることからも明らかであろう。

『聖』という物語のなかで、「私」は、共同体の外からやって来て、共同体のなかに発生した呪われた死を未来の祝福される生へと転換させる聖なる放浪者「ヒジリ」を模倣し、反復せざるを得ない状況に置かれる。村に瀕死の重病人が出たときだけ聖なる存在としての待遇を受けるヒジリたちは、普段は境界のサエノカミ（「塞の神」）に由来するサエモン、つまり乞食として「家々の庭に立ち、汚がられ、罵られ、からかわれ、わずかな米や豆や残り物をもらって命をつないでいた」。

両義性をもった聖なる乞食、サエモンヒジリが行うのは、死者の肉体を背負い、橋を渡って「川向こう」の墓にまで運び、安置させることだった。サエモンヒジリによって運ばれた死体はそのまま土のなかに埋められる。死体はゆっくりと土になり、大水によって土から暴かれ、母なる川へと流れ、彼方へと消滅してゆく。生と死の間をつなぎ、死を生へ変換させる役割を果たすのは、共同体の外から来た者たちだった。彼らは僧侶でも神官でもなく、ただ「聖」と呼ばれていた。古井が「聖」に与えている規定は、柳田國男の民俗学と折口信夫の古代学が創造的に交わる地点で可能になったものである。

大雨の山で怪我を負った「私」は、偶然、過去のヒジリたちが暮らしていた堂にたどり着き、そこに這い入る。そんな「私」を、死に瀕した老女が、自分の死を看取ってくれるために新たにやって来てくれたヒジリであると信じ込む。老女の孫で、これもまたサエノカミに由来する佐枝という名前をもち、外の世界からこの土俗的な共同体の内に戻ってきた女が、「私」にヒジリの役割を果たしてくれるように懇願する。「私」は過去の反復に抗いながらも、次第にヒジリの役割を演じていくようになる。反復が、あくまでも批評的に果たされようとしていく。境界を生きるヒジリは、集団から嫌われつつも畏れられていた。そして死ばかりか、共同体のもう一つの外、性の中心にも位置していた。ヒジリは死を背負い、性を背負い、やがて共同体からあらためて外へと追放されていく異人であり、マレビトだった。

『聖』では、日常と非日常が、生と死が鋭く対峙するなか、生と死の境界を生きざるを得ない聖なる乞食を「私」として仮構する必要があった。フィクションとしての「私」と、二つの世界の対立によって、過去も未来もない、ただ円環を描き、現在としてのみ反復される文学的な時空間が抽出されようとしていた。古井由吉は、さらに反復の構造を強力に、多方向に、推し進めていく。『栖』『親』と連作が続いていくうちに、前近代的で定形的な物語（マレビト譚＝貴種流離譚）は、近代的で非定型的な小説に変容していく。さらに反復は構造を変え、複数化される。『山躁賦《さんそうふ》』（一九八二年）や『槿』（一九八三年）がまとめ上げられる。女性たちの「狂気」の反復は、聖たちの「生死」の反復に変容していく。

その果てに生起したのが、もはや反復と遍在に区別をつけられなくなるような、『仮往生伝試文』

という驚異的な作品世界だった。『仮往生伝試文』の主題となるのは最初から最後まで反復である。「死」に直面した無数の聖たちの「生」を、時間と空間の制約を超えて、徹底的に反復していくこと。あまりにも過剰な反復は、二つの世界の対立という構造を無化してしまう。フィクションとしての「私」は必要なくなる。虚構と現実との境界も、過去と現在、さらには未来との境界も消滅してしまう。「私」は過去のさまざまな「聖」たちに憑依し、「聖」たちは未来のさまざまな「私」に転生する。

「聖」たちはあるときは個人で、あるときは集団で、生と死のあわいに出現する。死が遍在化し、同時に生もまた遍在化する。作者である「私」は、現実の過去に存在した往生伝を読み進みながら、未来に存在する虚構の往生伝を書き上げてゆく。読み込まれていく虚構の物語と実際の日記、過去に書かれた定家の『明月記』と現在の「私」が書きつつある日記の間に区別はなくなり、書き進められていく小説と身辺雑記の間の区別もなくなる。作者はもはや「私」と名乗る必要さえない。他者である聖たちが作品世界のなかに遍在化し、同時に「私」もまた作品世界のなかに遍在化する。

ただ月日だけが付された非人称の「死」をめぐる出来事が、時間の経過とともに、いわば時と並行して、水平的に記されていく。その合間に、時間と空間の差異を乗り越えた無数の「聖」たちの生が、時からは屹立して、垂直に現れる。過去から未来へ向けて一直線に進んでいく時間と、過去と未来が円環を描いて回帰してくる時間が一つに融け合う。「現実と変らぬ夢を見て、夢と変らぬ現実に目覚める」。忘却することと記憶することが等しくなる。「忘失の清浄さの中から、生涯の反復が淡くうかんで棄てられる。往生とは、これに近いものか」……。

無数の「死」を描きながら、奇蹟的に、たった一つのかけがえのない「生」を描き出すことが可能になる。おそらく、『聖』に描き出された「聖」を一つの原型としながらも、時代も性別も判然としない、未知なる表現主体ともいえる「聖」が、物語と歴史の間から、フィクションとリアルの間から、自己と他者の間から、内部と外部の間から、立ち現れてくる（以下、「水漿《すいしょう》の境」より）――。

山上の聖こそ清浄のはてに、たった一椀の、たった一口の、薄い薄い粥を念じて、水と漿とのあわいで初めて濃さの極まった食の粘りに、枯れはてた身の、目から鼻から耳から、哀しみの火焔をゆらめき立たせる者なのではないか。それが人の夢の中を薫香となって流れ、紫雲となって山上にたなびき、妙音となって天に渡り、野犬となって野に集まる。やがて白く焼け静まって、真如の月のごとく、山の端にぽっかりとかかる。

この一節に描き出されている、水と粥の境界がなくなってしまった漿を取り、生きたまま死にかけている、あるいは死んだまま生きている、つまり生死の境界を越え出てしまった「山上の聖」は、「私」であって「あなた」である。さらにこの「山上の聖」は、夢を通した反復のうちに森羅万象あらゆるものに――香りに、雲に、音に、そして野犬に――生成することができる、「変身」することができる。内からの消滅は、外からの来迎となる。内部と外部は螺旋を描き、やがて一つになる。そこに出現する表現のゼロ地点は潜在的な無限でもある。消滅にして生成の場所に、もはや表現のジャンル、表現の境界を超え出てしまった純粋な表現が顕現してしまったのだ。来迎とはそうした事態なのだ。

来迎という反復のなかで、「私」が融け合うのは実体をもった具体的な物質（「もの」）ばかりではない。「山上の聖」が夢という反復のなかで変身していった香りや雲、さらには実体をもたない抽象的な音（「声」）にまで、「私」は一つに融け合い、変身することができるであろう。時間も空間も定かでない場所、山の麓で「私」は、モリアオガエルが奏でる「音」とともに眠りに落ちる（以下、「声まぎらはしほと〻ぎす」より）――。

モリアオガエルと呼ぶようで、名前はすがすがしくて、姿もやさしいのかもしれないが、声はいかにもむさくるしい。夜じゅう近寄った様子もないところを見ると、あの蛙どもは、やみくもどころか、じつは幽明の境もわからぬほどの心で、呼びかわしているのではないか。それぞれ相手の声を、遠い山から返ってくる木魂ぐらいに聞いているのではないか。それでも、果てはまじわる。おたがいに木魂どうしになりきったとき、距離は一気につまり、肌がかさなりあう。水へあずけるまじわりこそ、生と死の境の、はるばるとうちひらいたまじわりだ。

そして、ほととぎすが奏でる（「立てる」）「音」とともに目覚めていく（同）――。

あとは、待つほどもなく、くりかえし立った。いつ耳にしても奇っ怪な、鳴くでも叫ぶでもなく、半端の舌ったらずの、大事を告げようとして語り出しただけで終る声が、七年前にはずいぶんまがまがしくも聞かれたものだが、今朝はまた、全山の沈黙を一手にひきうけて、誇らかに狂っていた。一夜闇の底で呼びかわした末に水中で遂げた蛙どもの無言の往生を、なりかわり天へ狂いあげている。そう眺めるうちに空は明けはなたれ、気がついてみたら、心は鳥獣どもの恍惚に染まりながら、身はひきつづき、まるで太刀だか数珠だかひっつかんで、どこぞへ陽気な弔いにでも駆けつける、勇み立った足の踏んばりようをしていた。

さまざまなものが一つに融け合う夜の闇、その水のなか、蛙たちは往生を遂げる。声と声が、その木魂と木魂が交わり合う。さまざまなものがそれぞれ分かれ合う暁の光、その空気のなか、鳥たちは狂ったように陽気な声を上げる。人間のみならず蛙や鳥も、その声たちも、光も闇も、水も空気も、往生を遂げる。一つに交わり合う。無音と騒音を二つの極として、世界そのものが発するすべての「音」――現実の音、超現実の音、非現実の音――が互いに響き合っている。無音には騒音が孕まれ、騒音には無音が孕まれている。そのような音楽、不可能な音楽を表現として定着すること。現代の「小説」がここで終わり、未来の「小説」がここからはじまる。

反復は永劫に通じる。反復のなかに永劫が宿り、永劫は反復として表現される。永劫としての反復は、同一性の煉獄（旧く貧しい闇の世界）であるとともに差異性の楽土（豊かで新たな光の世界）へと通じる唯一の道である。煉獄を楽土に変える唯一の手段である。自己が繰り返し強固に構築されてしまうとともに、自己が繰り返し徹底的に破壊され、その度ごとに、自己が自己とはまったく異なった新たな存在としてよみがえる可能性がひらかれる。古井由吉を読むということは、そうした過酷な反復に耐え、死の反復が甘美な生の再生に変わる瞬間を絶えず体験し続けることなのである。『仮往生伝試文』を書き上げてしまった古井由吉は、生きながらすでに死の世界に身を置いていたようだ。蛙の声を響かせ、鳥の声を響かせた『仮往生伝試文』の章の冒頭は、高名な登山家の言として、こうはじまっていた――「老いるということは、しだいに狂うことではないか。おもむろにやすらかに狂っていくのが本来、めでたい年の取り方ではないのか。では、狂っていないのは、いつの年齢のことか。そうまともに問いつめられても困るのだが……」。

『仮往生伝試文』以降、古井が書き継いでいったものはすべて、自ら立てたこの問いに答えるようなものばかりだった。あらゆるジャンル、あらゆる書法が混交し、自明の「小説」は解体されてしまう。陸続として刊行された古井の書物において、短篇や中篇や長篇という区分は無効化され、すべては連続していながらすべてが非連続となる。「珠玉」や「完成」といった評言からはいずれもほど遠く、ただひたすら、表現が生まれ出てくる生死の境界、そこで起こる過程《プロセス》を生々しく露呈するものとなっている。静謐であるとともに凶暴である。というよりも静謐と凶暴を区分することができない響きに満ちている。古井は、生が限りなく死へと近づいていく時空で、生者であるとともに死者として語り続けていた。その最後の語り、「老い」を極限まで生き抜いたその最後の語りに耳をすませてみたい。

人はみな老いる。そして死を迎える。そうした運命を免れる者はいない。それでは老いること、老いて日々死に接し、死に直面しなければならないことは、心身にいかなる影響をもたらすのか。「老耄《ろうもう》」、老いさらばえ呆けたようになること、と古井は記す。そこには、ただ老いがきわまった者だけしかたどり着くことのできない、未聞の風光がひらかれている――「老耄というのは、時間にせよ空間にせよすべての差異が、隔たったものがたやすく融合する、そんな境に入ることではないのか。まわりの者はそれを不気味な分裂と見て驚き、恐れさえするが、本人にとっては平明な実相であり、ただ人に伝えるすべもない」。

時間と空間、あるいはすべての隔たったもの――自己の体験と他者の体験、知覚と記憶、事実と虚偽、現実と想像等々――が一つに融け合う。そのような「老耄」の主体が、一年（正確には一年と二ヶ月）にわたって文章を書き継いだ記録が、古井由吉が生前まとめることができた最後の著作、『この道』（講談社、二〇一九年）と題された一冊の書物である。「小説」であるとともに随想であり、日記である。死を目の前にした有名の者たち、無名の者たちの体験が集められているという点においては、新たに編集し直された「往生伝」であるともいえる。古井はつねに、『仮往生伝試文』を書き続けていたのかもしれない。

時間と空間の差異を乗り越えて、中世にかたちになったさまざまな書き物、長明の『方丈記』、定家の『明月記』、各種の「往生伝」が一つに融け合っている。しかも、そうした正体不明の文章を記しているのは、過去も未来もなく、ただ未知なる現在を彷徨し続ける、鋭敏すぎる諸感覚を持て余した「老耄」の人なのだ。詩人にして小説家、さらには翻訳家であるとともに、そのいずれにも属することのなくなった、ただ「書く」ことだけを続けている人。書くことは読むことに通じ、それが生きることでもある。「何も見えない明視と、何も聞こえない明聴」をもった「無心」にして恍惚の人。「お伽噺の瘤取爺《こぶとり》」にして「幽玄の花」を極めた翁。ここには確かに、ジャンルの差異を軽々と乗り越え、まわりの者たちからは「不気味な分裂」としか思われない、「小説」のもつ新たな可能性がひらかれている。

現実の「日記」であるという点で、まずなによりも驚かされるのは、これほど近い過去に、確実に起こっていたはずの天変地異を、人はこんなにも容易に忘却してしまえるのか、ということである。『この道』を読むことで再体験することができた、この極東の列島に住み着いた人々に襲いかかったさまざまな自然災害は、確かにここ数年の間に、現実に起こっていたことである。それは、この私の身体がはっきりと覚えている。しかし、『この道』をあらためて読み直すまで、すっかり忘れてしまっていた。

『方丈記』が災害文学として読み直され、『明月記』が天文文学として読み直されているように、遠い将来、『この道』もまた、いまこの「現在」(二〇一〇年代の終わり)を読み直すための災害文学にして天文文学として位置づけ直される可能性も充分にある。古井は、現在の天変地異の最中に、過去の天変地異の際に生じた「予兆」、「厄災の最中に見た天の異象」を再発見していく。明和七年(一七七〇)、京都の街にオーロラが立った――「あらためて見れば、占いの筮竹《ぜいちく》を束ねたような太い柱が、直立するのを中心に左右十本ほどずつ、扇形にひろがっている。色彩はわからないが、それぞれ天へ射す光芒と見える」。そして、その「異象」を、阪神の大震災の時刻にも見えたという「天からともなく地からともなく、あまねく閃く光」と重ね合わせる。

これらの「異象」の記録にして記憶に先立って、古井はこう記す――「人の身体は天と地の影響をもろに受けて、知らずに予兆の器《うつわ》になっていたのかもしれない」。『この道』には、例外的な非日常の災害だけでなく、ごく普通の日常の季節の移り変わり、雨や雪、あるいは花や樹木の芽吹きや衰退の様子が繊細に記録されている。外的な自然の変容と内的な感覚の変容が共振し、交響し合っている。「老耄」の人とは、「予兆の器」として人間身体がもつ可能性を、知覚の力においても記憶の力においても、無にして無限の領域にまで研ぎ澄ませることが可能になった人のことなのだ。そこでは生が限りなく死に接近し、死の直中で生のもつ最大限の力が解放されている。

古井は、「今日は莫迦に心地が良い、ひさしぶりのことだ」とつぶやいた直後に昏睡状態に入り息を引き取った老人、やはり肺病で死に瀕した青年がやわらかに目をひらいて答えた「言いようもなく心地良い」という言葉に触れて、こう記している――「生きるということが空間と時間の更新だとすれば、これも最後の、生きるという行為になるのではないか」と。生の終わりは生の始まりとほとんど見分けがつかなくなる。人は死の最中に産声を聞く。古井は、盲目の預言者テイレシアスから「今日という日がそなたを産んで、そして滅ぼすことになろう」という言葉をなげかけられて、わずか一日のうちに自らの生涯、その「出生の真実」を知ったオイディープスについて、こう評する。その日、オイディープスの内には「青年と熟年と老年とがひとつになって在ったのではないのか」、すなわち「死期を悟ったその日に人は生まれる」と。

咲くことは朽ちることであり、香ることは腐《く》たることである。誰も自分の死を体験することはできない。しかし、生の臨界にして死の臨界までは自身の体験、他者たちの体験をもとに迫っていくことはできる。古井由吉にしか可能にならない文学的な達成がここにある。そしてそれを作家の「死」から「生」への、「生」から「死」への贈り物としていま読み直すことができる幸せがここにある。

本稿は、この直前に収めた「反復の永劫――『鐘の渡り』について」をはじめ、筆者がこれまで古井由吉について公にしてきた文章類において示した見解をもとに、まったく新たに書き直され、大幅に増補されて成ったものである。直接の源泉となった文章としては、『古井由吉自撰作品一』刊行に際して発表された「境界、反復、遍在――『聖』から『仮往生伝試文』へ」(『図書新聞』二〇一二年四月七日号)、結果として古井の最後の著作となってしまった『この道』の書評として発表された「古井由吉『この道』――生と死の境をさまよう」(『すばる』二〇一九年四月号)がある。

また、本文中で何度か、『聖』について「柳田國男の民俗学と折口信夫の古代学」からの大きな影響を類推しているが、古井が『聖』を書き上げるにあたって実際に読み込んでいたのは、おそらくは五来重による諸著作であり、さらには原田敏明からの直接の教示もあったことが、築地正明の『古井由吉　永劫回帰の倫理』(月曜社、二〇二二年)のなかで明らかにされている。古井の文学と民俗学の関係、古井の文学的実践の民俗学的な地平からの超出についてもきわめて説得的に論じられている。

なお、古井が描き出した「女性」についても、本稿では多くの言葉を費やして評価しているが、古井の没後、現実の「女性」たちへの古井の振る舞いについて、作家たちから糾弾の声があがっている。それらを踏まえるならば、批評家としての私自身に対しても、古井の描く「女性」像を一面的に理想化しているとの非難は免れ得ないであろう。端的に言って、表現者としての私自身がもつ限界である。そのような非難を当然のこととして受け入れながら、しかしそれでもなお私は、古井の文学的な達成について、本稿に記した自らの言葉を撤回し、否定することはしない。晩年、あまりにも文壇内で神格化され過ぎてしまい、周囲のそうした評価をただ甘受しているように見えた古井について、違和感を抱き続けていたことも事実ではあるが……。古井由吉という文学者は、私にとって、つねに圧倒的な存在であるとともに両義的な存在であった。

書物に宇宙を封じ込める

いま私の目の前には菊地信義が装幀を担当した三冊の書物がある。

澁澤龍彥の『高丘親王航海記』（文藝春秋、一九八七年一〇月）、中上健次の『奇蹟』（朝日新聞社、一九八九年四月）、古井由吉の『仮往生伝試文』（河出書房新社、一九八九年九月）である。いずれも一九八〇年代の後半に刊行されたものである。それゆえ、醜悪なバーコードをつけられることもなく、美しくも完成された「箱」のなかに、文字通り、物語の「宇宙」がそのまま封じ込められている。

澁澤龍彥は一九二八年に生まれ（一九八七年没）、古井由吉は一九三七年に生まれ（二〇二〇年没）、中上健次は一九四六年に生まれた（一九九二年没）。それぞれの間はちょうど九歳ずつ離れ、書き方も、書くフィールドも、当時それほど重なり合うことはなかった。もちろん、それでもまだ、古井と中上はともに「純文学」というフィールドのなかで論じられることはあったが、そこに澁澤が交えられることは、ほぼなかった（現在においても状況はそれほど変わっていない）。ただ、菊地信義の装幀だけが、この三人の表現者の「宇宙」を一つに結び合わせ、互いに共振させていたのだ。

菊地は澁澤の「全集」と「翻訳全集」、中上の「全集」、古井の「作品」と「自撰作品」の装幀と造本も担当している。つまり、この三人の表現者は、菊地にその作品世界全体をデザインされている、あるいは、デザインされることを許していたのだ——もちろん澁澤の「全集」と「翻訳全集」、中上の「全集」は著者の没後に刊行がスタートしているので、そこに著者の意志は介在していない。しかし、『高丘親王航海記』へと至る、『奇蹟』へと至る、著者と装幀者の創造的な協力関係がなければ、おそらく、そのような試みは認められなかったはずである。書物というかたちに残された意志が「全集」、つまりはその作者の作品世界総体をデザインするという未曾有の試みを可能にしたのだ。

「装幀」は一冊の書物を、唯一無二の「宇宙」として自立させる。それが、『菊地信義　装幀の本』(リブロポート、一九八九年)の巻末に付された平出隆の論考「際という場所」の結論である(平出のこの論考は書物論として傑出している)。しかしまた、そうした「装幀」を一人の人物が担当することによって、あらゆるジャンルの無数の書物が互いに交響し合う。それが、『菊地信義の装幀1997~2013』(集英社、二〇一四年)のやはり巻末に付された堀江敏幸のエッセイ「盤歴と版歴　菊地信義の裸形に向かって」の結論である(堀江のこのエッセイもまた書物論として傑出している)。

「装幀」によって一冊の書物を一つの「宇宙」として自立させるためには、装幀者は限りなく自らの個性を消し去り「無」へと近づかなければならない(平出)。しかし、そのことによって逆に、装幀者は「無限」の宇宙を、書物という一つの型(盤にして版)のなかに融け込ませることができる(堀江)。「無」にして「無限」、一冊の書物のなかには他の無数の書物のイメージが映り込んでおり、他の無数の書物のなかには一冊の書物のイメージが映り込んでいる。しかもそのイメージは物質として確固たる存在感を示しているのだ。像《イメージ》が「もの」に受肉し、「もの」として表現されているのだ。書物は精神であるとともに物質である。菊地信義が実現したのは、そのような前人未踏の世界であった。

それゆえ、菊地信義の「装幀」を論じるためには、菊地が携わったあらゆる書物のなかで、さまざまな視点をとることが可能である。どこに視点をとっても、その宇宙の一端を確実に垣間見ることができる。しかし、私は、『高丘親王航海記』、『奇蹟』、『仮往生伝試文』という三冊の書物を選びたい。それぞれの著者による文学表現、文芸の最高傑作であるとともに、菊地信義の「装幀」によって、それらの間に、通常の読書や研究では決して見出すことのできない「共通の場所」を見出すことが可能になるからだ。

とはいえ、もちろん、菊地信義はこの三冊の書物にまったく違った形態をとらせて、市場に出させている。『高丘親王航海記』と『奇蹟』は四六判の上製であり、『仮往生伝試文』はA5判の半上製である。『仮往生伝試文』と『奇蹟』は丸背であり、『高丘親王航海記』は角背である。『高丘親王航海記』と『仮往生伝試文』は布製で箔押しがなされており、『奇蹟』は紙製で印刷されている。『奇蹟』の見返しには一輪の蓮華が描かれ、『高丘親王航海記』には著者の自筆の地図が刷り込まれ、『仮往生伝試文』にはなにも描かれておらず、ただ金箔をまぶした紙で飾られている。しかし、『仮往生伝試文』の目次や各章扉に記された往生の徴《しるし》である紫雲は、『奇蹟』の蓮華と通底している。比較の対象を広げるならば、中上健次の『奇蹟』は、澁澤龍彥の『うつろ舟』（一九八六年）と、あるいは古井由吉の『山躁賦』（一九八二年）ときわめて対照的（金と黒、金と白、蓮華とそれぞれの書物を象徴する紋章）でありながら、しかもそっくりである。

菊地信義の「装幀」のおかげで、われわれは『高丘親王航海記』を読むようにして『仮往生伝試文』を読むことができ、『仮往生伝試文』を読むようにして『奇蹟』を読むことができ、『奇蹟』を読むようにして『高丘親王航海記』を読むことができる。菊地は、それぞれの書物を、なんらかのかたちで、「黄金」に包み込まれるようにして造本している。あるときは他者のイメージを借り（古井の来迎図、澁澤の航海図とアタナシウス・キルヒャーによる『シナ図譜』）、あるときは自らイメージを創り出し（夏芙蓉に群がる黄金の小鳥たち、しかもその小鳥たちは黄金の地に白抜きで反転してあらわされている）、「箱」が装われる。

「黄金」は、この有限の地上世界を超えた無限の天上世界、それぞれの書物のなかに記されている「極楽浄土」、無何有郷のユートピアを象徴しているかのようだ。文学とは、森羅万象あらゆるものを生み出す「黄金」の国、魂の故郷にして万物の故郷である「極楽浄土」、無限の宇宙を一冊の書物のなかに封じ込めなければならないものなのだ。あたかも、人々すなわち読者に対してそう告げるかのようにして三冊の書物が屹立している。

『仮往生伝試文』のなかに、古井は、『山躁賦』を引き継ぐようなかたちで、「私」の感知する世界の微妙な表情を記していく。山の怪異が発する無数の声を記録するかのように、都市の怪異が発する無数の声を記録していく。しかし、その「私」は同時に過去の物語、極楽往生を志して見事に果たした有名、無名の僧侶たち（そのなかには職業的な僧侶ではない者たちも多い）の物語を読み続けてもいる。現在の「私」と過去の僧侶たち、現実の世界と超現実の世界（極楽）は一冊の書物のなかで一つに融け合おうとしている。

澁澤龍彥は、『うつろ舟』の最後に収められた「ダイダロス」で、由比ヶ浜で朽ち果てていく巨船、宋というユートピアにして魂の故郷を求めた源実朝が構築を命じ、その死とともに完成が放棄された巨船を描き出した（『うつろ舟』は全篇、北鎌倉風土記でもあった）。『高丘親王航海記』では、『うつろ舟』をそのまま引き継ぐかのように、天竺というユートピアに向けて空想の巨船を船出させる。澁澤は、過去に実在した高丘親王、空海の弟子となった平城上皇の皇太子をモデルとして天竺を目指す空想航海記を描きながら、間近に迫った「死」を冷静に見つめ続けた想像の親王の上に、やはり間近に迫った「死」を冷静に見つめ続ける現実の「私」を重ね合わせていく。想像の親王は物語のなかで美しい真珠を呑み込んでしまった喉の痛みに苦しみ、現実の「私」もまた喉にできた癌の痛みに苦しんでいる。親王の旅の最後が、そのまま現実の「私」の生の最後につながってしまう。想像の親王も現実の「私」も声を失い、死と引き換えにしてユートピアに到達する。『高丘親王航海記』は澁澤龍彥の遺作となった。

中上健次は、自らを育んでくれた故郷を、現実の開発によって喪失した。そうした大きな出来事をきっかけとして、被差別部落という賤なる現実の故郷を、極楽と見まがうばかりの貴なる物語の故郷として転生させようとする。中上は、いったん「私」から離れ、フィクションの母胎としての故郷を、「路地」として構築し直そうと試みる。蓮池を埋め立ててなった「路地」に生まれた高貴で淫蕩なる一族、歌舞音曲に秀でた中本の一統を創造する。中本の一統の物語を語るのは、生と死の境界に生きるオリュウノオバである。「路地」をあらためて創世するという試みの最初の達成である中上の『千年の愉楽』（一九八二年）の装幀を担当したのもまた菊地信義だった。

『千年の愉楽』を一つの起源として確立された「路地」、物語の故郷でありフィクションとしての母胎を、『日輪の翼』（一九八四年）では、文字通り移動するトレーラー、そのなかにオバたちを孕んだ機械の母胎として全国の聖地を経めぐらせた中上は、『奇蹟』において「路地」の最後、中本の一統の最後を描ききろうとする。死者となったオリュウノオバに対して生者であり狂者でもあるトモノオジを据え、語りも複数化し、物語も重層化する。トモノオジを後ろ盾として「路地」に覇を称えようとしながらも無残に殺された中本のタイチ、荒ぶるタイチの短い生涯を、未曾有の形式、アルコール中毒の幻覚のなかで巨大な魚へと変身していくトモノオジの語りによってたどり直しながら、「路地」の物語と「私」の物語は一つに重なり合っていく。

トモノオジの朋輩のイバラの留は、中上が「私」の物語として描き続けた「父」、浜村龍造であり、タイチの朋輩のイクオは、これもまた中上が「私」の物語として描き続けた「兄」、若くして縊死した郁男であった。現実である「私」の物語と、神話である「路地」の物語が共振《シンクロ》し、交響する。『奇蹟』を刊行した後、中上健次は数年しか生きられなかった。その間にも精力的に無数の物語を書き続けた。しかし、中上健次という特異な作家が残した最も豊かな文芸の成果は、おそらくはこの『奇蹟』という一冊の書物に尽きるであろう。

『高丘親王航海記』と『奇蹟』と『仮往生伝試文』、澁澤龍彥と中上健次と古井由吉はまったく異なっている。他を絶してユニークな作家たちであり、作品たちである。しかし、それゆえ、三人の描き出そうとした世界は通底し合う。「小説」とは一体何か、「小説」には一体何が表現できるのか、徹底的に考え抜いた作家たちであり、作品たちであったからだ。「小説」には「私」の物語が書かれなければならない。しかしそれだけでは充分ではないのだ。「私」の物語が同時に「世界」の物語であること、生者である「私」が死者である「あなた」（彼にして彼女、すなわち無数の他者たち）と共生していること、現実の世界から超現実の世界へと通路がひらかれていること、つまりは「宇宙」のすべてが一冊の書物のなかに封じ込められていることこそが必要なのだ。

装幀者は、そのような「宇宙」としての書物のイメージを、それぞれ個性豊かな表現者が書き上げた原稿の束のなかから抽出し、さらにそれを具体的な「もの」に宿らせ、「もの」として、「商品」として提示しなければならない。それこそ菊地信義が実践していることであり、同時にまた、複製技術時代のはじまりから一〇〇年という歴史、その時間の積み重なりのなかで培われてきた技術にして芸術、つまりは「アート」であった。

菊地信義が日本に生を享けた一九四三年から約一〇〇年前、一八四二年にフランスで一人の詩人が生まれる。ステファヌ・マラルメである。菊地が澁澤の『高丘親王航海記』に取りかかるのとほぼ同じ年齢のとき（一八八七年）、マラルメははじめての著作である『詩と散文のアルバム』（以下、筑摩書房のマラルメ全集を参照しながら適宜訳語を変更している）をまとめる。そこに収められた「詩の言葉に関して」および「祭式」のなかではじめて、世界のすべてをあたかも交響楽、あるいは巨大な舞台としてそのなかに封じ込めた「書物」というヴィジョンが語られる。それから一〇年をかけ、死の一年前（一八九七年）、マラルメは「書物」に関する自己の見解の集大成を、磨き上げた詩的散文を駆使して、『ディヴァガシオン』という一冊の破格の書物にまとめ、世の中に問う。「ディヴァガシオン」という名詞のもとになった動詞「ディヴァゲ」とは狂人のようにあてもなく呟き、狂人のようにあてもなく彷徨することを意味している。そういった意味で、澁澤龍彥の『高丘親王航海記』、中上健次の『奇蹟』、古井由吉の『仮往生伝試文』は、『ディヴァガシオン』の世紀の最後を飾るのにふさわしい書物たちであった。そこでは異様な声が響き渡り、異様な彷徨が続けられていた。

マラルメは宣言する。新たな時代の「書物」とは、森羅万象つまりは宇宙をそのなかに秘めたものなのだ、と。マラルメが「書物」という理念をもとにして対抗しようとしたのは、巨大な「面」(紙面)をもつ「新聞雑誌」(プレス)であった。「書物」は、そのような巨大な「面」を折り畳み、その「襞」を積み重ねていくことではじめて可能となる。「襞」を切りひらき、折り畳まれた「面」をひらいていく度に、「宇宙」のもつ秘密が語られていく。それは一つの平行六面体、「宝石箱」であり同時に「墓標」でもある「書物」によってしか可能にならない。「宝石箱」にして「墓標」でもある「書物」のなかにはじめて、無限の「面」は折り畳まれ、無限の「襞」は積み重ねられていく。マラルメの時代の「新聞雑誌」の「紙面」を、現代の電子媒体の「画面」と置き換えてみれば、菊地信義が、何に対抗しようとして破格の「書物」を造り続けなければならなかったのか良く理解できるであろう。

マラルメの時代に始まる複製技術時代は、菊地信義の時代に大きな変革の「時」を迎えた。だからこそ、あらためて「書物」が問われなければならなかったのだ。画一的な情報に対抗するための

「書物」は、複雑なニュアンスをもちながらも「近代的」で新たな民衆のための「詩」とならなければならない。マラルメは、そう説いた。マラルメは、自らにとって理想の書物を企画し、実現しようとする。文学の極北とも称される詩篇にして書物、「賽の一振り」はそうして成った。菊地信義は、マラルメから一〇〇年という技術の進歩を踏まえ、いまだごく一部の人間に限られていた「書物」のヴィジョンを、言葉の真の意味で、広く「民衆」へ、ごく一般の人々へ解放した。マラルメの夢は、菊地信義の手で実現されたのだ。切実にそう思われる。

それから三〇年が過ぎ、「書物」をめぐる現状はますます厳しさが増してきている。菊地信義はいまだ健在である。菊地がこれまでに残してきた「書物」、これから実現するであろう「書物」を通して、表現の未来を、ともに考えていくこと。そうしたことこそが、今ではこの世を去ってしまった過去の作家たち、これから生まれてくるであろう未来の作家たちとともに「文学」を再生していくための共同作業の第一歩となるであろう。

「菊地信義はいまだ健在である」と二〇一九年の終りに記してから、わずか二年と数ヶ月後（二〇二二年三月）、菊地信義はこの世を去った。私は、大学卒業から一三年の間、河出書房新社という出版社で、書籍編集者として働いていた。シュルレアリスム関連や、なによりも澁澤龍彦の諸著作（文庫および「翻訳全集」）を担当していたため、ある時期から、週に一度は東銀座にあった菊地の小さな――あの膨大な仕事の量からすればきわめてつつましい――事務所を訪れ、装幀を依頼し、校正を待ち、完成した見本を届けた。編集者として菊地に装幀を依頼した書物は少なくとも五〇冊、ひょっとしたらそれ以上になっていたかもしれない。編集者を辞めて批評家となってからも、自らの名を冠したはじめての著作である『神々の闘争　折口信夫論』（講談社、二〇〇四年）や『折口信夫』（同、二〇一四年）など、私自身の表現にとって画期となるであろう書物の装幀は、すべて菊地に依頼している。論の対象でもあり、さらには故人となってしまったので、あえて敬称はつけていないが、菊地信義こそ私の師、芸術作品としてばかりでなく、商品としての「書物」をいかにして創り上げていったら良いのかを実践的に教えてくれた、かけがえのない「書物」の師であった。宇宙を一冊の書物のなかに封じ込めるその手作業を間近で見続けることから、表現者としての私の道がはじまったのだと思う。限りのない感謝を込めて、菊地に捧げた拙いこの小文をあらためて閉じることとしたい。

第五章

磯崎新の最後の夢

憑依都市——「間《ま》」を転生させる

1

極私的なことからはじめたい。私自身の体験をもとに、磯崎新氏との出会いから今日まで何があり、何を話したか、ドキュメント風にまとめ、ドキュメント風に論じていきたい。

私が磯崎新氏とはじめて直接言葉を交わしたのは二〇一五年六月のことであった。もちろんそれまでに、この世界的に著名な建築家の名前は当然知っていたし、刊行された最初の著書、『空間へ』(一九七一年、現在は河出文庫、二〇一七年)以降陸続と出版される刺激的な書物のすべてとまではいかなかったが、それでも、そのうちの何冊かは特に熱心に読み込んでいた。

そのような私に、突如として、とある出版社の編集者を介して連絡が入ったのである。自分にとって建築の可能性とは、実現されたものだけに限られない。現実には実現されることのなかった——アンビルトの——いまだ発生状態にあるイメージだけから創り上げられた建築から何を語ることができるのか、それこそがより重要なことだと思っている。青山ブックセンターでの連続対談というかたちで、結果的にアンビルトとなった、あるいは意識的に「見えない都市」、つまりはただイメージとしてのみ存在することを選んだ自らのプロジェクトについて語りたいので、その聞き手をつとめてもらえないか、ということであった（この企画そのものは、同年中に私の他に原武史氏、福嶋亮大氏を聞き手とした磯崎氏の連続対談というかたちで無事実現した）。

私が担当することになった、「憑依都市」（トランス・シティ）を主題とした対談の事前打ち合わせのために、磯崎氏の自宅、当時はまだ麻布にあったマンションの一室を訪れることになった。それが磯崎氏との初対面であった。なお、「憑依都市」というヴィジョン自体は、二〇〇〇年のヴェネツィア建築ビエンナーレで、磯崎氏自身がプロデュースした展示にもとづいたものである。会場では、マハリシ・マヘーシュ・ヨーギーの弟子たちによる空中浮遊のパフォーマンスが行われたという。いかがわしいという評判をものともせず、「憑依」が解放する見えない力、遍在する不可視の「霊」（ひ）にして流動する不可視の「気」（き）のようなものを正面から芸術の問題として、建築の問題として捉え直そうとした前代未聞の試みであった。磯崎氏自身、軽く微笑みながら、言葉の真の意味で「アナクロニック」な試み、近代的な芸術の概念とその歴史観を根底から無視した試みであり、さまざまな方面から「狂気の沙汰」だと評されたと嬉しそうに語っていた。しかし、あえていま、あらためてこの機会に、建築、そのなかでも西欧とは対極に位置づけられる極東の「わ」（倭）の建築の基盤にあると考えられる「ひ」（霊）の問題を論じ直してみたい、とも。

夕刻前からはじまった打ち合わせは、当初の目的を大きく逸脱しながら、しかし考えようによってはまさに「憑依」という主題に最もふさわしい、この極東の列島で現在でも行われ続けているさまざまな「祝祭」を焦点として、夜遅くまで続くことになった。極東の列島において「ひ」を集約し、「ひ」を解放する装置こそが「祝祭」だったのではないか。「憑依」は人間を自然に、見えない力が満ちあふれている自然へとひらいてくれる。人間と自然との間にある障壁を破壊してくれる。「憑依」こそが「祝祭」を可能にしてくれるのだ。だからこそ、「憑依都市」は同時に「祝祭都市」とならなければならず、そこでは見えない力が解放されるとともにさまざまなイメージが生み落とされる。憑依は、祝祭は、イメージの母胎、建築の母胎そのものなのである。

磯崎氏と私がともに深い関心を抱き、その場の議論の中心になっていったのは、民俗学者であり国文学者でもあった折口信夫の営為であった。折口は、主客の境界、自他の境界、人間と自然の境界が消滅してしまう「憑依」からこそ、この国、極東の列島の文学表現――広義の芸術表現――がはじまったのだと語り続けていた。磯崎氏は前年（二〇一四年）に刊行された私の著作、『折口信夫』を読み込んでいてくれた。私もまた、それまでに、磯崎氏の著作のうちで繰り返し読んでいたのが、『空間へ』とともに、巻頭に「イセ――始源のもどき」という論考を据えた『始源のもどき』（鹿島出版会、一九九六年）であり、同じ論考を今度は巻末に据えた『建築における「日本的なもの」』（新潮社、二〇〇三年）であった。折口は、極東の祝祭を成り立たせる基盤となるものを「もどき」、時間と空間の区別、真と偽の区別、有限の「私」と無限の「神」の区別を無化してしまうような滑稽な「ものまね」、つまりは数限りなく連続する、反復というプロセスのうちに見出していた。

折口信夫の「もどき」を介して、磯崎氏と私は出会うことになったのである。それでは「もどき」とは、一体どのような人物、どのような事態を指しているのか。「もどき」の語源となった

「もどく」という動詞は、反対する、逆に出る、批難する等々という意味をもつが、もともとはより広く「ものまねをする」、つまりは動作の滑稽な反復を意味し、極東の列島に伝えられ、変容し、根づいた芸能の根幹をなすものであった。折口信夫は、自他共に認める代表作、全三巻からなる『古代研究』に収められた芸能論の集大成である「翁の発生」（民俗学篇1所収）で、そう説いていた。「翁」とは、現在でも能楽の各流派が年頭に必ず演じなければならない――そうしなければ「能」をはじめることができない――神事としての舞である。能のシテ方が白い翁を厳かに舞い、狂言方が黒い翁を躍動的に舞う。白は黒をもどき、黒は白をもどく。反復のうちに相反するものたちが一つに融け合う。そうした「翁」の舞が発生するところに芸能の発生もまた位置づけられる。

折口にとって芸能とは、近代では分離させられてしまった宗教と政治と芸術がいまだ渾然一体であった時代、列島における始原の表現にして表現の始原となるものであった。折口は、そうした始原の表現を「発生」と言い換えている。「発生」、すなわち始原は、遠い過去の一点、すなわち起源に遡るものではない。反復、すなわち「もどき」によって、いまここで繰り返される度ごとによみがえってくるもの、再生されてくるものなのだ。「もどき」の度ごとに、反復の度ごとに、「発生」は、始原は、「翁」は、繰り返しいまこの場へと顕現してくる。折口の営為に愛憎半ばする強い執着を抱いていたと推測される三島由紀夫は、折口の「もどき」論をさらに「もどく」。つまりは、創造的に反復することによって単行本、『文化防衛論』（一九六九年）をまとめ上げる。そこで三島が、極東の列島、日本の文化のモデルとして抽出してきたのが伊勢神宮の式年造営（式年造替）である。

伊勢神宮は内宮と外宮という二つの宮、さらには、それぞれの宮を構成する複数の建造物からなる。それらの建造物はすべて、そのなかに秘められた宝物ともども、二〇年に一度、跡形もなく破壊されてしまう。そして、すぐ隣に位置するなにもない場所、その中心だけが、「心御柱《しんのみはしら》」という構造的には建造物とまったく関係をもたないが、それゆえにその場を聖化している象徴的な徴によって、なかば隠されながら示された「空虚」の直中に建て直される。あらゆるものはゼロへと解体され、ゼロから再構築される。三島は、反復によって、「もどき」によって、オリジナルとコピーの差異が消滅してしまうそのような場所、「伊勢」に日本文化の核心（コア）を見出した。磯崎氏は、三島の『文化防衛論』をさらにもどくことによって、「イセ——始源のもどき」を書き上げる。その論考を巻末に再録した『建築における「日本的なもの」』の「あとがき」には、こう記されることになる——「伊勢神宮の式年造替の制度は、この起源にかかわる謎を見事に解いている。起源を問うな、始源をひたすら反復せよ！　それこそが非可逆的な時間に対処できる唯ひとつの構築的な対応手段だったとみなしうるではないか」。極東の列島では、反復というプロセスのなかで建築が可能となる。反復こそが理念（イデア）を可能にする。

　三島由紀夫は伊勢に、古代の神権政治（権力）と現代のアナキズム（非権力）の双方をそのまま肯定する力を見出した。磯崎新はイセに、「日本的なもの」を解体し、再構築していく力を見出した。ヨーロッパ的な論理によって「日本」を解体しながらも、その解体が同時にアジア的な非論理による再構築、「憑依」による二元的な思考の放棄につながっていく。そこに日本の建築の原型が存在する。〈ほんもの〉（オーセンティック）と〈いかもの〉（キッチュ）の「間」（あいだ）に立って、論理と非論理（憑依）の「間」に立って、両者をともに「もどく」ことによって、両者の差異を消滅させる。そこから極東の建築の原型が立ち上がってくる（ここで建築を、民俗学と国文学が融合した「古代学」と言い換えれば、そのまま折口信夫の営為を説明することになる）。磯崎氏にとっては、イセ（伊勢神宮）もカツラ（桂離宮）も、そのような「間」でかたちになったものだった。

さまざまなイメージを生み出し、同時にイメージそのものでもある「憑依都市」にして「祝祭都市」を再検討する。それは、磯崎氏にとって、まさに同時期、迷走の極をきわめていた東京オリンピックのメインスタジアム、新国立競技場問題に一つの解決を提示することであった。それとともに、表現における「日本的なもの」のもつ両義性を突き詰めた果てに可能になった自身のキュレーションによる伝説的な展示、「間《ま》——日本の時空間」を反復し、再生するというプロジェクトと一つに重なり合うものでもあった。「間——日本の時空間」展（以下、「間」展と省略する場合もある）は、一九七八年から七九年にかけてパリの装飾美術館で開催され、まさに二〇年に一度、伊勢神宮の式年造替のように繰り返されることで、そのつど「日本」を問い直すことが意図されていた。二〇〇〇年には東京藝術大学大学美術館において反復が実現した。次なる反復（もどき）は、二〇二〇年、すなわち東京でオリンピックが開催される年である。オリンピックを祝祭に変貌させ、そこで「間」展をあらためて反復する。民族の祭典、国家の祭典を「もどく」ことによって、その意味を根本から変えてしまう。

なにもない「空虚」な場所に、巨大なイメージの祝祭を打ち立てる。そのことによって自明な「日本」が解体され、未知なる「日本」が立ち上がる。そのとき、「日本」とは、時間と空間の限定を受けた物理的かつ地理的な現実の「日本」ではない。精神的かつ仮象的《ヴァーチャル》(幻影的にしてイメージ的)な、現実とは異なった、もう一つ別の「日本」となるはずだ——周知の通り、全世界を巻き込んだコロナ禍によって二〇二〇年の夏に予定されていた東京オリンピックは、一年延期された。本稿の執筆は、いまだ先の見えない二〇一九年の末に行なわれていたがゆえ、本文中に「二〇二〇年に予定」という記述が散在するが、あえてそのまま残している。磯崎氏が同時に企画していたさまざまなプロジェクトが、オリンピックなる国家事業に対抗し、その在り方を根本から覆すことをその最終の目的としていたことを後代に明確に伝えたいがためでもある。同年にイランで開催が予定されていた「間」展のその後の進展(いまだそのプロジェクトは完了していない)については、次なる論考、「イランへ——洞窟のなかの光」を参照していただきたい。

2

『建築における「日本的なもの」』の冒頭に収められた同タイトルの、集中最長の論考のなかに、磯崎氏が東京を「憑依都市」にして「祝祭都市」へと変貌させるプランが、さらには、「間——日本の時空間」展を反復し、再生させるプランが、すでに書き込まれていた。すなわち——。

日本の都市の仮象的《ヴァーチャル》で臨時的《テンポラル》な性格がうみだされるのは、その空間形成の独自性による。カミを招来するための場の設定方式に由来している。カミは都市のみならず宮殿や神社の「にわ」の外にいる。それを招来するための場として「ひもろぎ」がここに臨時に組みたてられる。普通それは常磐木や玉垣で囲われた神域とみられている。この「にわ」は元来何もない、空白の空間である。榊の枝をたてて、カミを降臨させる儀式が終了すると、カミは去る。一定《テンポラル》の時間だけの滞留である。そのような場は任意の場所につくりうる。あくまで仮象的《ヴァーチャル》に発生する。たとえば庭園を指示する「にわ」は元来空白の場であった。これを浄め、祭場にする。「ゆにわ」となる。そしてここに「ひもろぎ」が設営される。神籬と当て字されているように、これは神を囲いこむ。「ひ」（霊）を守る所という意味である。「ひ」＝霊＝神《カミ》は可視化されていない。空白の場に立てられた榊の枝に宿ることにされても、儀式が終了すれば枝ごと取りはらわれる。そして空白がのこされる。式年造替されるために二つの敷地の並ぶ神宮の小石だけが敷きつめられ、心柱の位置が示されている伊勢神宮の古殿地が「ひ」の滞留と移動の痕跡をもっとも適確に伝えている。永続性をもつ物質的に構成された祭壇はもうけられない。

やや長い引用となってしまったが、ここに磯崎氏の「日本的なもの」をめぐる探究のエッセンスが極度に濃縮され、しかも過不足なく示されている。「間」展もやはり、基本的には仮設としてしか成立しないこの「ひもろぎ」（神籬）からはじまっていた。「ひもろぎ」から「はし」（橋）へ、「はし」から「やみ」（闇）へ、「やみ」から「すき」（数寄）へ、「すき」から「うつろい」（移）へ、「うつろい」から「うつしみ」（現身）へ、「うつしみ」から「さび」（寂）へ、「さび」から「すさび」（遊）へ、「すさび」から「みちゆき」（道行）へ。会場は九つのセクションから構成され、伝統的なイメージと前衛的なアーティストによる作品が、相互に「もどき」合うように展示されていた。そこでは〈ほんもの〉と〈いかもの〉の「間」に区別をつけることができなかった。そのことが、日本における「空間形成の独自性」を浮かび上がらせることにもなった。極東の列島において、時間と空間は未分化のまま認識されていた。それが時「間」にも空「間」にも共有されている「間」（ま）という言葉に端的にあらわされている。それゆえ、「空間は基本的に空白であり、物体でさえ常に空洞を内側にかかえこむと想われていた。ある瞬間に気＝霊魂＝〈カミ〉がそこに充満する。その瞬間を感知することが芸術的な行為となった」――以上は、「間――日本の時空間」（『見立ての手法』鹿島出版会、一九九〇年に収録）による。なお同書の第一部「ま」には、はじまりの「間」展について、関連する主要なテクストのすべてが収められている。

　はじまりの「間」展を反復させなければならない今このとき、同時に、はじまりの「間」展で実現された「空白」にして「空洞」を、都市の規模へと拡大していかなければならないのだ。そこにイメージのみで構想され、イメージのみで構築された「憑依都市」にして「祝祭都市」が立ち上がる。なぜ、東京を「憑依都市」にして「祝祭都市」へと変貌させなければならないのか。間近に迫った民族の祭典、国家の祭典たるオリンピックが、現実の都市を「廃墟」へと向かわせようとしているからだ。オリンピックの実現のために、国家の将来を左右するような莫大な費用がかけられ（事実、アテネでオリンピックを開催したギリシアは財政難に陥り、近代国家として破綻寸前まで追い詰められることになった）、「永続性をもつ物質的に構成された祭壇」である新国立競技場が建造されようとしている。磯崎氏は、ハイパー資本主義に領導されたそうした試み自体に「否」を突きつける。極東の列島では、祝祭において「永続性をもつ物質的に構成された祭壇はもうけられない」からだ（強調は引用者による）。

そうであるならば、東京に残された最大の「空虚」、皇居前の「広場」を、さまざまなイメージが胚胎され、産出されるヴァーチャルな場に組織し直せばよいではないか。すでに「廃墟」である「広場」、すなわちゼロにして空虚である「広場」からイメージとしての都市を立ち上げることによって、現実の都市を超現実の世界へとひらき、救済する。現代的な技術を一つに結晶させることによって創り上げられるイメージとは、人間の身体、人間の感覚全体にダイレクトに働きかける「霊」（ひ）そのものであるはずだからだ。情報工学的な「霊」（ひ）としてのイメージを集約し、解放する場所は、皇居前に広がる「空虚」にしか存在しえない。その「空虚」を、聖なる樹木であらためて囲いこんで、巨大な「ひもろぎ」とする。

「憑依都市」を再検討するために招かれた夜に、同時期に進行していたそのような巨大な計画を磯崎氏自身から聞かされ、急遽、二〇二〇年に開催が予定されていた現実の東京五輪に向けた想像の対抗構想、「東京祝祭都市構想」に私も参加することになった。その詳細については、太田出版から刊行されている雑誌『ａｔプラス』の第二五号（二〇一五年八月）を参照していただきたい。私は、磯崎氏からの質問に答えるかたちで、「東京祝祭都市構想」および「憑依都市」をめぐる対話において、極東の「祝祭」について考えられることを、できる限り原理的かつ具体的に語ろうと試みた。磯崎氏が、来たるべき建築の可能性として見出している発生状態にあるイメージを、近代日本思想史の上に位置づけ直そうとした。

私は磯崎氏に、折口信夫の見出した主客の区分を消滅させてしまう「憑依」は、鈴木大拙のいう「空」（くう）、物質と精神の間に区分を設けない霊性としての「空」に由来し（その証明が拙著、『折口信夫』でなされたことだった）、さらに折口信夫の神道と鈴木大拙の仏教を一つに総合する地点に井筒俊彦の「光」の一神教が位置づけられる、と説明した。井筒俊彦は慶應義塾で折口信夫の教えを受けていた。井筒が自らの原点と記す『神秘哲学』は、ギリシア哲学の発生にディオニュソスの憑依を位置づけたものだった。舞踏の神にして陶酔の神であるディオニュソスに憑依された女性たちは、ディオニュソスを体現する聖なる獣を見つけると、集団で襲いかかり、生のまま喰らい尽くす。そのとき、人間と神と獣の区別は消滅してしまう。人間的な自我が粉々に砕け散り、すべては一つに融け合う。そうした体験から、「一」にして「全」である自然（ピュシス）そのものを思考する哲学が生まれた。井筒がその頂点に位置づけるのが、プラトンであり、アリストテレスであり、アリストテレスを経てプラトンに還ることで両者を総合しようとしたプロティノスの営為であった。

やがて、根源的な一者から万物の流出を説くギリシアの哲学、プロティノスの哲学が、翻訳を介してイスラーム世界へと流入し、イランの地において、有限である自らの心の奥底に無限である神へと至る道を見出そうとしたスーフィーと総称される神秘主義者たちの実践によって、特異な「光」の神学として磨き上げられていく。天と地を、神と「私」と森羅万象を一つに結び合わせる「憑依」が、創造的な「空」（ゼロの場所）という領野を切り拓き、そこに無限の「光」が胚胎される。井筒俊彦が生涯の課題としたイランのイスラームは、光のなかの光である「無」にして無限である神から、さまざまな度合いをもった光、すなわち森羅万象あらゆるものが生み出されてくる様を説いていた。

光のなかの光である神は、慈愛の息吹を発することで万物を創造する。森羅万象あらゆるものは神の「息」（いき）から生み出されたのだ。井筒は、イランの神から発する「息」と中国の老荘思想の道から発する「気」を比較対照する。それが、井筒俊彦が残した最大の英文著作、『スーフィズムと老荘思想』（初版＝一九六六―六七年、再版＝一九八三年、邦訳＝二〇一九年）が主題とするものだった。「息」は「気」であり、「気」は「霊」（ひ）であり、「霊」は「光」である。磯崎氏の意図した祝祭が生起する「空虚」、時間と空間がいまだ未分化である「間」（ま）とは、折口信夫の「憑依」、鈴木大拙の「空」、井筒俊彦の「光」と共振し、交響する概念であるように思われる。私は、磯崎氏にそう答えた。

磯崎氏もまた、かつて、イラン出身で井筒俊彦から直接教えを受けた建築家、ナデル・アルダラン（ナダール・アルダラン、Nader Ardalan）と創造的な対話を交わしたことがあると返してくれた。アルダランが実現しようとしていたのも、光のなかの光からさまざまな度合いをもった光が生まれてくるような世界だった。それはまさにイラン的な世界であると同時に、奈良の大仏、盧舎那大仏が体現する華厳的な世界そのものだと思えた、とも。このとき磯崎氏の頭のなかには、磯崎氏が見出し、新国立競技場問題で苦境に立たされていた、やはり「光の高原」たるイラン的な世界のごく近く（イラクのバグダード）に生を享けた愛弟子ザハ・ハディドへの想いがあったはずである。ザハが提示した始原のイメージを、「祝祭都市」として再生しなければならない、と。

華厳経は、「インドラの網」という比喩を用いてこの世界の真の在り方を説明する。須弥山の頂、インドラ神が居住する宮殿には巨大な網がかけられている。網の結び目には、それぞれ光り輝く透明な宝珠が吊り下げられていた。宝珠の一つ一つが透明で光り輝いているので、一つの宝珠のなかには他の無数の宝珠のイメージが映り込み、他の無数の宝珠のなかには同じくただ一つだけの宝珠のイメージが映り込んでいる。一はそのまま多であり、多はそのまま一である。アルダランは師である井筒の案内によって東大寺の大仏殿を訪れ、井筒から直接、華厳的な世界観を教えられていた──現在では、アルダラン自身による回想「ことばに尽くせぬ思い出」と東大寺の長老、森本公誠による回想「井筒先生を東大寺にお迎えして」がともに若松英輔の編になる『井筒俊彦ざんまい』(慶應義塾大学出版会、二〇一九年)に収められ、読めるようになった。

磯崎氏と数回にわたって折口信夫の「憑依」にはじまり井筒俊彦の「光」に終わる思想史について語り合った年の暮れ、磯崎氏はあらためて私を、春日大社で一年に一度行われる「春日若宮おん祭」に誘ってくれた。「おん祭」は、春日大社のなかに突如として生み落とされた「若宮」(若い神)を、聖なる山の宮から地上に設けられた「お旅所」に迎え、その顕現を、丸一日にわたってさまざまな芸能を奉納して祝福する祭りである。保延二年(一一三六年)にはじまり現在に至るまで八八〇年以上、毎年反復されている祝祭でもある。外から「カミ」を招き、「お旅所」のなかに造られた「ひもろぎ」である仮設の「仮御殿」に安置し、芸能を捧げる。「仮御殿」はこの祝祭のためだけに生木(黒木)で造り上げられ、祝祭が終わるとすぐさま解体される。つまり「大嘗宮」と基本的に同じ構造をもち、神の「遷幸」もまた「伊勢」の式年造替と基本的に同じ構造をもつ。「おん祭」には「大嘗祭」の本義(真の意味)があらわに示されている。「お旅所」の封印を解くのは猿楽の

「翁」（金春大夫）である——折口信夫もいち早く「翁の発生」のなかで、「おん祭」に登場する「翁」を、「翁」の古義を伝えるものとして注目していた。

「おん祭」は、明らかに、磯崎氏が「間」展として実現した祝祭の一つの原型となるものだった。実際、「間」展の「やみ」のセクションを構成するイメージの一つとして、宵から暁へと移り変わる深夜、聖なる山の宮に顕現した若きカミが人間たちによってつくられた「神輿」のなかにその姿を隠され、二本の大松明に先導されて「お旅所」へと向かう際の写真（カミを導く二本の大松明）が、磯崎氏の作成になるカタログに掲載されていた。その写真は「神の下山」と題され、さらに次のような説明が付されていた（前掲「間——日本の時空間」より）——「氏神の祭りは、神体山と呼ばれる山にすむ神が人間のすむ里に、一年のある特定の日におりてくる手続きが儀式化したものである。／神ののり移った物体は、多くの場合神鏡であるが、それがミコシにおさめられて、移動する。その到達先がコミュニティまたは氏族のための神社だが、それが普通村落の中央になく、その周辺部にあることに注意しておくべきだろう。多くの場合、日本の村落は線状に分布して、中心が明確でない。その原因は神社が神の仮泊の場で、日常的には、神体山に住まい、生活がそれとむかいあって過ごされていたことによっている」。

磯崎氏とともに極東の祝祭の一つの原型と考えられる「若宮おん祭」におけるカミの顕現を間近で体感した翌朝、磯崎氏はさらに私を東大寺の南大門の下に導いてくれた。そして、そこでしばらく佇み、南大門を真下からともに眺めながら、磯崎氏は私に向かって、自分が最も好きな建築作品は、重源がプロデュースしたこの南大門であると、その詳細を語ってくれた。そのとき私は完全に理解できた。磯崎新とは、現代に再生した「重源」である、と。あるいは、「重源」が中世に成し遂げたことを、この現代において創造的に反復しようとしている建築家である、とも。

3

二〇一六年三月三一日、ザハ・ハディドの訃報が世界中に伝えられた。磯崎氏はすぐさま、〈建築〉が暗殺された、という一節からはじまる憤りに満ちた短いメッセージを書き上げ、ザハ・ハディドのための礼拝が行われるロンドンのセントラル・モスクに送ったという――以下、『瓦礫《デブリ》の未来』(青土社、二〇一九年)より。

おそらく、その瞬間、磯崎氏のなかで、「間」展を反復すべき場所が定まったと思われる。同じ年の七月、私がつとめる多摩美術大学芸術学科に磯崎氏を招いて行われた特別講義「「間――日本の時空間」を反復し、再生する」の最後で、こう宣言してくれたからだ。次なる「間」展は、イランのテヘランで行いたい、と。

磯崎氏は、ザハ・ハディドをはじめて見出した「香港ピーク案」(結果的にアンビルトとなる宿命をもっていた)に提出されたドローイング、コンペで提示された条件に完全に違反する規格外のドローイングに深く魅惑され、そのことによって自身の決定を、信念をもって押し切れたと記している――「この建築的ドローイングには、通念となっていた長い歴史をもつ近代建築の正統・アヴァンギャルド両者をふくめて表現されてきたすべての描法を超えて、イマージュだけが定着されており、審査に際して建築的プロジェクトの説明に要請されるいっさいの手続きが無視されていた」。それゆえ「私」（磯崎）は、「この発生状態のイマージュに賭けることにした」、とも。

現実の建築を乗り越えていく、発生状態にあるイメージとしての建築。「間」（ま）の新たな表現として、そのような建築を定着するとなれば、アルダランの故郷であり、ザハがそのごく近くに生まれ、折口信夫の「憑依」を「光」の哲学として極限まで展開した井筒俊彦がその生涯をかけて探究しようとした「光の高原」、イランの地が最もふさわしいであろう。

さらに磯崎氏は、「間」を、プラトンが『ティマイオス』で提起した「コーラ」（場）という概念に類似すると繰り返しのべていた（前掲『建築における「日本的なもの」』より、注を示す数字は省略した）――「私は《間》《ま》が『ティマイオス』（プラトン）において語られた《場》《コーラ》に限りなく近い性質をもっていることを一九九一年にはじまったＡＮＹ会議において報告しつづけている。この背後には《間》《ま》が分節された時間と空間が未分化の状態にあったのをしめしていたのと同様に、《場》《コーラ》は世界を創造（分節）するときの箕《み》の役割を与えられていたことが相互の原基としての特性においていちじるしく類似していることに基づいている。瓦礫はその両者を連結《カップリング》する。《場》《コーラ》としての箕は四元素をゆすっている。瓦礫はゆすられたあげくの状態だ。《間》《ま》はその空白を瓦礫によって埋めている。〈ゆにわ〉の砂利や石庭の白砂。デミウルゴスの与える振動と、カミを招来する〈声〉の波動」。

イランの「光」の神学を支えているのも、プロティノスによって脱構築されたプラトンのイデア論である。またプラトン自身、「コーラ」はそれ自体ではなんの形態ももたないが（すなわち「空」にして「無」であるが）、そのことによって、逆に、ありとあらゆる形態を自らのなかから産出する

「母」のようなものだと説いていた。折口信夫と井筒俊彦の両者にともに大きな影響を与えた鈴木大拙は、インドに生まれ、西域、中国、朝鮮を経て極東の列島に定着し、変容した大乗仏教、「東方仏教」の核となる教えを、「如来蔵」の思想に見出していた。人間のみならず森羅万象あらゆるものは「心」の奥底にひらかれる「アーラヤ識」に、如来（仏）となるための種子を、あたかも胎児のように孕んでいる。「アーラヤ識」とは「如来蔵」、すなわち森羅万象あらゆるものを産出する母なるもの、母胎としての「空」なのである。「アーラヤ識」は「空」ではあるが、その「空」は消滅のゼロではなく、生成のゼロ、万物が発生する母胎となるゼロである。そのなかにあらゆる波のかたちを孕んだ大海のようなゼロである。

ギリシアの「コーラ」と極東の「如来蔵」は深いレベルで通底している。日本を捨てアメリカで生活していた若き鈴木大拙は、世紀の変わり目である一九〇〇年、「如来蔵」思想の体系を過不足なく説いた『大乗起信論』を英語に翻訳する。それから一〇〇年近くが過ぎた一九九三年、この世を去った井筒俊彦の遺著として刊行されたのが、『『大乗起信論』の哲学』というサブタイトルがつけられた『意識の形而上学』であった。井筒は、スーフィズムの「無」の神と老荘思想の「無」の道に共有されているもの、東洋哲学全体を構造化する際の「鍵」となる教えとして、大乗仏教の東方的な展開から生み落とされた「如来蔵」思想にたどり着いた。

それゆえ、「コーラ」としての「間《ま》」、「コーラ」としての「如来蔵」という理念が、テヘランで行われる「間」展の中心に据えられなければならないであろう。それは「憑依」が切り拓いてくれる「空」、生成の母胎となる「空」そのものでもあるだろう。その「空」は同時に、そこから無限の度合いをもったさまざまな光が産出されてくる「光のなかの光」である。発生状態にあるイメージ、ゼロの廃墟から孵化する過程にある「霊」（ひ）としてのイメージである。そのような発生状態にあるイメージそのものとして存在する建築を包み込むものは何か。重源が残した南大門であり、播磨浄土寺の浄土堂であり、両者から推定される「かひ」（「ひ」を包み込むもの）としての、構造体がすべて内部に露出したまま、あたかも「空中都市」のように屹立し、盧舎那大仏を保護する大仏殿のようなものとなるであろう。あるいは、磯崎氏がアニッシュ・カプーアとともに創り上げた、移動する巨大な「虚舟」（うつろ舟）、ARK NOVAのようなものとなるであろう。磯崎氏は、ARK NOVAに次のようなメッセージを託している。「梓弓《あずさゆみ》を手に、空船《うつふね》に乗った／〈まれびと〉の訪れが、／村人《むらびと》のくらしをよみがえらせた」。明らかに折口信夫の「まれびと」論、祝祭論に対するオマージュである。

磯崎氏は、重源が実現した建築の特質をこうまとめている（以下、「重源という問題構制」より、前掲『建築における「日本的なもの」』の第三章として収録）。

〈桁はずれに巨大なものを構築すること〉
〈いっさいの連続性を断ち切ること〉
〈みたことのない光景を現出させること〉

これらの特質はすべて磯崎新の建築にもあてはまる。磯崎氏は、あらゆるものを最も単純かつ最も純粋な幾何学的形態に還元してしまうマレーヴィチのシュプレマティズムに共感を隠さない（マレーヴィチの営為を重源の営為と重ね合わせてさえいる）。マレーヴィチは、自身が表現として定着しようとしている純粋な形態は、四次元としてある「心」から生み落とされると説いていた。マレーヴィチと鈴木大拙は、同じ著者による同じ書物、ピョートル・デミアノヴィチ・ウスペンスキーの『テルティウム・オルガヌム』（第三の思考規範）を読み込んでいた。そこから、それぞれ、四次元としてある「心」、如来蔵としてある「心」、無限の「空」としてある「心」というヴィジョンを磨き上げていった。イランの地にひらかれる「空」という「間《ま》」は、「日本」を解体して再構築するばかりでなく、「世界」そのものを解体して再構築する試みとなるであろう。

イランへ――洞窟のなかの光

二〇二二年も押し迫った一二月二八日、世界的な評価を得ていた建築家、磯崎新がこの世を去った――現代日本を代表する偉大な建築家であるので、以下敬称は略させていただく。年が明けた一月三日に通夜式、四日に葬儀と告別式、そして法要が営まれた。場所は、おそらくはそこで最後を迎えることを磯崎が意図していたであろう沖縄、海を間近に望む那覇港の埠頭の突端にある葬儀場であった（葬儀場の行政区域は浦添となる）。

私が磯崎の知遇を得たのはこの七年に過ぎない。追悼文をつづる資格など、とうてい存在しない。しかし、磯崎が、現在となってはその生涯の最後に実現しようとしたプロジェクトに偶然に関わるようになり、ほんの数ヶ月前（二〇二二年九月）に行われたそのプロジェクトの予備調査、イランにおける「間」展のための旅をちょうど終えていたという経緯もあり、ここにその報告も含め、一文を草することになった。

もう少しだけ磯崎と私の関係について述べておきたい。磯崎が私のように専門をもたず、しかもかなり年少の批評家に関心をもってくれたのは、おそらくはなによりも私が折口信夫と井筒俊彦を主題として文章を書いていたからに他ならない。折口信夫に井筒俊彦を重ね合わせ、井筒俊彦に折口信夫を重ね合わせる。おそらく、それは磯崎のヴィジョンでもあった。生涯の最後を那覇で迎えようとしたのも、折口が提唱した「まれびと」、海の彼方から此方を訪れる神にして人のように生き、そこであらためて彼方へと消え去る。そのような意志が、磯崎の内に、確実にあったように思われる。

事実、磯崎を彼方の世界へと送った那覇の港、「那覇の江」には折口信夫も訪れていた。「那覇の江」のちょうど中央には、海に向かってそそり立つ巨大な岩礁があり、その上に、現在では近代的な社、波上宮が鎮座している。おそらくは古代から、海の彼方より聖なるものが、それを目印として訪れてくる場所であったはずだ。そこに折口信夫――釈迢空――の歌碑が建てられている。歌集『遠やまひこ』に「那覇の江」として収録された五首のうちの一首である（以下、歌碑とは若干異なった『遠やまひこ』に収録されたものを引用し、現代語に翻案する）。

「那覇の江にはらめき過ぎし　夕立は、さびしき舟を　まねく濡しぬ」。那覇の港に、はらはらと落ちてくる夕立、夏のにわか雨は、彼方の世界からただ一艘、さびしくこの港を訪れてくる舟に多く――まねく――降りかかり、それを濡らしている。「那覇の江」の連作では、那覇の港を訪れるこの「さびしき舟」は、南の島々の果て、波照間からやってくる舟、まさに「まれびと」としての舟であった。「まれびと」が彼方から訪れ、「まれびと」が彼方へと去ってゆく「那覇の江」は世界にひらかれている。おそらく磯崎は、そのような海を見続けていた。

極東の列島は、南の海を介して、より巨大な道と連続している。そのことを確かめるために、葬儀の日から間を置かず、私は磯崎が「列島」（群島）の縮約模型、古代の海のネットワークが縦横無尽に張りめぐらされた一つの中心と考えていた宗像大社、海の女神、宗像三女神を祀る史跡群を、あらためて訪ねてみた。宗像大社は沖ノ島にある沖津宮、大島にある中津宮、そしてその二つの宮からの直線上に位置する九州本土の辺津宮の三宮からなる。アマテラスとスサノオの象徴的な婚姻から生まれた宗像三女神の由来は『日本書紀』に詳細に記されている。つまりは、日本の「歴史」そのものの起源に位置する聖所であった。辺津宮には、おそらくは原初の神社の姿を現代にまで伝えるという最も聖なる場所、社殿をもたない「高宮」、まさに海をはるかに望む高台に位置し、鬱蒼とした樹木に覆われた石の土台だけが存在する「なにもない場所」があった。磯崎が繰り返し還っていく建築の原型、「空虚《ヴォイド》」としての聖所である。

この「空虚」からはるかに望まれる――実際には大島に行かなければ見ることはできないが――大洋のなかの孤島、沖ノ島は、朝鮮半島を経て、海民たちによってもち来たらされた聖なるものたち、世界のネットワークの結晶としてかたちを整えた宝物たちが奉納され、厳重な禁忌のもと、現在にいたるまで、巨大な岩石群、磐座群からなる聖所に保存され続けていた。そのなかにはイスラーム以前のイラン、「光の帝国」であるサーサーン朝ペルシアで製作されたと推定されている精緻なカットグラスの破片もあった。高温によって、聖なる光をそのなかに封じ込めた透明に輝く容器の破片である。宗像三宮とイランは、巨大な交易の道、聖なる交易の道を介して直結していたのだ。

沖ノ島から出土したカットグラスの破片は、イランの西北部で最終的にその形態が整えられた聖なる祭器だったのではないかと推定されている。その製作年代は四世紀以降、五世紀から七世紀の間であろう、とも。磯崎は、世界にひらかれた南島の海から、その世界の果てに通じる巨大な道を幻視していた。来たるべき「間」展は、その道の果てで実現されなければならない。磯崎のそうした想いを実現したいと考えた私たちは、二〇二二年の九月にイランに向けて旅立った。そして、沖ノ島で出土したカットグラスの破片の故郷、イランの西北部で、イスラーム以前と以降を一つに結び合わせるミトラの神殿、外部の光をそのなかに封じ込めた、聖なる洞窟としての神殿にたどり着くことができた。

以下にまとめられているのは、その旅で得られた成果の報告である。イランの歴史と文化はイスラーム以前と以降で大きな断絶が存在する。イスラーム以前、サーサーン朝ペルシアを治めていた大王たちが信奉していたのは聖なる火への信仰、ゾロアスターの教えである。光と闇の永遠の闘争、光と闇の二元論からなるゾロアスターの教えが整えられたのはサーサーン朝の時代のことであるが、それ以前の教えの詳細は、実は不明である。きわめて一元論的な色彩が濃厚であったとも推測されている。ミトラの信仰も、その古層の一つとして位置づけられている。

ミトラは、万物を生み出し、万物に生命としての力を与える太陽の神、光の神アフラ・マズダーに由来するとされるが、ローマへと広がった時点で、血なまぐさいイニシエーション儀礼をともなう密儀宗教に変貌を遂げた。洞窟の天井、さらにその上で屠られた聖なる牡牛の血を天井から浴びることで、信徒たちは聖なる神へと近づいていくというのである。しかしながら、それは原初のミトラ信仰――その内実はほとんど不明である――からの大きな逸脱であったというのが現在の最大公約数的な見解である。

それではイランに構築された光の神殿、その原型とは一体どのようなものであったのであろうか？

1

私たち――ゾロアスター教研究を専門とする静岡文化芸術大学の青木健教授と私――は、イラン西北部の都市タブリーズから一〇〇キロほど離れたアーザル・シャフルの近郊、ガダムガーフ（Qadamgah）にいた。いまやその大部分が白く干上がろうとしているイラン最大の塩湖、「名馬の産地」を意味する「ペルシア」の語源ともなった平原がその南に広がるオルーミーイェ湖を目の前はるかに望む、険しい山々の中腹に位置する見晴らしの良い丘には、古い痕跡を残した石柱が林立する共同墓地があった。「ミトラの足跡」（ミトラ寺院の痕跡）という地図の記述に惹かれ、そこよりさらに一〇〇キロほど離れたマラーゲ（Maragheh）にあった天文台跡を訪れた帰りのことだった。

マラーゲの天文台は、「山の老人」に率いられた伝説の暗殺教団、イスマーイール派の本拠地であったアラムートの砦（アラムートの城塞）から、モンゴルの侵攻によるイル・ハーン朝成立にともないその庇護下に移ったトゥーシーが、イル・ハーン朝の始祖であるフレグの命を受けて建設し、さまざまな観察とその理論化、天文学者にして数学者としての独創的な仕事を続けた場所であった。マラーゲはイル・ハーン朝の最初の首都ともなった。トゥーシーは、イスラーム神学にギリシア哲学をはじめて本格的に導入したイブン・スィーナー（アヴィセンナ）の最も著名な注釈者としても知られている。青木教授は、私に、イブン・スィーナーからトゥーシーへと至る宗教と科学を両立させた哲学の系譜こそが真にイラン的なものではなかったか、少なくとも自分はそう考えている、と語ってくれた。その系譜のなかに、これもまたイラン独自の「光」の哲学、スーフィーたちによる神秘的な「光」の体験にもとづく哲学の体系を構築したスフラワルディーの営為を位置づけ直す必要がある、とも。イランにおいて科学と神秘は背馳するものではなかった。そのことをあらためて認識する必要がある。スフラワルディーもまたこのマラーゲに、天文台建設以前ではあるが、学んだことがあったという。

青木教授と私をそのなかに含む一群の人々——どのような目的でイランを訪れたグループであったのかは後述する——は、二日前に、テヘランから陸路タブリーズへと移動してきた。合計一〇時間弱におよぶ、大型観光バスによる旅であった。私たちが通ってきたのは、いわゆるシルクロードの一部である。シルクロードは中国だけでなく、なによりもこのイランを経なければ地中海世界に、つまりはローマに到達しないのである。イランとは、巨大な「道」そのものであった。テヘランを出て、私たちが最初に休息をとったオアシス都市ガズヴィーンから、アラムートの砦があった険しい山々を遠くに認めることができた。このガズヴィーンからタブリーズに向かう道の途中にあらわれる次のオアシス都市ザンジャーンの手前に、フレグの曾孫でイル・ハーン朝第八代目の君主となったウルジャーイトゥーの廟、その巨大な墓として建てられたゴンバデ・ソルターニーイェ、現在ではユネスコの世界遺産に登録されているソルターニーイェのドームがある。ドームの回廊には、ヨーロッパに先立って造形された、いまだ美しさを失うことのない複雑な幾何学模様の装飾が施されており、その上に登るとソルターニーイェの街を一望することができる。そのソルターニーイェのごく近くには、スフラワルディーが生まれた村、スフラワルドがあった。

結果として私たちは、トゥーシーの、さらにはスフラワルディーの後を追うようにしてマラーゲにまでたどり着いたわけである。そしてそこで、私たちにとってはまったくの未知であった「ミトラ」の痕跡が残された場所があることを知ったのだ。その場所は、マラーゲからタブリーズに戻る道のちょうど中間あたりに位置していた。ミトラへの信仰は、古代のアーリア人、イラン系の人々が伝えてくれたものの一つではあるが、その実体がどのようなものであったのかは、現在でもはっきりとは分かっていない。最もその信仰が盛んであったとされるアルメニア王国が、世界ではじめてキリスト教を国教として受け入れたことによって、そのキリスト教信仰の下、その土台に、ミトラ信仰の痕跡が完全に隠されてしまったからである。あらゆるミトラの神殿の上に、おそらくはそれらを破壊し、改築した後に、アルメニア正教を奉じる教会が建てられてしまったのである。ミトラ信仰の謎を解く鍵は、アルメニア正教会の下に隠されている。

そうしたアルメニアの状況と入れ替わるようにして、ミトラへの信仰が、その特異な姿をあらわすのは地中海世界、特にローマにおいてであった。太陽の力が最も弱まる冬至の日、太陽神ミトラに捧げられた聖なる牡牛を屠り、洞窟あるいは地下の閉ざされた神殿に集った信徒たち――そのほとんどが男性であったという――の頭の上から、犠牲獣の血が注ぎかけられる。ミトラに捧げられた聖なる獣の血を浴びることによって信徒たちも、そして世界そのものもまた、再生を遂げる。そのような血なまぐさい密儀、イニシエーション儀礼はアーリア人のなかに生まれたミトラへの信仰には、そもそも備わってはいなかったのではないかと推定されている。実際、アルメニアにおいても、イランにおいても、ミトラを信仰していたという地下の遺構、洞窟の遺構は発見されてこなかったからである。そのような現状のもとで、しかし、このタブリーズとマラーゲを結ぶ道の途上には、ミトラの寺院の痕跡が残されているというのだ。青木教授と私は、帰りの予定を急遽変更して、その「ミトラの痕跡」が残されているという場所を訪ねてみることにした。チャーターしたタクシーの運転手とともに、道行く人々に尋ねながら、ようやくたどり着いたのが、冒頭に述べた丘の上の共同墓地だった。

その墓地を管理し、近くに簡易休憩所にして簡易宿泊所を営んでいる風変わりな一人の男性――もともとはサッカーの選手であり、後にプロの審判もつとめるようになったという――の案内のもと、私たちが連れて行かれたのは、その共同墓地から二〇〇メートルほど離れた、巨大な岩に穿たれた一つの入り口であった。その入り口をはいると、そのなかには広々とした空間が広がっていた。自然の洞窟を利用した神殿である。しかも、その洞窟の頂点には、太陽の光を取り入れるための穴があけられていた。洞窟の闇のなかに、その頂点から太陽の光が注がれる。自然が造った闇の洞窟を、人工の光の神殿に造り替えているのだ。洞窟のなかで、大地の闇と天空の光が一つに融け合っている。この洞窟は、イスラーム以前のゾロアスター教の神殿であり、特にミトラを信仰していた神殿であると推定されている。洞窟の中央で太陽の光を浴びながら、太陽の神に捧げられた聖なる牡牛の供犠が行われていたのであろうか。この神殿の起源が時代的にどこまでさかのぼり得るのかも含めて、その詳細までは分からない。しかし、青木教授は、イランでこのような洞窟の遺構が残されていることは知らなかった、初めて見たミトラの神殿であると、非常な驚きとともに私に伝えてくれた。このミトラの神殿は、イスラーム以降も、たとえば戦火を逃れた者たちの避難所として、あるいは「神秘」の体験を求めるスーフィーたちの瞑想所、つまりは「モスク」として、現在に至るまで使われ続けているという。無数の蠟燭の灯りが点されていたであろう痕跡の数々が、生々しく残されていた。

イランの文化を考える上で、イスラーム以前とイスラーム以降を、どのようにして統一的に捉えていくのかは難問である。どうしても、そこに不連続にして断絶を見出さざるを得ない。そのようななかで、私たちが偶然の機会にたどり着いた、このミトラの神殿にしてスーフィーたちのモスクは、一つの解答を示してくれているように思われてならない。この洞窟にして神殿では、自然と人為が、闇と光が、イスラーム以前の信仰とイスラーム以降の信仰が、断絶しつつも一つに連続しているように見える。考えてみれば、それは当然のことでもある。イランは決して閉ざされた国ではなかったからだ。近代的な「国家」の概念そのものが成り立たないのである。イランとは、その高原を縦横無尽に走る無数の「道」のネットワークと別のものではなかった。たとえばタブリーズから、車さえあれば、わずか数時間でアルメニアとの国境――アルメニアとアゼルバイジャンの紛争地帯でもある――を越えることができる。トルコとの国境もまた同様である。

アルメニアからさらに先に続くその道は、コーカサスの山塊を越えて、アーリア人の故郷の一つと考えられているウクライナの平原にまで至る。古代の遊牧民、アーリア人と総称される人々は、その道を越えてこの高原、イランにまで進出してきたのである。そうした運動は一回で終わることなく、何度も繰り返された。オルーミーイェ湖南岸の「ペルシア」の地で、「ペルシア」の人と名乗っていた人々は、その度ごとに南へ、南へと押し出されざるを得なかった。南方へ移行した後もその名前、「ペルシア」を捨てることなく保持していた人々は、海で隔てられた大地の南の端にまで追い詰められることによって、逆に世界にひらかれた海の力と、すぐ隣のメソポタミアで可能となった農耕の豊かな力を借りることによって、一地方を支配する権力をはるかに超え出た「帝国」を築き上げることに成功した。

海と農耕の力か、高原と遊牧の力か。イランではいつも、その二つの力、北と南の力が拮抗し、農耕と海の力にもとづいた帝国と遊牧と高原の力にもとづいた帝国が相互に勃興していくことになる。タブリーズは、遊牧と高原の力にもとづいた帝国の一つの中心地であり、アーリア人がイラン高原へと進出する際の通り道でもあった。タブリーズは、さまざまな道を経てそこで多様な商人たちが集うバーザールで有名である。これもまたユネスコの世界遺産に登録されている。タブリーズのなかにバーザールがあるのではなく、バーザールが拡大してタブリーズになったのである。さまざまな道の交点である市場こそが都市を形成しているのだ。

道の交点に生まれるバーザールとしての都市という在り方は、タブリーズのみならずテヘランをはじめとしたイランの主要な都市すべての在り方と、おそらくは共通している。険しい山脈と広大な砂漠からなるイランでは、なによりもまずオアシスとオアシスを道がつなぎ、バーザールとバーザールを道がつないでいる。そういった意味でも、イランとは国家以前にして国家以降でもある

「道」そのものなのだ。タブリーズ近辺は、コーカサスを経てイラン高原に進出した遊牧民、アーリア人たちが用いた重要な道の一つ、その中継点である。そしてまた、海と農耕にもとづいて勃興した二つの帝国、アケメネス朝ペルシアとサーサーン朝ペルシアの間で覇を唱えた、高原と遊牧にもとづいた帝国、パルティアの主要都市の一つでもあった。パルティアと深い関係をもった古代アルメニア王国の版図にも、その一部が含まれていた。それゆえ、現在のイラン領内、アルメニア国境沿いおよびトルコ国境沿いには最初期のキリスト教の教会、いまだ正統な教義が確立される以前の、キリストの神性をきわめて重視したキリスト単性論にもとづいた教会と修道院が築かれ、現在に至るまで維持されているのである。そしてまた、それらの下には、おそらくは、ミトラの神殿が秘められていたはずである。

青木教授と私は、翌日、アルメニアとの国境ともなっているアラス河に沿った岩山の山中に建つ聖ステパノ教会と、トルコとの国境を間近に望む広漠たる高原に建つ聖タデウス教会（ガラ・ケリーサー）を訪れることに決めた。これらもまた世界遺産に登録されている。両者をともにまわると、タブリーズからの往復で五〇〇キロを優に超えるが、朝早く宿舎を出て、夜になる前には戻ることができた。いずれの教会（修道院）も創建当初のままではなく、天災および人災によって建て替えがなされている。しかし、建築様式については独自のものが守られているとのことである。重厚な石でできた塔のなかに祭壇があった。聖人やそれに従う動物たちを彫り込んだ装飾もまた独特である。さすがに、それらにミトラ神殿の痕跡を見出すことはできなかった。しかし、外部の光を祭壇のなかに取り入れようとする建築への意志には、ミトラの神殿といくぶんかは共通する心性のようなものが感じられた。荒涼たる自然のただなかに、その自然のもつ力を利用することで建てられた聖堂——教会の再建にはアラス河の源流である、当日もまだその頂に雪を冠した姿がはるかに望まれたトルコの聖なる山アララットの石が用いられた——を介して、外なる自然と内なる精神が一つに結び合わされる。私たちがなによりも驚嘆させられたのは、これらの教会が建つその風景である。そこには大地の広がりと大空の広がりしか存在しなかった。大地は岩山と平原からなり、茶色のグラデーション以外の色彩は存在しない。そこに他の色彩が交じりはじめるとオアシスが、人間の住む都市が唐突にはじまる。

人間以前にして人間以降とでも形容するしかない、荒涼たる風景である。昼には透明に乾いた光が降りそそぎ、夜になると一面の闇に取り囲まれる。そこで、人は世界そのもの、宇宙そのものと対峙しなければならない。宗教や哲学とは、そのような場所から始まったのであろう。そしてまた、光と闇がダイレクトにつながり合うそのような世界のなかを、太古から人々は移動し続けてきた。現在では、轟音を発するトラックたちが国境を軽々と行き来する。しかし、トラック以前は、ラクダや馬に乗り、あるいはラクダや馬に荷物を引かせた隊商（キャラバン）を組織して、このような風景のなかを渡っていくしかなかった。タブリーズに到着して以降、私たちは湿度ゼロの世界を生きていた。空気は乾ききり、汗をかくことはないが、日差しは強烈である。キャラバンもまた日中、その歩みを進めることはできない。昼の光がやわらぎ、夜がはじまろうとする頃、キャラバンは、次の目的地を目指して出発する。日が落ちると闇は深く、気温は一気に下がる。強烈な光と深い闇の間をキャラバンは出て行く。その際、おそらくはゾロアスター教の神殿（拝火神殿）に燃え続けている聖なる炎が、キャラバンにとっての目印にして目標になったに違いない。青木教授は、そう説明してくれた。だから、ゾロアスター教の神殿とキャラバンが宿泊するキャラバン・サライ（隊商宿）はごく近くに、ほとんど表裏一体のかたちで存在しているのです、とも。深い闇のなかにかすかに炎が揺れている。それが宿を示し、神殿を示し、人々の生活を示している。夜の砂漠は、広大な海のようだ。その海の波間にかすかに見える聖なる火を目指してキャラバンという舟は進んでいく。

それが詩的な比喩でもなんでもないことを、私たちは、今度は空路、夜から真夜中にかけてタブリーズからテヘランを経由してシーラーズへ向かうことで、アケメネス朝とサーサーン朝という二つの「帝国」の聖なる都市ペルセポリスを間近にひかえたイラン西南部への旅で知ることになる。夜、いろいろな噂を聞いていた最新鋭のジェット機――しかし、その空の旅はきわめて快適であった――の窓から見下ろした砂漠は、深い闇に包まれている。ただ暗黒が存在するだけである。その闇のなかにぽつぽつと光が見えはじめるとオアシスが近いことが分かる。オアシスに入り、それを上空から見下ろすと、まさに暗黒の大地のなかに咲いた光の花、光の蓮華である。暗黒の海のなかに浮かび上がる光の島である。光の花から光の花へ、光の島から光の島へ、暗黒の海にして暗黒の砂漠をつなぐ隊商の道を通して、キャラバンという舟は行く。私たちもまた、太古からの隊商の道を上空からなぞるようにして、シーラーズへと着いた。それは同時に、最初に「ペルシア」を名乗った人々がその故郷を追われ、もはや「名馬の産地」というその語源にふさわしいとはとても思えない、逆に語源が意味する場所からは遠く隔てられた、環境としては正反対の土地への遍歴を、あらためて反復するような旅でもあった。その地においても「ペルシア」を名乗り続けることで、逆にその名前は帝国の中心を意味するもの、帝国そのものを意味するものとなった。

このシーラーズにおいても、私は青木教授に同行し、海のごく近くにありながらも、ザグロスという険峻な山脈によって、心理的にも距離的にも海から遠く隔てられた高地に位置する帝国の中心地から、その山脈を一気に越えて海抜ゼロ地点、ペルシア湾にひらかれた海浜都市ブーシェフルへと向かった。なぜ、シーラーズからブーシェフルに向かわなければならなかったのか。近年の研究において、陸のシルクロードのメイン・ルートからは遠く外れた「辺境」であるイラン西南部、この「ペルシア」の地が二つの帝国の中心地になり得た理由を、陸ではなく海のシルクロード、中国、東南アジア、インドとイランを一つに結び、さらにそれをメソポタミアから地中海、アラビア半島からアフリカ大陸まで拡大する海のネットワークの中心地であったからだとする見解が優勢になってきたからである。そうした見解を、実地において実証するためである。陸のシルクロードを凌ぐ交易ルートである海のシルクロードがイランの西南部、「ペルシア」の湾岸都市に直結しており、そこからザグロス山脈を一気に越えてさまざまな交易品を高原へと運び上げていく幾筋かのキャラバン・ルートが確かに存在していたのである。このザグロス山脈越えキャラバン・ルートにおいても、「人の近より難い荒野の高台、峠道や渡河地点などの、謂ゆる交通上の要地とか分岐点」にゾロアスター教の拝火神殿およびキャラバン・サライの遺構が点在している。ザグロス山脈を越えていくキャラバンもまた聖なる火に導かれていたのである——参照と引用は家島彦一・上岡弘二『イラン・ザグロス山脈越えのキャラバン・ルート』（東京外国語大学アジア・アフリカ言語文化研究所、一九八八年）より。

私たちもまた、そうしたキャラバン・ルートの一つをたどり直すようにして、高原都市シーラーズから湾岸都市ブーシェフルへと向かっていった。道は山脈に沿い、その山脈のなかに入り、山脈をまわり込みながら、段々に降りていく。その度ごとに平原がひらかれ、湧き水がある場所、川が流れている場所にはオアシスが出現する。サーサーン朝を代表する多くの遺跡への道が通じ、ゾロアスター教の拝火神殿およびキャラバン・サライの痕跡も目にすることができた。降りて高度が下がる度に植生に変化が見られ、最後にたどり着いた平原、海抜が限りなくゼロへと近づいた平原はナツメヤシの大群生によって埋め尽くされていた。気候も乾燥から湿潤へと変わる。タブリーズとブーシェフルの気温差は二〇度近くあった。耐えがたい暑さであった。ナツメヤシの平原の彼方、海の上に巨大な都市そのものが浮かび上がっているような大規模なミラージュ、蜃気楼にして逃げ水も目にした。アケメネス朝もサーサーン朝も、海のシルクロードが可能にした「海」の帝国であった。そうした事実を、身をもって知ることができた。

それでは、その海のシルクロードと、私たちがその一つをたどり直したようなキャラバン・ルートをつないでいた者たちは、一体どのような人々であったのか。青木教授は、その著書、『ペルシア帝国』（講談社現代新書、二〇二〇年）のなかで、こう記している——。

この「ペルシア州を介した海のシルクロード」交易の担い手については、類推する手掛かりがある。サーサーン朝後期の法律書『マーディヤーン・イー・ハザール・ダーデイスターン』に拠れば、共同事業者を指す中世ペルシア語として「ハムバーリーフ」なる語があり、主として宗教共同体に即して用いられている。

とすると、陸のシルクロードがソグド人という中央アジアの特定民族によって担われていたのに対して、ペルシア州をセンターとする海のシルクロードは、ゾロアスター教徒、キリスト教徒、ユダヤ教徒、ヒンドゥー教徒、仏教徒といった宗教別コミュニティーによって営まれていた可能性が高くなる。

そしてブーシェフル近郊のチェヘル・ハーネには、イラン革命以前の調査によって、あたかも敦煌莫高窟のような、天井画と壁画がそのなかに残された岩窟遺跡が存在することも分かっていた。この岩窟遺跡を残した人々は、いくつかの傍証から、仏教徒である可能性も指摘されていた。その仏教が中央アジア（アフガニスタン）に起源をもつ大乗仏教なのか、東南アジアに起源をもつ上座部仏教なのかまでは判断ができなかったが……。私たちもまた、川を挟んで、その岩窟遺跡の前に立つことができた。確かに敦煌莫高窟そのものである。残念ながら遺跡に至る道は大きく崩れており、そのなかに入ることまでは不可能であった。しかしながら、それでも、三段の回廊状に壁面が掘り込まれている岩窟遺跡のなかに天井画と壁画がいまでもはっきりと残されていることは確認することができた。それがキリストであったのか釈迦であったのか、あるいは阿弥陀や盧舎那といった大乗仏教徒たちが信奉する永遠の光にして永遠の時を体現した法身であったのかまでは判別できなかったが……。ブーシェフルの周辺には、やはりアルメニア正教と同様、正統的なキリスト教教義が確立される以前に異端宣告を受け、サーサーン朝の庇護のもと中央アジアへと宣教の道を取らざるを得なかったキリスト教ネストリウス派の教会（東シリア教会）が数多く存在していた。ネストリウス派は、アルメニア正教とは反対に、キリストの人性を重視する教義をもっていた（そのことが異端宣告の原因ともなった）。イランは、原初のキリスト教の教えが、いまでも生きている国でもあった。この岩窟遺跡は、そうしたキリスト教徒、ネストリウス派の人々の集会所にして瞑想所であった可能性も高かった。

海のシルクロードをザグロス山脈越えのキャラバン・ルートにつないだ者たちがネストリウス派のキリスト教徒であったのか仏教徒であったのか判断がつかないということは、そのどちらでもあった可能性がある、ということでもある。「遊牧」の道の中継地点タブリーズでは、やはりその中継地点に西から最も古い教義を伝えるキリスト教徒たちが訪れていた。その「遊牧」の道、原初のキリスト教徒たちの道は、イランを出て中央アジアへと至る過程で、仏教徒たちの道と結び合わされ、やがて仏教徒たちの道へと変貌を遂げていく。それを担ったのがソグド人たちであった。大乗仏教は、おそらくはこの「遊牧」の道によって可能となり、「遊牧」の道を通って中国へと至ったと推定されている。「海」の道の中継点であるブーシェフルでも、おそらく同様であったはずだ。西からキリスト教徒たちが訪れ、東からは仏教徒たちが訪れる。キリスト教徒たちの道と仏教徒たちの道は一つに結び合わされ、キリスト教徒たちの道は仏教徒たちの道となり、仏教徒たちの道はキリスト教徒たちの道となる。タブリーズでも、ブーシェフルでも、陸のシルクロードの中継地点でも、海のシルクロードの中継地点でも、中国の陶器の破片が大量に発見されている。イランと中国は直結し、その西の端には地中海世界が、東の端には極東の列島が位置づけられる。

イランとは、陸においても海においても、やはり「道」そのものであった。そうした「道」こそが都市を可能とし、その都市、つまりはネットワークの焦点が、そのネットワークを大規模に拡大しつつ帝国にまで成長していったのである。高原都市シーラーズから湾岸都市ブーシェフルまで、往復で六〇〇キロを超えた。時間的にはテヘランからタブリーズまでの旅に優る一二時間以上が費やされた。その大部分が、ザグロス山脈を徐々に降り、またそれを徐々に登るという山越えのプロセスであった。そして私たちは、文字通り旅の最終日に、シーラーズから車で一時間ほどのところにあるペルセポリスへと入った。ペルセポリスには、その巨大な天井を支えていたであろう無数の塔が立ち、その広場へと至る階段の壁面に刻み込まれた壁面には、おそらくはその大天井の下、この都を訪れたであろう帝国を構成するさまざまに多様な諸地域からの使節たちの姿が、その特色を強調するかのように描き出されていた。ペルセポリスは、諸民族を一つに結び合わせる「道」たち、諸民族のネットワークの中心として可能となったことを自ら表現してくれていた。

テヘラン、タブリーズ、そしてシーラーズ。私たちが、このような旅を続けてきたのは、最後にたどりついた古代都市ペルセポリスのイメージを革命以前の現代都市テヘランに再現しようとした建築家、磯崎新がいま、ここ、イランで新たに実現を目指している展覧会、伊勢の遷宮のように二〇年に一度繰り返されることを意図した「間《ま》」展の準備のため、「間」展のもつ新たな可能性を探るためであった。

2

イランでの「間」展は、磯崎新を特別顧問、建畠哲を実行委員長、三宅理一を事務局長、渡辺真理を幹事、片岡真実をアドバイザーとし、実行委員として辛美沙（実行副委員長）、青木淳、青木健、松井茂、そして私（安藤礼二）、さらには具体的な建築を考察するチームとして松原康介、田名後康明、岡崎瑠美が参加し、準備が進められている。このうち、二〇二二年九月七日から二一日まで行われた今回の旅は、建畠、三宅、渡辺、青木健、松井、安藤、松原、田名後、岡崎、さらには以前の「間」展に参加したアーティストの土取利行、新たな「間」展に参加する予定のアーティストの高山明が加わり、実現された。そのなかでもテヘラン大学で九月一〇日と一一日の二日間をかけて行われた、新たな「間」展をめぐるシンポジウム、『Art and the Space : In-between』には田名後を除く全員が参加し、テヘラン大学側の出席者たちとともに、「間」展に関連するさまざまな主題が議論された。その後、参加者たちそれぞれの都合によって離合集散し、最終日の二一日に日本に帰国したのは三宅、土取、青木、安藤の四人であった。

それでは、そもそも私たちが、イランで新たな再生を目指している「間」展とは一体どのような展示であったのか。一九七八年、「フェスティヴァル・ドートンヌ」（秋芸術祭）の日本特集の一環として、同年一〇月から翌年一月にかけてフランスのパリ、装飾美術館で、正式には「日本の時空間――〈間〉展」と題されて開催された、磯崎新がキュレーションを担当した展覧会である。磯崎は、展示としては九つの部屋を組織し、テクスト（カタログ）としては九つの主題を抽出し、文章をまとめている。テクストが先行し、そのテクストにふさわしい先鋭的なアーティストを選ぶという手順が踏まれたため、テクストの項目と順番、展示の項目と順番には、わずかではあるが相違が生じている。現在、そのテクストは、磯崎の著書、『見立ての手法』（鹿島出版会、一九九〇年）の冒頭に収録されている。磯崎が選んだ主題は、次の通りである。テクストの順に、「神籬《ひもろぎ》」、「橋《はし》」、「闇《やみ》」、「数寄《すき》」、「移《うつろい》」、「現身《うつしみ》」、「寂《さび》」、「遊《すさび》」、「道行《みちゆき》」。

これらの主題に共通するものが、極東の列島である日本で可能となったあらゆる表現、あらゆる生活、あらゆる思考を規定している「間《ま》」という概念だというのである。極東の列島では、時間と空間が未分化のままに一つに入り混じり、一つのものとして認識されている。時「間」と空「間」は、まさに「間《ま》」、その中間に存在する「空」（空隙）によって一つに結ばれ合い、相互に浸透し合っているのである。中間の空虚として存在し、時間と空間を一つに通底させる「間」。そうした「ま」を、テクストとしては徹底して論理的に、展示としては徹底して先鋭的に表現する。磯崎は、自らがデザインしたステージで、当時最も前衛的なアーティストたちに、声明、舞踏、演劇、音楽などのパフォーマンスを、しかも飛び切り前衛的なパフォーマンスを実践させた。そのことによって自明の「日本」は、これもまたいったん完全に解体され、同時にまったく新たなものとして再構築された。磯崎自身にとって、この「間」展こそが、その後に進むべき自己の道、建築における「日本的なるもの」を探究する道を定めた、という。

極東の列島においては、「間」としての「空」（空隙）が反復されることによって、すべてが滅び去るとともに、すべてが生まれ変わる。時間と空間、モデルとコピー、ハイ・カルチャーとサブ・カルチャーの差異が失われ、すべてが新たなものとしてよみがえる。あたかも、二〇年に一度行われる伊勢神宮の式年遷宮のように。そうであるならば、日本における時空間の認識の根幹と考えられた「間」を主題とした展示もまた、伊勢の遷宮のように、二〇年に一度、新たな差異を生み落とす創造的な反復として執り行われなければならないであろう。それゆえに、パリの「間」展は二〇〇〇年に東京で反復された。その次に反復されなければならないのは、何処なのか。磯崎は、いくつかの理由から、イランのテヘランを選ぶ。

一つは、自らが見出し、しかしながら、露骨に政治的な理由によってその作品（新国立競技場）の実現が妨げられ、この世を去らなければならなかった、イラクに生まれた建築家ザハ・ハディドを追悼するため。もう一つは、パリの「間」展の直前に、磯崎に、自らがキュレーションする展示への参加を求め（「間」展のコンセプトの一つである「はし」へと成長したという）、そこで「光」の部屋を創り上げようとした、イランに生まれ、革命によって亡命せざるを得なくなった建築家ナダール・アルダランとの思い出のために。森羅万象あらゆるものが光から生まれ、それゆえに光へと帰還する。アルダランは、磯崎に、自らの展示のコンセプトのすべては、テヘランで師事していた一人の日本人、井筒俊彦から学んだと告げたという――ザハおよびアルダランと磯崎の関わりについては、磯崎の生前最後に出版された著書、『瓦礫《デブリ》の未来』（青土社、二〇一九年）の冒頭に収められた「ザハ、無念」に詳しい。なお、ナダール・アルダランと井筒俊彦の交友については、アルダラン自身が著わしたエッセイが、若松英輔編『井筒俊彦ざんまい』（慶應義塾大学出版会、二〇一九年）に収録されている。

そしてもう一つ、前掲「ザハ、無念」ではその詳細までは記されていないのではあるが、一九七〇年代の半ば過ぎまで、磯崎は、その建築にして都市計画（都市デザイン）の師であった丹下健三のもとで、テヘランの新都心創出計画に従事していたからである。象徴においても、機能においても、「イラン」を体現するような新都心を、テヘランにデザインする。さまざまな事情――その最大のものが革命にまで至った政治的な混乱であった――で断念された理想の都市計画を、芸術表現の場として再生させる。そのような想いも幾分かは去来していたはずである。テヘランの新都心計画は、当時のシャー、イラン王室からの依頼で、丹下健三とルイ・カーンの二人に託された。丹下は人工の極ともいえる幾何学的な都市案を提示し、カーンはその正反対である自然の極ともいえる丘陵の形態をそのまま生かした都市案を提示した。磯崎は、その二つの案の総合を目指した。自然にして人工の都市。その際、都市の基本計画として最も重視されたのが、丹下案のはじまりから存在していた、テヘランの南北をつなぐ軸と東西をつなぐ軸とを都市の中央で交差させるというプランである。イランの南端、「ペルシア」の中心であるシーラーズがザグロス山脈に面していたように、イラン中部の北端、テヘランもまたザグロスとは異なった巨大なもう一つの山脈、アルボルズ山脈に面している。その山々を越えるとカスピ海である。アルボルズ山脈の雪解け水こそが都市としてのテヘランを繁栄させた。テヘランにおいて、北は富む者たちが住むエリアである（過去においても現在においても）。

それとは対照的に、テヘランの南は、あらゆる意味で貧しい。しかし、その南から一直線に、まさにイランの中心に位置するエスファファーンへの「道」が伸び、その「道」はエスファファーンを越えてシーラーズまで通じている。さらには近年明らかになりつつある海のシルクロードの出入り口へと続く。そして、テヘランを東西に貫通している「道」こそ、陸のシルクロードそのものである。西は地中海世界に達し、東は中央アジア、中国を経て極東の列島へと至る。テヘランを南北軸と東西軸の交差としてデザインし直すことは、海のシルクロードと陸のシルクロードの交錯としてイランを考えることでもある。イランのあらゆる都市が、さまざまな東西の道と、さまざまな南北の道の交点に築かれている。丹下と磯崎による、イランのオアシス都市群を結びつける「道」のネットワークを可視化するという試みは、きわめて正確にイランという国の首都の在り方を理解していることが分かるであろう。そのような基本プランのもと、さらにそこに自然の景観を活かしつつも、人為を加えるとなると、一体どうなるのか――以下、『丹下健三都市建築設計研究所作品集』(『新建築』一九七六年五月号別刷)による(各項冒頭の算用数字は省略し、一部語を追加した)。

自然の美しい地形とその起伏を最大限に残すこと。

この地区をテヘランの南北軸と東西軸の交差する新都心であることを、構造上明確にすること。

中央に広場を置き、イラン二五〇〇年の歴史を象徴する文化の中心とすること。

住居はこの地区の周辺に配置し、一部は山の頂に立つ塔状のアパートであり、一部は谷を橋渡すような橋状のアパートであること。

都市の広場はイスファーハーンに見られるような建築の諸原型を持ち、地区全体のシルエットには、ペルセポリスにそびえ建つ列柱のシルエット・イメージを与えること。

エスファファーンに見られるような建築の諸原型とは、あの著名なモスクを中心とした建築群を意味する。イランの北と南を通じさせることは、イランの現在の都市と過去の廃墟を、イスラーム以降とイスラーム以前を、エスファファーンのモスクとシーラーズのペルセポリスを一つに通底させることである。それでは、そこに建築されるべきもの、そこに表現させるべきものを、一体どのように考えていけば良いのか。そのために実際にイランという国を見て、そのコンセプトを磨き上げていくことが私たちに課せられた仕事であった。考察の焦点は、おそらくはこの新都心計画以前から磯崎を深く捉えていたモスクの構造、そして「道」のネットワークの焦点として形づくられていくイランの都市の構造、さらにはそうしたオアシス都市そのものを成り立たせているバーザールの構造を深く分析することに尽きるであろう。モスクとバーザール、その原型を抽出すること。それがテヘラン大学のシンポジウムでそれぞれ発表を担当し、テヘランからタブリーズにともに移動し、タブリーズで個別のフィールドワークの後、来るべき新たな「間」展のコンセプトについて討議した松井茂、高山明、そして私、安藤礼二の結論であった。

＊

松井茂は、エスファファーンの「モスク」との出会いは、イランという固有の問題を越えて、磯崎新の建築原論そのものとなっている、と指摘した。磯崎は一九六四年、イランを訪れ、その翌年、「《おもて》と《うら》の空間　モスク」というエッセイを発表する——磯崎のはじめての著書、『空間へ』に収録された（現在は河出文庫、二〇一七年、引用は同書より）。その冒頭で、磯崎は「メービウスの輪」という、きわめて印象的なイメージを提起する。

一本の帯状の紙を、いちどひねって、その両端をはりあわせてつくられた輪。このメービウスの輪が数学的に考察されることによって、トポロジーのイメージが展開していったといわれているが、メービウスの輪の秘密は《うら》と《おもて》が必ず存在するはずの帯を、たった一度のねじりによって、一挙にそんな区別を捨ててしまったところにある。つまり、ねじれやひずみなどの変形を、いっさい不問に附したところから、まったく新しい世界が、観念の内部で構築されはじめたのだといってもいい。

この後、「メービウスの輪」は、磯崎にとって、さまざまな建築を論じていく際、あるいは自身の建築を説明してゆく際の特権的な術語となっていく。その起源は、イランのモスクとの出会いにあったのだ。モスクは、その内部に「空虚」——「間」——を孕んでいる。絶対的に聖なるもの、つまり神は、ただ「空」としてしか表現することができない。そうした「空」を内部に孕んだ建築こそが、超越する神を大地に内在させる装置となるのだ。あるいは、そこで超越と内在という区別が無化されてしまう場を用意するのだ。モスクには無限が孕まれている。松井はもう一つ、イランを訪れた年に磯崎が発表したエッセイ、「闇の空間　イリュージョンの空間構造」に注意を促す。磯崎がこのエッセイで取り上げるのは、遊園地の《ミラー・メイズ》である。あるアンケートに答えて、磯崎は《ミラー・メイズ》（「後楽園マジック・ハウス」）を戦後建築の傑作の一つとしてあげる。そこに自らが理想とする時空間が現出しているからだ、と。鏡と透明ガラスからなる《ミラー・メイズ》のなかでは、鏡に映ったイメージの身体（「虚」の身体）と、ガラスを通り抜けていくリアルな身体（「実」の身体）の区別が消滅してしまう。イリュージョンがイメージを生み、イメージがイリュージョンを生む。

「メービウスの輪」として存在する建築のなかでは、あらゆる二項対立が消滅してしまう。磯崎は、それを「闇の一元論」と名づける。「闇」のなかにこそ無限のイメージの可能性、無限の光の可能性が孕まれているのだ。闇と光、無と無限は対立するのではなく、「メービウスの輪」のようにねじれながら一つに結ばれ合っているのだ。私たちは、テヘラン大学でシンポジウムが開催される前日、磯崎がいう「ミラー・メイズ」を宮殿の規模にまで拡大したかのようにそそり立つ、テヘランのゴレスターン宮殿を訪れていた。ゴレスターン宮殿のなかには、まさに「ミラー・メイズ」のように、無数の鏡が張りめぐらされていた。しかしながら、テヘランを首都とし、ゴレスターン宮殿を建てたカージャール朝は、あくまでも近代の帝国である。そこで最大の参照基準となっていたのはヨーロッパの文化にしてヨーロッパの建築である。ヨーロッパの迷宮を過剰にし、異形化したものなのだ。ここにとどまるわけにはいかない。「メービウスの輪」であるモスク、「ミラー・メイズ」であるゴレスターン宮殿をともに生み出してくるような建築の原型のようなものは、他にないのか。

それこそタブリーズという都市の縮小模型であるバーザールなのではないか。高山明は、そう付け加える。さまざまな商人たち、さまざまな商品たちが行き交うバーザールは、それ自体が一つの小さな都市であるとともに一つの巨大な建築でもある。外と内を区切る壁によって「城」のように守られ、回廊状となった天井によって一つにつながり合っている。しかし、その「城」を守るはずの壁には無数の出入り口が存在し、内部においても、地上と地下と階上とあらゆる移動が可能である。「城」の内部には無限が秘められている。思わぬところで袋小路に突き当たり、思わぬところで広場へと至る。それは、さまざまに変化する生きた迷路だ。あるいは、全体として一つの巨大な巣であり、部分においても無数の小さな巣が連鎖しているようなものだ。さまざまなものが出会い、その出会いによってさまざまなものが生み落とされる。タブリーズのバーザールで、あるいはイランのあらゆるバーザールで、商品の中心となるのは織物、ペルシア絨毯である。織物には、文字通り、糸によってさまざまに多様な物語が編み上げられていく。蜘蛛の巣のように無限に入り組んだ迷宮の奥で、蜘蛛の巣のように無限に多様な物語が、日々編み上げ続けられている。それがバーザールではないのか。

モスクをバーザールとして活性化し、バーザールをモスクとして結晶化させる。それが、来るべき「間」展の理想の展示会場であるとともに、理想の展示作品となるのではないか。しかも、そこでは異質の「もの」と「もの」だけでなく、異質の「人」と「人」との出会いも可能になるはずだ。それこそ、新たな演劇を生起させる場に他ならない。高山は、かつて郡司正勝が語ってくれた歌舞伎の起源についての私見を、あらためて取り上げ直す（郡司は結局その私見を文章化することはなかった）。郡司によれば、歌舞伎は、豊臣秀吉の朝鮮出兵によって誕生したのだ、という。出兵の前線基地である名護屋の地に、秀吉は無数の能舞台を建てた。そこに朝鮮半島から強制的に連れてこられた人々が、自分たちの故郷に伝わる野外劇、鳴り響く音楽と色鮮やかな衣装によって集団的に練り歩く野外劇を異種結合した。その結果として、どこにも故郷をもたない、それゆえにあらゆる演劇を一つに融合してしまえるような、華麗にして異形の野外劇である歌舞伎が生まれた。新たな演劇は、異種結合によってしか可能とならない。そうであるならば、ありとあらゆる時間と空間で、ありとあらゆる異種結合が生起し続けているバーザールこそ、新たな演劇の母胎となるはずだ。

松井茂、高山明と討議したその日、私はまさに青木教授と、ミトラの神殿をこの目で見てきたばかりであった。巨大な闇の洞窟に、その頂から一条の光が差し込んでいる。神殿の外は内につながり、内は外につながっている。そこで光と闇は互いにねじり合いながら一つに結ばれ合っている。天空の光は大地の闇に、神の超越は物質の内在に、そのまま通じている。そのようなミトラの神殿は交通によって可能となった。また、交通によって変容を重ねた。モスクとバーザールを一つに重ね合わせるような象徴的な建造物であり、象徴的な信仰の場にして象徴的な表現の場であった。

それでは、そのような場を組織することができた物理的であるとともに精神的なネットワークとは一体どのようなものであったのか。もしくは、どのように考えたら良いのか。私はあらためて「華厳」について、二人に語った。私はテヘランのシンポジウムで、磯崎が意図している新たな「間」展にとって、一つの思想的な支柱となるものこそが井筒俊彦の思想であると発表した。井筒がその生涯をかけて追究したのが、イランで可能となった、スーフィーたちの体験にもとづいた「光」の哲学であった。井筒の一神教理解、「光」の哲学の起源はどこにあるのか。井筒の思想が成り立つためには、直接的な関係をもった折口信夫の「憑依」の神道と、間接的な関係をもった鈴木大拙の「如来蔵」の仏教をともに消化吸収し、一つに総合する必要があった。

憑依によって人間的な自我が粉々に砕け散ると同時に、あらゆるものが「空」となったその場所に、無限へと至る通路がひらかれる。あらゆる人間には、人間のみならず森羅万象あらゆるものには、如来となる可能性が、あたかも胎児のように孕まれている。それを如来蔵という。如来蔵は憑依によって発動され、憑依によって開花する。井筒俊彦は折口信夫と鈴木大拙から、そのようなことを学んだ。そしてそれを突き詰め、「華厳」に至った。

如来蔵が発現したとき、つまりは有限のなかに胚胎された無限が開花したとき、一体どのような光景があらわれるのか。「華厳」はそれを最も華麗かつ精緻に描き尽くしてくれる。「華厳」は二つの比喩を用いて、如来蔵としての心がもつ無限の在り方について解き明かしていく。そのうちの一つは一〇面の鏡の比喩である。東西南北、上下左右前後、すべての面(一〇面)を鏡で囲まれた中心に一本の蠟燭を置き、それに火を点す。一つの鏡に映された蠟燭の炎は他の九面の鏡にそれぞれ反映される。イメージにイメージが重なり合い、無限に無限が重なり合う。まさに《ミラー・メイズ》の世界である。それだけではない。もう一つ、インドラの網という比喩が用いられる。世界の中心にそびえ立つ須弥山の頂上にはインドラ神の宮殿が建てられている。その宮殿の天井には、その編み目の一つ一つに透明で光り輝く宝珠が吊り下げられている巨大な網、宇宙大の網、インドラの網が張りめぐらされている。透明で光り輝いているので一つの宝珠のなかには無数の宝珠のイメージが映り込み、無数の宝珠のイメージのなかには一つの宝珠のイメージが映り込んでいる。つまり、森羅万象あらゆるものは光の糸によって互いに結ばれ合っている。「私」が立ち上がってくるのはそうした光のネットワークからであり、「あなた」が、あるいは森羅万象ありとあらゆるものが立ち上がってくるのもまた、まったく同じ光のネットワークからである。

「私」は無数の光の糸で編み上げられており、他者もまた無数の光の糸で編み上げられている。

井筒は、そのような「華厳」のヴィジョンにおいて一つの頂点を迎える神道と仏教の総合は、イランのスーフィズムと、中国の老荘思想の間──「ま」──でこそ可能になったと考えていた。イランのスーフィズムも、中国の老荘思想も、「無」である神、「無」である道からこそ無限の個物、具体的な個物が無限に産出されてくると説いていた。そのような井筒の思想を参照する磯崎新の建築は、あらゆるものの「間《ま》」につくられる。神と人との間、精神と物質との間、有と無との間、空虚と充実との間、イランと中国との間、神道と仏教との間に……。

シンポジウムでの発表のあと、テヘラン大学で日本の言語と日本の文化を研究しているという学生から質問を受けた。あなたが「華厳」の教えとして語ってくれたヴィジョンとほとんど同じものを、私たちイランの学生たちは、イランに固有の哲学、スフラワルディーの「光」の哲学として、高校時代に習うのです。その起源は同じなのか違うのか、と。おそらくその答えは、同じであるとともに違う、となるであろう。私は、学生に対してそう告げた。いまここで私は、あらためて松井茂と高山明に、テヘランからタブリーズへの旅を経て、理論としてだけではなく実感として抱いた答えを告げる。「華厳」の教えが成立したとされるホータンも中央アジアから中国へと至る、陸のシルクロードの中継点に位置する。ホータンは、イランや、ソグド人の故郷であるサマルカンドなどとも共通する、アーリア系の遊牧民、ホータン・サカ人によってつくられた国である（青木教授にそう教えてもらった）。そういった意味で、スフラワルディーの「光」の哲学と華厳の「光」の哲学は等しい。起源を同じくする。しかしながら、陸のシルクロードの西側がキリスト教徒たちの道であり、その東側が仏教徒たちの道であったように、その二つの教えは異なっている。異なっているからこそ、その「間」で対話が可能となる。あるいは、対話とは異なったもの同士の「間」でこそはじめて可能になるものなのだ。スフラワルディーの「光」にも、華厳の「光」にも、無限に展開してゆく空間の多様性が潜在的に孕まれているだけでなく、無限に展開してゆく時間の多様性もまた潜在的に孕まれている。

ここまで語って、最後に、私が三人の討議をまとめる。メービウス的な空間では、時間もまた永劫回帰する。時間が永劫回帰する度ごとに、新たなメービウス的な空間が生み落とされる。バーザールという闇の迷宮にして、モスクという光の神殿を、作品として、さらには作品が生み出される表現の場として思考し、実践し、組織してゆくこと。それが来たるべき「間」展を貫徹するコンセプトとなるはずだ。磯崎新の営為を日本思想史の上に位置づけ直し、新たな世界芸術史の上に解き放つことになるはずだ、と。

終章

心のなかの、いまだ何処にも存在しない場所

二〇二三年三月、大江健三郎の訃報を耳にしたとき、私は、ちょうどその翌月に刊行される予定であった村上春樹の新作、書き下ろし長編と銘打たれた『街とその不確かな壁』のプルーフ版（完全に製本する前の最終校正刷り版）を関連する諸作品とともに読み進めていた——その折にかたちとなった原稿、「心のなかの、いまだ何処にも存在しない場所」（『新潮』二〇二三年六月号）を一つの時代の証言として、語句の一部を訂正した上で、巻末にほぼそのままのかたちで再録する。

『街とその不確かな壁』は、村上春樹が作家活動をはじめた最初期に発表された中編小説を第一部として書き直し、その後の物語を、第二部そして第三部として、いまこの現在において語り直したものであった。その原型となった中編小説、「街と、その不確かな壁」は、村上が二度目の芥川龍之介賞の候補となり、結局は受賞を逃し、いわゆる文壇とは距離を置きながら作家として独自の道を歩んでいく、つまりは特異な長編小説を書き継いでいく、いわば分岐点に位置する作品でもあった。

村上が芥川龍之介賞の候補になった二度とも、大江健三郎は選考委員の一人として名を連ねてい

た。大江は、村上を、受賞に関して積極的には推さなかった。大江は、村上が、時間と空間によって隔てられた二つの世界——現在と過去、都市と「ふるさと」——の交錯を、象徴的かつ寓意的な名前を与えられた登場人物たちとともに描き出すという自身の代表作、『万延元年のフットボール』が先鞭をつけた作品世界の在り方を最も創造的に引き継ぐ資質をもった表現者であることを、その時点では見抜けなかった。

大江健三郎と村上春樹は生身の表現者としては出会い損ねる。しかし、そのことによって二人は、ある点においてはきわめて良く似た、しかしある点においてはまったく異なった鏡像にして分身のような作品世界を、互いにまったく個人的な関係をもたないまま紡ぎ続けていくことになった。おそらくはそのような関係性、無関係であるからこその関係性、対立と対話、敵対と友愛に区別をつけることができないような関係性こそが、表現においては最も創造的なものとなり、時代そのものの表現となるはずである。一九五〇年代から一九七〇年代にかけての三島由紀夫と大江健三郎の関係性を反転していくようにして、一九八〇年代から二〇一〇年代にかけての大江健三郎と村上春樹の関係性はあった……。もちろん、そのような読み解きは極私的なものである。しかし、批評とは、そうした極私的な読むことの体験をもとにしなければ成り立たない営為であるとも思う。私は、ただ読者としての私の責任において、私だけにしかできない批評を貫徹したいと思うのみである。

先達であった大江のようには、あるいは同輩であった中上健次のようには、自らの物語の「ふるさと」をもてなかった村上が、『万延元年のフットボール』で提出された二つの世界の対立と交錯という主題を、「心」の外側にある現実の世界（「ハードボイルド・ワンダーランド」）と、「心」の内側にある超現実の世界（「世界の終り」）の対立と交錯として描き尽した『世界の終りとハードボイルド・ワンダーランド』は、実にこの「街と、その不確かな壁」という封印された中編小説を、まったく新たに書き直すことによって成ったものだった。後世、村上春樹という一人の作家の作品世界を読み解いていく上での核となり、また同時にその隠された起源、スタティックに固定された起源ではなく、反復される度ごとにそこから新たなものを生み出すダイナミックに流動する起源となる作品であった。そのような作品となったのである。

　大江が『万延元年のフットボール』で描き出した世界を反復していくのと完全に並行するようにして、村上もまた、「街と、その不確かな壁」で描き出そうとした世界を反復していく。大江が『同時代ゲーム』、『懐かしい年への手紙』、『燃え上がる緑の木』を書いたように、村上もまた、『羊をめぐる冒険』、『世界の終りとハードボイルド・ワンダーランド』、『ねじまき鳥クロニクル』を書いていく。そして現在、大江の死とともに『街とその不確かな壁』が立ちあらわれた。そのとき、私には、一つの生々しい記憶がよみがえってきた。互いにまったく無関係でありながら、しかし互いに激しく競い合うようにして作品世界を築き上げてきた大江健三郎と村上春樹の最後にして――大江はその後、結果として最後の長編小説となる『晩年様式集《イン・レイト・スタイル》』しか残せなかったからだ――最大の対立、あるいは最後にして最大の相互浸透をあらわにした、大江の『水死』と村上の『１Ｑ８４』をある持続のなかで読み通した記憶である。

　村上春樹は、『世界の終りとハードボイルド・ワンダーランド』で描き出した二つの世界の対立にさらに別種の対立を重ね合わせ、複雑化した『１Ｑ８４』のＢＯＯＫ１とＢＯＯＫ２を二〇〇九年の五月に刊行し、さらにその完結篇であるＢＯＯＫ３を翌年の四月に刊行した（新潮社）。全三冊からなる『１Ｑ８４』は、二つの物語、王殺しにして王位継承の物語と、孤独な少年と孤独な少女が出会う物語が連続しつつも断絶するという全体の構造を示していた。ちょうどその間に挟まれるようにして、二〇〇九年の一二月に、大江健三郎は、これまで正面から描くことを封印してきた「父」を主題とした一冊の書物、『水死』をまとめ、刊行する（講談社）。私は、『１Ｑ８４』のＢＯＯＫ１とＢＯＯＫ２、そして『水死』を連続して読むことで大きな感銘を受け、同時に大きな困惑を感じた。大江と村上の二人は、なぜ、まったく同じような王殺しにして父殺し、さらには両者に重ね合わさるような「天皇」殺しを、いまこの同じ時期に文学の主題としたのか、と。

そうした視点から『１Ｑ８４』と『水死』を読み解いていた私にとっては、『１Ｑ８４』のＢＯＯＫ１およびＢＯＯＫ２、そしてＢＯＯＫ３の間には、連続というよりも不連続の方が際立つように感じられた。王の物語と、少年と少女の物語との解離である。私にとって『１Ｑ８４』とは、同時に刊行され、それで一つの世界を過不足なく成り立たせているＢＯＯＫ１とＢＯＯＫ２に尽きる――幸運なことに、これらの作品すべてについて、刊行直後にある程度の長い分量を費やして批評を書くことができた。雑誌に掲載された順に、『１Ｑ８４』のＢＯＯＫ１とＢＯＯＫ２については「王国の到来」（『新潮』二〇〇九年九月号）、『水死』については「「懐かしい年」の変容」（『群像』二〇一〇年二月号）、『１Ｑ８４』のＢＯＯＫ３については「連続と不連続」（『新潮』二〇一〇年六月号）である。いずれも拙著、『たそがれの国』（筑摩書房、二〇一〇年）に収録している。以下、その核心部分のみ、あらためてまとめ直し、書き直す。

『1Q84』の村上春樹も、『水死』の大江健三郎も、フレイザーの『金枝篇』を引き、王殺しが、それぞれの作品の中心に据えられていたことを明示する。まずは『1Q84』から、自らを殺しに来た、孤独な少女から成長した女性、「青豆」に向けて、新興宗教「さきがけ」のリーダーは、『金枝篇』について、こう語る――。

興味深い本だ。それは様々な事実を我々に教えてくれる。歴史のある時期、ずっと古代の頃だが、世界のいくつもの地域において、王は任期が終了すれば殺されるものと決まっていた。任期は十年から十二年くらいのものだ。任期が終了すると人々がやってきて、彼を惨殺《ざんさつ》した。それが共同体にとって必要とされたし、王も進んでそれを受け入れた。その殺し方は無残で血なまぐさいものでなければならなかった。また、そのように殺されることが、王たるものに与えられる大きな名誉だった。どうして王は殺されなくてはならなかったか？ その時代にあって王とは、人々の代表として〈声を聴くもの〉であったからだ。そのような者たちは進んで彼らと我々を結ぶ回路となった。そして一定の期間を経た後に、その〈声を聴くもの〉を惨殺することが、共同体にとっては欠くことのできない作業だった。

続いて『水死』において、「父」の弟子であり、「父」の分身でもある大黄さん、『取り替え子《チェンジリング》』に登場するとともに、その物語では「死」とともに退場したはずであったが、いまここに亡霊のようによみがえった大黄さんに向けて、「私」、小説家の長江古義人は、「父」が読み進めていたであろう『金枝篇』の箇所を指し示す――。

翻訳を読みます。《……どんなに注意を払い、配慮しようとも、人間神が老齢となり衰弱して遂には死ぬのを防ぐことはできない。彼の崇拝者たちはこの悲しむべき必然事に関心を払わざるを得ず、これに対して最善の努力を尽さなければならない。この危難は恐るべきものである。……この危難を避けるにはただ一つの方法しかない。彼の力が衰え始める兆候を示したならば、直ちにその人間神を殺し、その霊魂が恐るべき衰弱によってはなはだしく損なわれないうちに強健な後継者に移さなければならない。このように人間神を老齢と病気で死なせてしまう代りに殺してしまう利点は、野生人にとっては実に明瞭である。……崇拝者達が彼を殺すと、まず第一に彼の霊魂が脱出した時に確実にそれを捕まえて適当な後継者に移すことができるし、第二に、彼の自然力が衰える前に彼を殺すことによって、人間神の衰退と共に世界が崩壊へと至るのを確実に防ぐことができるのである。このように人間神を殺し、その霊魂がまだ全盛期にある間にそれを強健な後継者に移すことによって、すべての目的は叶えられ、すべての危難を回避できるのである》

村上春樹は、「さきがけ」のリーダーの言葉として、「古代の世界においては、統治することは、神の声を聴くことと同義だった」とも記している。『金枝篇』を参照しながら、天皇を古代の呪王の末裔にして、「ミコトモチ」、神の御言《ミコト》を自らのうちに保持する者（「モッ」者）、神の声を聴いて、その神の声を自らの口を借りて語る者と定義したのは折口信夫である。そうであるとするならば、村上春樹は、ここで、意識的に折口信夫を反復している。「青豆」は「さきがけ」のリーダーを殺す。それは、神の声を聴く者、すなわち天皇を殺すことだった。

大江は、「父」がまさに人間神としての天皇を殺すことで破滅に瀕した国家を再生する計画をもっていたこと、その計画に前もって殉じるかたちで事故とも自殺ともとれる曖昧な「水死」を遂げたこと、さらには「父」の「水死」は、自らの霊魂を、自らの後継者と考えていた息子であるこの「私」、小説家である長江古義人に移し替えるためであったと、今度は大黄さんに語らせるであろう。そして、物語の最後（以下の引用で『水死』という物語は閉じられる）、「父」の分身である大黄さんを立ったまま「水死」させるのだ――。

私の夢の記憶を後押ししているのは、二つの漢字だ。降り続いた豪雨は闊葉樹林を大量の水で満たした。その全容は森々と展がり、淼々と深いだろう。闇夜に風に打たれて足を滑らせ倒れた者が、身体を立て直す意志を持たなければ、水死してしまうのは容易だろう。

しかし、森歩きの古強者大黄さんは、注意深く突き進んで、決して倒れないだろう。錬成道場の真上の森は、本町区域を迂回して、谷間の森につながっている。大黄さんは歩き続け、夜明け近くには追跡の警官隊に追いつかれる心配のない場所に到っていただろう。それからは樹木のもっとも濃い葉叢のたたえている雨水に顔を突っ込んで、立ったまま水死するだけだ。

「森々と展がり、淼々と深い」。「父」が「森々」と読み間違え、「私」が「淼々」と訂正した漢字が記されていたのは、やはり折口信夫が、生涯で唯一完成することができた小説、『死者の書』の巻末に付すことになる「山越しの阿弥陀像の画因」のなかにおいて、であった。この「淼々」という言葉を含む「山越しの阿弥陀像の画因」は、私、安藤礼二が、『光の曼陀羅　日本文学論』を介して（より正確には同時期に書かれた「『死者の書』という場《トポス》」という小論を通して）、大江に贈ることができたものでもある。大江健三郎も、ここでまた、意識的に折口信夫を反復している。

　折口は、「山越しの阿弥陀像の画因」で自身の故郷、四天王寺の門前で行なわれている「日想観往生」を論じていた。光と闇が等しくなる春分の日、あるいは秋分の日、四天王寺の西門に立った者たちの前で、日輪は難波の海にまっすぐに落ちる。海に沈む夕陽を見続けながら、西方はるか彼方に存在する極楽浄土、無限の光明にして無限の時間に満ちた地に生まれ変わることを願う。有限で刹那である人間たちの世界と、無限で永遠である神々、仏たちの世界は相矛盾するままそこで一つにつながり、互いに浸透し合う。大江は、大黄さんを、つまりは「父」を、そのような二つの世界の間、生と死、現在と未来の間に宙吊りにしたまま物語を終える。そここそが、大江健三郎が「父」の物語をはじめる地点であるとともに、その物語を終える地点でもあった。

　二〇二〇年（初出誌への掲載は前年）、村上春樹がはじめて「父」について語った『猫を捨てる　父親について語るとき』（文藝春秋）を発表し、『1Q84』のBOOK1およびBOOK2が刊行される一年前（二〇〇八年八月）、やはり確執を生じていた「父」を失っていたことが明らかにされた。『1Q84』もまた「父」についての物語であった。そしてもう一つ、その「父」が生を受けたのが、「京都市左京区粟田口」にある「安養寺」という浄土宗の寺であったことも明らかにされた。私は、その「安養寺」を訪ねてみた。琵琶湖から京都の蹴上に向けて流れる巨大な人工の運河、「琵琶湖疏水」を橋で越えたところにあり、近くには水力発電所も存在していた。巨大な運河と、自然の力を利用した発電所。それは、まさに「世界の終り」として村上が定着することになる場所の原型ではなかったか。その場所で、人々は、西方極楽浄土へと生まれ変わることを願っていた。彼方の世界と此方の世界は、ここで一つに結ばれ合う。

大江健三郎と村上春樹の生と死は、深く共振し、深く交響している。大江と村上は、互いを反復し合っている。それでは、村上春樹がまとめた新たな作品とは、一体どのようなものであったのか。

＊

作家は自らに固有の表現の場所を定め、それを深く、広く、掘り進めてゆく。いまここに『街とその不確かな壁』を世の中に問うた村上春樹は、そうした作業をこれまで徹底して追究してきた希有な作家である。そのことが、誰の目にも明らかとなった。作者自身が巻末に例外的に付した「あとがき」のなかで、この特異な長編小説が書き上げられるまでの経緯を過不足なく語ってくれているからだ。

なによりも、この物語には原型となった中編小説が存在している。雑誌『文學界』一九八〇年九月号に掲載された「街と、その不確かな壁」である（以下、この中編小説を指す場合には「街」を、ほぼ同じタイトルを付された長編小説を指す場合には『街』を用いる)。しかも、作者が自らにとって表現の原型にして表現の原風景としてある作品を長編小説として書き直すのは、今回がはじめてではないのである。現在から見るならば、その初期の文業を代表する『世界の終りとハードボイルド・ワンダーランド』(一九八五年)が、それである(以下、『世界の終り』と略する)。

『世界の終り』は、村上春樹がその後に展開していく作品世界全体の基本構造を規定していくことにもなった。時間と空間によって隔てられた二つの世界の並行と対立、そしてその交錯という構造にして形式である。そうした構造と形式をもつ物語世界は、やはり作者自身が『世界の終り』の非連続的な続編と位置づけている『1Q84』において頂点を迎える。私はそう思っている。私が、村上春樹のこれまで刊行されてきた著作群のなかで代表作を選ぶとするならば、この二つの巨大な作品、『世界の終り』と『1Q84』に尽きる。

そうした自身の表現の起源に位置する作品に、いまここで、あらためて立ち還ろうというのである。「街」が書かれたのは作家としてデビューした直後、その翌年のことであった。起源とは、時間的かつ空間的に固定されたものではなく、そこに立ち還る度ごとに新たな表現の時間と空間が生み落とされ、生み直されるものでもあるだろう。そういった意味で、起源の場所とは発生の場所であり、反復こそが差異を生み出す祝祭に似た儀式が執り行われる場所でもあったはずだ。生命の故郷であり、想像力の故郷である。しかし村上春樹には、大江健三郎における四国の谷間の村、中上健次における紀州の「路地」のような、表現の種子を無尽蔵に秘めたような特権的な故郷は存在しなかった。そのような故郷を、ただ想像力のみによって、いまここに創り上げなければならなかった。
特権的な故郷をもたない者は、一体どこに故郷を求めれば良いのか。「心」のなか、その深みにおいて、である。「街」から『街』へ、それが村上春樹の導き出したきわめて一貫した結論である。「心」の深みには、永遠にして無限の世界へと至る通路がひらかれている。しかし、その世界は、そこにおいて時間が消滅し、空間が消滅してしまう、まさに〈世界の終り〉としか形容できない場所でもあった。〈世界の終り〉では、個別の肉体と個別の名前をもった人間は、影から切り離されることによって、個別の肉体と個別の名前を失い、いわば純粋な想念としてのみ生きる存在となってしまう。高い壁に囲まれた、他者からは閉ざされた領域を生きる存在となってしまう。果たしてそのような場所に生の幸福、表現の幸福は存在するのであろうか。〈世界の終り〉を〈世界の始り〉に転換することはできるのであろうか。

さまざまなかたちで表現の実験を繰り返しながら、村上春樹は、自らが書いてしまった〈世界の終り〉について、責任を負い続ける。『世界の終り』には、すでにこの時点で、後の作家としての悪戦苦闘を予言するかのような一節が刻み込まれていた。「だからこの〈世界の終り〉という君の意識の核《コア》は、君が息をひきとるまで変ることなく正確に君の意識の核《コア》として機能するのだ」。「街」において、「僕」は影とともに壁の外側に脱出する。『世界の終り』において、「僕」は影と別れ壁の内側に留まる。自分が創り上げてしまった高い壁に囲まれた街、〈世界の終り〉への責任を果たすために。それでは、新たな『街』において、一体どのような選択がなされなければならないのか。

村上春樹は、『世界の終り』の結末を引き受けつつ、壁の外側へと脱出した影のその後の物語を紡ぐことを選ぶ。影にあらためて固有の肉体を与え、具体的な時間と具体的な空間を生き直させる。〈世界の終り〉に留まったこの「私」を生き直すための分身としての物語を与えるのだ。そして、現在しか存在せず、「虚空」に宙づりにされてしまったような街から、過去と未来が存在するこの大地に、「私」を落下させる。そうした「私」を受け止めてくれる者として、「私」の分身を育む。高い壁に囲まれた街を、あらためて時間と空間のなかに受肉させるのだ。そのとき、〈世界の終り〉は〈世界の始り〉へと転換するであろう。現実へと落下する「私」の受け手を物語として育む。そこには、自身が日本語へと翻訳した『キャッチャー・イン・ザ・ライ』からの反響を読み取れる。さらに、高い壁に囲まれた街の発生そのものを、『世界の終り』のように「私」にだけ閉じることをさせない。高い壁に囲まれた街は、「きみが語り、ぼくがそれを書き留める」ことによってはじめて目で見ることが可能になったと記す。「ぼく」の前から消え去ってしまった「きみ」に十全な物語を与える。そこには、〈声を聴くもの〉である「さきがけ」のリーダーと「青豆」、物語を語るリーダーの娘「ふかえり」とそれを書き直す「天吾」という『1Q84』における関係性が創造的に再生されているかのようだ。

つまり、『世界の終り』以降その手にすることができたあらゆる技法を駆使し、あらためて自身の表現の起源の場所に立ち、その起源の場所をゼロから作り直すことが試みられているのだ。一体なぜ、そのような試みが、全世界が感染症によって閉じられてしまった時期になされなければならなかったのか。「そのような状況は何かを意味するかもしれないし、何も意味しないかもしれない」。作者が「あとがき」にそう記している以上のことを批評家が言えるわけもないし、言ってもならないであろう。しかし、最後に一つだけ、特権的な故郷をもたなかった村上春樹が執拗に書き続けた想像の故郷、「心のなかの、いまだ何処にも存在しない場所」（映画監督ジャン＝リュック・ゴダールの言葉から借りた）について、その著作をここまで読み続けてきた者が思ったことを記しておきたい。

村上春樹は、ガルシア＝マルケスやホルヘ・ルイス・ボルヘスへの偏愛を隠さない。『世界の終り』ではボルヘスが参照され、『街』ではマルケスの著作が直接引用されている。ボルヘスもマルケスもヨーロッパの言語で著述をなしたが、そこには超近代的な世界文学と、前近代的で「土俗的」な固有文学、ラテン・アメリカの文学が相互に矛盾するまま一つに結び合わされていた。生者と死者の境界が曖昧であり、心の内側の世界と外側の世界の境界が曖昧である。近代の日本文学もまた、ボルヘスやマルケスが生きざるを得なかったのと同様な場所に生まれたのではなかったか。普遍を目指した近代的な世界文学と、前近代的な影を引きずった日本あるいはアジアに固有の文学との狭間に……。

村上春樹が書き続け、その謎を解き明かそうとし続けている〈世界の終り〉もまた、一方では近代的な心の科学の主題である、意識の「水面下深くにある、無意識の暗い領域」であるとともに、もう一方では、前近代的な心の信仰の主題である、村上春樹もその血族の一員として連なる浄土の教えと重なるものではなかったか。エピグラフに掲げられた『クブラ・カーン』、その源泉となった『東方見聞録』とも響き合うような……。

「街」においても、『街』においても、「私」ははるかな「東」から西の涯にある街を訪れる。その街を維持し、「古い夢」を生み出すのは黄金の身体をもった無数の獣たちである。西方極楽浄土は無限の時間（無量寿《アミターユス》）と無限の光（無量光《アミターバ》）を意味する巨大な存在が治める、すべてが黄金に輝く永遠の国、時間が存在しない国であった。あらゆる差別が撤廃されたその国は、「死」を経ることでしか転生することのできないユートピアにしてディストピアである。そしてまた、そうであることによって、現実の世界に異議を申し立て、現実の世界を変革する原理にもなり得る。村上春樹の文学もまた、そのような主題をもつものではなかったか。

初出一覧

*すべて大幅に加筆・修正した

はじめに（書き下ろし）

第一章　大江健三郎の闘争

純粋天皇の胎水（「純粋天皇の胎水」『群像』二〇一九年一〇月号）

最後の小説――晩年の様式（「「世界」と「私」のカタストロフィーに抗って――大江健三郎『晩年様式集《イン・レイト・スタイル》』論」『新潮』二〇一四年一月号）

追悼――大江さんからの最後の手紙（「大江さんからの最後の手紙」『文學界』二〇二三年五月号）

第二章　三島由紀夫と一九六八年の文学

永遠の夏――蓮田善明とともに（「永遠の夏――蓮田善明と三島由紀夫」『ＫＡＷＡＤＥ道の手帖』「作家と戦争――太平洋戦争７０年」二〇一一年六月刊）

偽物と分身――「私」の消滅（「偽者と分身、そして永遠――三島由紀夫をめぐって」『図書』二〇一九年五月号）

一九六八年の文学（「六八年の文学」、四方田犬彦・平沢剛編著『１９６８年文化論』二〇一〇年、所収）

第三章　安部公房と中上健次

砂漠の方舟――安部公房の彷徨（「砂漠の方舟――破壊と再生の作家・安部公房」『新編・日本幻想文学集成１』二〇一六年、所収）

「うつほ」からの響き――中上健次の抵抗（「「うつほ」からの響き」『中上健次集九　宇津保物語、重力の都、他八篇』二〇一三年、所収）

第四章　古井由吉と菊地信義

反復の永劫――『鐘の渡り』について（「反復の永劫――古井由吉『鐘の渡り』論」『新潮』二〇一四年四月号）

追悼――境界を生き抜いた人（「境界を生き抜いた人――古井由吉試論」『文學界』二〇二〇年五月号）

書物に宇宙を封じ込める（「書物に宇宙を封じ込める」『ユリイカ』二〇一九年一二月臨時増刊号）

第五章　磯崎新の最後の夢

憑依都市――「間《ま》」を転生させる（「憑依都市――「間《ま》」を転生させる」『現代思想』二〇二〇年三月臨時増刊号）

イランへ――洞窟のなかの光（「磯崎新の最後の夢――イランの「間」展をめぐって」『新潮』二〇二三年三月号）

終章

心のなかの、いまだ何処にも存在しない場所（「心のなかの、いまだ何処にも存在しない場所」『新潮』二〇二三年六月号）

著者　安藤礼二（あんどう・れいじ）

1967年東京都生まれ。文芸評論家。多摩美術大学教授。早稲田大学第一文学部考古学専修課程卒業後、出版社に勤務。2002年「神々の闘争――折口信夫論」が第45回群像新人文学賞評論部門の優秀作に選ばれる。2006年『神々の闘争　折口信夫論』で第56回芸術選奨新人賞受賞。2009年『光の曼陀羅　日本文学論』で第3回大江健三郎賞、第20回伊藤整文学賞受賞。2015年『折口信夫』で角川財団学芸賞、サントリー学芸賞受賞。ほかの著作に『大拙』、『列島祝祭論』、『熊楠　生命と霊性』、『縄文論』、『井筒俊彦　起源の哲学』などがある。

死者たちへの捧げもの

2023年12月22日　第1刷印刷
2023年12月31日　第1刷発行

著者――安藤礼二

発行人――清水一人
発行所――青土社

〒101-0051　東京都千代田区神田神保町1-29　市瀬ビル
［電話］03-3291-9831（編集）　03-3294-7829（営業）
［振替］00190-7-192955

印刷・製本――シナノ印刷

装幀――水戸部 功

ISBN978-4-7917-7607-8